半通斋诗选二编

京兆集

刘炜评 著

陕西师范大学出版总社

图书代号：WX20N2266

图书在版编目（CIP）数据

京兆集：半通斋诗选二编/刘炜评著. —西安：
陕西师范大学出版总社有限公司，2021.1（2021.8重印）
ISBN 978-7-5695-2028-6

Ⅰ.①京… Ⅱ.①刘… Ⅲ.①诗集－中国－当代
Ⅳ.①I227

中国版本图书馆CIP数据核字（2020）第238409号

京兆集：半通斋诗选二编
JINGZHAO JI BANTONGZHAI SHI XUAN ER BIAN

刘炜评　著

出 版 人	刘东风	
责任编辑	焦　凌	
责任校对	彭　燕	
书名题写	赵　熊	
绘　图	孟　欣	
封面设计	ONEbook	
出版发行	陕西师范大学出版总社	
	（西安市长安南路199号　邮编 710062）	
网　址	http://www.snupg.com	
印　刷	广东虎彩云印刷有限公司	
开　本	710mm×1000mm　1/16	
印　张	24.5	
插　页	2	
字　数	296千	
版　次	2021年1月第1版	
印　次	2021年8月第3次印刷	
书　号	ISBN 978-7-5695-2028-6	
定　价	88.00元	

读者购书、书店添货或发现印装有问题，请与营销部联系、调换。
电话：（029）85307864　85303629　　传真：（029）85303879

上林学术文丛

前　言

　　记得陕西师范大学校歌《桃李香满园》的第一句是："终南幽幽，雁塔相伴，是我美丽的校园。"歌咏的是学校的地理位置和校园之美。但要为我们的学科专业水平定位并倾情歌唱，发声似乎就难以那么圆润嘹亮了。尽管我们的学科建设在总体布局、学位授权、队伍建设、成果产出等方面确实也取得了可观的业绩，但是过去由于各种各样的主客观原因，我们学校的学科建设尤其是重点学科建设总是不够给力，重中之重学科建设的措施更是相当乏力，因此就在较大程度上影响到了学科实有的竞争力。

　　其实，据我所知，我们学校在根底上长期是一所专注于教师教育的教学型高校，从发展战略规划上提出要"建设以教师教育为主要特色的综合性研究型大学"的时间并不长，各方面对学科建设强化这"特色"和"综合性研究型"的认识也要有一个过程。尽管在 2005 年前后学校有关部门就有了建立学科特区或确立重中之重学科群的想法，但由于条件不成熟而未能付诸实施。值得庆幸的是，伴随着国家改革开放和学校持续发展前进的步伐，我们学校从教学型逐渐向教研型、研究型大学的转型业已形成不可逆的发展大趋势，在不断优化教师教育、本科教育的同时，办学层次尤其是研究生教育水平的提升、学料建设尤其是重点学科意识的强化、学科平台尤其是高端学术团队和机构的建立等，都有相当显著的业绩。我们学校抓住了一个又一个发展机遇，相继成为国家"211工程"重点建设大学、国家教师教育"985工程优势学科创新平台"建设高校和国家"世界一流学科建设"高校，就是极具有标志性的成就和非常有力的证明。

近期学校正以深化教育综合改革、强化重点学科建设为契机，采取各种有力措施积极推进"双一流"建设，旨在全面提高教育教学质量、科研水平、社会服务能力和国际化水平，使我校朝着以教师教育为主要特色的综合性研究型大学的目标不断迈进，为此全校师生员工勠力同心，努力奋斗。正是在这样的发展机遇期，陕西师范大学人文社会科学高等研究院应运而生，于2017年11月挂牌并开始发挥其助推学科建设、构建学术团队、争取重大项目、产出学术成果等积极作用，迄今已经筹划了一系列要做的工作，也取得了一些重要的进展，虽然尚未完全也很难完全理顺诸多令人纠结不已的复杂关系，尚未彻底解决那些依然困扰学科学术发展的内与外、高与低以及功与利、名与实的大小难题，但毕竟已经落实了一些事务，正在有序地推进一些工作。其中，出版"上林学术文丛"就是旨在为学科学术"增砖添瓦"的一个重要举措。"上林学术文丛"为开放性书系，力求兼容并包和学术创新，大致分为文艺编、语言编、历史编、民族编、教育编、哲学编等系列，成熟一本推出一本。并乐于和校内外、国内外的朋友精诚合作，尤其欢迎和感谢校外、境外学者赐稿。自然，玉成此事少不了出版社朋友的鼎力支持，在此也深表感谢！

最后，我援引一段我曾为高研院写的话语，诚心诚意地表示愿意和同事们、朋友们一起努力奋斗，力争为学校、学术的发展做出一些实实在在的贡献：

……如今地处秦岭终南山和上林体育馆侧畔的陕西师范大

学人文社会科学高等研究院，则是别一种意义上的交通站、加油站和工作站，承担着人文社会科学的学科建设、学术发展、人才培养等艰巨任务。"东西南北，驰骛往来"，我们将大力弘扬源远流长的长安精神、丝路精神，与同事、同道和朋友一起再接再厉、团结奋斗，相濡以沫、合作共赢，为一流学科建设、提高学术水平做出重要的贡献！

李继凯于西安

2020 年 12 月

喜怒乐哀情味醇（序一）

——喜读《京兆集》

薛瑞生

在学生辈中，我与刘炜评，相逢似有前缘：他的父亲与我同庚且同道，他的岳翁是我故交旧友。故我之于炜评，律之尤严，期之弥深。当他刚刚走上三尺讲坛时，即闻其未执讲稿却口若悬河，学生听得咬筋废职、悬颔下垂，师徒都进入痴迷状态。青年教师能获得如此令人惊叹的教学效果，实属罕见。随后在科研上也用功甚多，每每高文刊出，多有反响、屡屡获奖或被转载。予为之明抃暗喜，知我同庚故交后继有硕人、跨灶有龙驹矣。

但当予正待其在学术上有更大成就时，炜评却被调往学报主事，我不仅惋惜学界将损失一位作手，又恐其埋在稿堆中而耽误学术。孰料他实乃众驾之马，余力无尽，不数年间，在完成管理、编审工作之余，又文集、诗集迭出，竟达五六部之多。多端相较，少出了几本学术著作，却多了一位丰收的作家、诗人，得大于失，亦可庆幸。他的文集，早有阎琦教授等评之，今嘱予序其诗选二编《京兆集》，予岂能不序？又岂能不乐序耶？

观兹编之所选收，可谓诗备众体，尤以严守规矩的律绝见长。近体韵律是古今诗家都深感头疼的问题，尝闻当代不少前辈名家，在参加联唱活动时，亦要温习绳墨，甚至准备简要的韵书在手以备亟需，即此足见韵律对诗人束缚之严。而炜评却能驾轻就熟，既出口成章，又不逾轨辙，不亦难乎其难哉！

关于《京兆集》诸作之可圈可点处以及我忝为业师对作者今后的期许，序后所附拙诗十四首屡有坦言，兹不赘议；诗集后所附诸家总评，各有剀切识见，读者自可参阅取舍。然则技巧再精，亦难免有刃伤事主之虞。窃以为此集不少律绝，本来可以写得更好一些，却因严守诗律而失色，不亦惜乎！

当然这儿需加说明的是：如何对待《切韵》《广韵》和"平水"等规定韵部，历来有两种态度：一种认为必须严守，一种认为必须变革。炜评属于变革派，观其常在诗中注明用某某韵即知。我所说的"刃伤事主"的那些诗，仅指其中过于拘执的那部分。至于具体诗章，不必一一指出，读者一看便知。

近体诗韵律的拘与不拘，是一个包含内容很多的专业问题，不仅与音韵学、诗韵学、诗史学相关，还与历史语言学相关。若作专论，恐万字文章也难以说清道明，这里只就诸如葫芦体、辘轳体、进退格等略陈己见。所谓葫芦体、辘轳体、进退格是晚唐诗人郑谷与僧齐己、黄损提出的（见《诗人玉屑·诗体下·进退格》），然而后代的诗人与学者，不仅将其归之于杜甫名下，还提出什么折腰体、孤雁入群格、孤雁出群格等等，也将其归诸老杜名下。从诗史学角度来说，岂非本末倒置？但若从理论与实践的关系以观，却又是立论出于实践。郑谷们提出这些"格""体"时，未必没有包括诗圣的实践。不仅如此，若论诗律，杜诗之拗句竟达近三十处，也是有据可指的。但这"体"那"格"的提出，本意在于反对泥守一则而提倡经权两重，却恐落个"违背祖训"之名而勉强事事归于少陵名下。所以启功先生才一针见血地指出："仍是借辞解嘲，大约都没有注意到那位祖师爷陆法言'广文路'的宣言吧！"如此看来，诗圣不仅在循守诗律上示范了后人，而且为了更自由地抒发性情，在"变则通、通则达"方面也为后人做了榜样。

杜甫是炜评最崇敬的诗人，也是无人不爱的诗人。以此序炜评诗并指出其局限所在，未知方家意下如何，愿闻教！

己亥正旦，薛瑞生于西北大学蜗居轩，马齿八十有二。

附：

读《京兆集》

其一
十载功名廿载抛，歌吟千首两牛腰。
难如贤仲双栖凤，舌在骚坛身在寮。
其二
当代诗家竞弄潮，擎旗降将看谁枭。
三秦纵得夺旌锦，尚望神州翘异标。
其三
健笔凌云霞满笺，眼花缭乱拄忻观。
刘郎诗袋容天地，百味人情耐咏叹。
其四
俗言俗语莫嫌频，俗雅殊途却并根。
雅极方呈俗中趣，要从俗雅见诗魂。
其五
简牍开观耀眼新，狂诗狂酒更狂神。
诗心狂到斓斑处，始觉恬佟是至真。
其六
子美有时还矫世，难逢二李见情真。
可怜刘子玉壶洁，喜怒乐哀情味醇。

注：二李，太白、义山。

其七

黄河万里奔腾急，壶口方呈千样奇。

幸有龙槽束虓步，禹门始可箭波随。

其八

刘郎诗笔如奔马，万态千姿总目迷。

悬步若能忙束辔，珮珂鸣玉衬云蹄。

其九

才鬼才仙论不休，奇奇怪怪总忻眸。

八珍入舌惹馋口，野蕨尚能漱腻油。

其十

心潮初起慢寻追，潮落浪花时也奇。

斗酒百篇留景仰，闭门觅句亦宜师。

十一

典来典去典何多，中外古今烹一锅。

自植嘉林或佳趣，却教观客费猜摩。

十二

辘轳进退复夷犹，因革守为嗟勇谋。

莫笑趋时成自弄，魏杨数语破前修。

注：魏杨，鹤山、诚斋。

十三

韵繁难缚魏杨徒，隔代曹侯继响呼。

信是鄿儿雅女对，好诗莫作仄平奴。

十四

门外言诗不自羞，总因爱甚未遮留。

任君弃取休存讳，覆瓿尚能充酱篝。

薛瑞生（1937—2020），陕西蒲城人。西北大学文学院教授，从事古典文学教学与研究，主要著作有《红楼采珠》、《柳永词校注》（增订本）、《东坡词编年笺证》（增订本）、《诚斋诗集笺证》、《柳永别传》、《周邦彦别传》等十多种，发表论文百余篇。

诗魂只领性情真（序二）

——《京兆集》阅读笔记

孟建国

我读半通斋主刘炜评先生诗，有六字评语：情真、意深、语新。

古人曰：感人心者，莫外乎情。诗词之能动人，尤在乎有挚情。通观半通斋诗，无论状物体人、咏古述今，抑或登临山水、萦怀家国，乃至庆生悼亡、酬和应答，皆可谓真情充盈，动人心旌。举凡亲友情、同学情、家国情、山水情等等，无不跃动于长歌短调、华章妙辞，活力活色可谓蓬勃旺盛矣。

读其诗，多数读者可能都会对《同窗素描七绝三十八首》印象强烈。同学之情是人间最为纯真、最少功利的情感。大学毕业三十年后班庆，半通斋为每位同窗题诗一首，不唯"画像"惟妙惟肖，更见满腔深情倾注。如写张艳茜："清水芙蓉不自夸，罗衫西子浣溪纱。一朝泮上凌波去，周序至今无校花。"形神并出，栩栩动人。写贺群社："公子前身压海棠，醉吟月榭动潇湘。风流天授生花笔，岂共雕虫论短长？"由衷赞许之忱，汩汩涌出笔端。

诗侣、友朋间的酬答唱和之作，是不易写出深衷的，但刘氏信手拈来，总能别有情致。如《报刘泽宇诗兄》："执手冬云密布时，心篙同舞破冰澌。更期春雨催鱼汛，相报盈舱两地诗。"道友之心灵契合，昭昭可见。《京兆集》中此类吟章甚多，涉及相善者不下百人，可谓言由衷发、尽倾悃诚。

作为教书育人者，半通斋素重师生情。中学、大学业师的寿诞、丧礼，他或筹划主持，或参与操办，因之辄有拳拳在念之作。如《冬夜报业师赵华昌先生》："先生南下我西漂，生趣欢欣伴寂寥。一样心筝遣寒夜，风萧萧也雨潇潇。"不仅写出了师生之间的情深义厚，还写出了读书人的悲欣况味。

最称有情者，当推为普通劳动者的"素描"。寒夜天桥下偶逢卖柿者，他实录并感慨："破帽遮头掩怆神，半笼霜柿覆街尘。营生愧说教书苦，最苦摆摊寒夜人。"推己及人，真情尽显。

尤其值得点赞的一组诗，当推《新畲田词五首并序》："你斧他锹斫瘠田，皓翁挥指意拳拳。汗衣劲舞催时雨，浇出满山红绿妍。"劳动场面，情趣盎然；"打夯人怜暖脚人，何曾情话炕头陈？春耕秋获同甘苦，不悔南邻嫁北邻。"草根夫妻相依为命的温情，尽在诗笔；更妙的还在于末篇："社鼓金秋报小康，暖心标语满村墙。抚今追昔千行泪，共与平安注酪浆。"感谢之情、期望之情沛然，系代农人弹奏心曲乎？抒一己之复杂块垒乎？抑或两者兼而有之乎？相信王禹偁地下有知，亦会拊掌笑曰："后来者居上，吾辈诗业有继人！"

诗固然主乎情，但没有思想内蕴的诗篇，其"风力"难以强劲。有方家曰："诗有三层架构，一为技术层面，二为艺术层面，三为哲学层面。"我觉得所有艺术的至高境界，必然有哲学的内在支撑。哲学层面的认识融入感性生命体验，诗人才会有格物致知的追求、己立立人的情怀、民胞物与的境界，等等，作品才会既有真情又有深意。画家徐义生先生论画，有几句说得精彩："若夫脱略红尘，而有千古豪情者，则往往思接千古，视通万里，旷百代而同感，眇异域而同天，则自然思无挂碍，以精神审美为第一要冲。"诗画理路本相通，此段话用来说半通斋诗的意境，我以为不失偏颇。

"人间要好诗"，但好诗却不易得。半通斋继承了古之君子士大夫的仁品至德，对社会有着发自心底的正义感、责任感。"心仰三闾血气真，诗祈工部授风神""血忱今昔元无异，蘸血文章共命争"，正是其心胸之真切写照。因此其诗作立场鲜明，思致丰满，意味深长，耐人咀嚼。讽喻诗和咏史诗是传统诗词的重要组成部分，当前社会环境下，颂扬诗充斥诗坛，讽喻诗、咏史诗则不多见且质量上乘者少。半通斋此类诗作，却写得别有意趣，有声有色，最能体现其正义感、责任感和深厚广阔的家国之情。《北征八首》比较集中地体现了作者的意趣："美政犹期神爵出，青蚨莫使汉旌斜"（其三），寄托了对美政良治的殷殷期望；"天网幸容蓬雀乐，稗谈无忌酒家陈。燕歌郢曲思千载，总愧乡关是虎秦"（其二），寓意深刻，发人深省；"长愿天公佑蕃息，也期盛世到邻邦"（其六），表现了天下情怀与和平期望。正因为如此，这些诗作吸引人，感动人，使人喜爱，耐人寻思。这大概就是王观堂先生所谓的"有境界"吧！

　　情感也罢，意境也罢，都要靠诗的语言来承载和实现。诗圣"意匠惨淡经营中"说的是画工精益求精的精神，写诗又何尝不是如此？一般人发为吟咏，囿于胸中词语量不足，很难做到活泼灵动，更不易别开新面。元好问有言："一语天然万古新。"此"万古新"谈何容易？没有积学储宝、铁砚磨穿的功夫，何来"立异标新二月花"？半通斋出身文学专业，极富写诗天分，又异常勤奋，因而腹笥深厚，语言丰富多彩，构思奇崛巧妙，其笔下多天机云锦之句，仙槎神来之笔，这也是其诗作广受喜爱的重要缘故。同时，他又是多面手，于诗不仅能驾驭骚体、古风、格律诗、曲子词、散曲以至新诗，涉笔皆可出彩，即便打油诗、轱辘体、螺旋体、剥皮体、干部体等，也一一俱通。他还能演唱秦腔、京剧、花鼓、陕南小曲、陕北民歌等，张口举手，形神毕肖。多种先天后天因素给力于吟咏，便开出了绚烂奇异的风骚之花。如前所述，他为全班三十八位同学的诗歌画像，短短四句即能写出各人风采，绝不雷同。这种语言功夫，绝非一朝一夕可以练就。

　　翻阅《京兆集》，新奇妙句可以随手拈来，如《论诗绝句四首》其四："莫信骚家说法轮，诗魂只领性情真。但能张口如秦净，乱板荒腔也动人。"又《呈水木生学兄》："回车且向潇湘路，漫作精神自驾游。"又《戏为洪荒诗》："谁人借我洪荒力，一气掀平万丈坡。"又《夜读达旦报友人》其三："我是长安盘老五，笔篙舞出自由歌。"又《雪夜口号》："抖衣街口甚模样？苏武林冲杨子荣。"又《灞上行吟》："万千池苑埋荣辱，百二关河鉴废兴。"等等，这些句子，或借助俚语乡言，直言叫真；或感时而发，触物而成；或激情呐喊，断然挞鞭……不重复，不古板，不晦涩，不俗套，读来句句新颖。其情韵风致，不仅约略可见屈子肝肠、董狐笔法，还不时可见启功的俏皮、聂绀弩的幽默。

半通斋有句："祈故国，藉风笤雨帚，扫出清明。"又云："骚国楚狂容到我，樊川敢笑杜司勋。""夙愿报君君莫笑，好诗应有垫棺篇。"这既是他的夙愿，也是诗友们对他的期许。自从霍松林先生黄钟绝响，长安骚坛虽诗潮涌动，千红万紫，却尚缺扛鼎之人。假以时日，我们能寄望于半通斋先生乎？

孟建国，陕西岐山人，生于 1952 年。中国作家协会会员，中华诗词学会常务理事，陕西省诗词学会会长，西安交通大学研究员。著有《岐下集》《风雨尘声》《黄楼吟》《东篱诗探》《城南诗草》《秦中赋》等诗赋集，《区域经济探索》等经济学著作及戏曲研究论文等。

欢嗔怒骂皆文采（序三）

——拜读《京兆集》

陶成涛

长安自汉兴讫于唐末，皆有京兆之名。京维其大，兆维其丰，盖以乾德兼美，故毓成陆海隆上之区。秦山横亘，泾渭漫衍，仁风来遐，文脉绍远。然五代以降，荣熙不继，鸿硕挺秀之士，或多思伊人而伤道阻，凭遗墟而慨兴替。然半通斋师数十载徜徉其域，屡曰："我西漂者也。"斯言也似谑，斯义实有大者。盖今之北漂南漂者，乃多慕机遇求显达以漂于繁华都会也；而师之萧萧然西漂，是独眷眷念念于古雅人文也。

戊戌岁杪，师畀予以《京兆集》诗稿，曰："可为我序之。"长者殷殷焉，小子惴惴焉。惶恐数日，乃恭览全编，犹屏营不已，盖兼管新窥，弱蚌蠡测，不能揣摩师之端涯，深恐负师之厚望矣。

忆不佞初寄黉宫，读《半通斋诗选》，油然钦慕，心生仰止，然电石激发，龙翔凤翥，千变万化，殚述不能矣。既而幸以习诗入窥门墙，随游林下，以为入职以来之至乐也。而不数年间，师劬劳职事之余，吟情愈炽，积稿盈筐，选成今集。幸得先睹，又觉峦岚出云，爽籁横秋，一入心扉，便生根叶。师平居交游之辞章巨公，览而唱和，感而揄扬，而秦中又得以京兆续文昌之名也。

师尝谓："我于歌诗，晤如密友，守如爱人。"又尝诲吾侪："为诗当自有面目。"故吟章不为隐情，不为造作，不屑跼蹐于绳墨，不屑高仿于古人。昔元遗山论诗曰："眼处心生句自神。"又曰："一语天然万古新。"师固已娴于此。乃知先生之诗，恣宏渊浩瀚之才，臻炉火纯青之境，机杼动风云，枯绚任淳真，无厚有间，不背无束。不佞仅能略而言者，然亦恐有放肆之失也。

黄山谷曰："吾心如砥柱。"呜呼，此当为诗人之恒心也哉！览《京兆集》诸篇，萦念继维，悲怀横塞，起顽警懦，洞肝达肺，往往有之。"心灯一盏明歧路，直向莲花顶上行"（《黄山三首》其二），是陟高山而望芝田也；"冤禽驻杪哀沉陆，劫火来前未折腰"（《怀郁达夫先生》其一），是岁寒知松柏之后凋也；"四海千秋史，耕民命不殊"（《过郭杜菜市口占》），是悲歌黎元所愿之大同也。

昔庄周谓天下不可以庄语，故诙谐以出意表。唯唐刘梦得、宋苏子瞻最得其精髓。师善以诙谐为诗，薛公瑞生教授尝语及此，曰"梦得文章谁不爱"，阎公琦教授论亦略同，是皆直入奥窔之评也。味《京兆集》戏谑之作，讽论高迈，拈奇状巧，世情一概，而非有意于文字之工者。"骚怀识到刘宾客，生趣不从王右丞"（《西岐网友垂问奉答》），自叙襟尚指趋，豁然不掩；"几朵梅花高格调，谁家优孟正衣冠"（《梨园新咏》），有所讽叹且寄望雅正；"大块能容独行客，群儿莫误老来疯"（《夜梦沪上沙翁》），必此语可方上贤者而貌下愚矣。魏兄厚宾尝言："欢嗔怒骂皆文采，最见真情是戏吟"（《读半通斋诗》），是真识得吾师诗文风致者！

呜呼，诗人以器识为衣冠，然后各彰气性风标：操觚含毫，属情寓志；韵贯明诚，格寄贞质；驰骋风骚，颉颃今古；恢忱丽象，邻德会友。大义则兀兀秉持，幽怀则茕茕独守。可腴可瞿，不诡不虚。个中心曲，变奏乎忠愤与狷介之内，洋溢于纵逸与清婉之表，半瓢而见汪洋，一叶可知三秋。芳菲菲而弥彰，怨悠悠而连属。兰若素颖，于兹毕会矣。窃忖师此集所最中意者，其在斯乎？其在斯乎！故三删五选，乃执正驭奇，或策雄飙而上征云路，或税驰驾以止息椒丘。慷慨敦幽，赋远咏近。修辞以摅疢怀，吟毫而寄微意。蕴沉着、藉浑成，其气磅礴，其思郁勃，风行水涣，雷殷地发。然后睥睨天壤，讥鄙伧俗，调戏龙鱼，诙弹人物，鲜有畏忌矣。嗟予顽钝，稍感于寸心，讷行于柔翰。怛突惭恧，思结情滞，肤言浅辞，有买椟还珠之愚、覆蕉失鹿之昧。唯师之宽纳，亦唯求教乞诲于海内伟隽明公，不胜拳拳引领跂瞻之至云尔。

己亥春日，学诗弟子灞桥陶成涛谨序。

陶成涛，西安灞桥人，1986 年生，文学博士，诗人，西北大学文学院教师。

自　序

　　辛卯（2011）春，《半通斋诗选》付梓，四方君子或垂爱之，或糟粕之，或矜恤予，或讥诮予，皆感激由衷矣。兹后忽忽九载，陋作又逾千篇，藏诸电脑、播于微信者各半。今选成此编，凡八百余首，四方君子将垂爱之，将糟粕之，将矜恤予，将讥诮予，皆感激由衷矣。赐序拙集者，业师薛公瑞生教授、词长孟公建国先生、友生陶君成涛博士。赐评拙集者，海内师长并吟朋二十家。谬肯唯因同道，护疵出乎仁怀，蓬心固自知焉，来日可不勉乎？

　　庚子冬十二月，商州刘炜评自序于西北大学文学院。

目　录

2015 年

第二辑　樊川不敢废诗篇（2016—2017）

2016 年

2017 年

第三辑　月夜诗筝更奋弹（2018—2019）

2018 年

2019 年

副编：二十家总评

附 录

第一辑　诗眸一世瞩远岚（2011——2015）

2011 年

读于右任先生自题 "披发照"

半生碌碌著空文，矮木虫鸣意自醺。
解到先生披发誓，秀才酸句一炉焚。

注：1903年，于公首部诗集《半哭半笑楼诗草》刊行，扉页印有作者披发照，旁题："换太平以颈血，爱自由如发妻。"

阎琦评：愤愧之言也。"矮木虫鸣"或是反用唐虞世南《蝉》"居高声自远，非是借秋风"句意，谓吾人所作之"酸句"于世事无补，莫如"一炉焚"之。

2011年1月

除夕遥寄黄兆碧诗兄

风刀雪斧恣樊川，虎岁熬过入兔年。
乱耳欢歌厌陈套，涤心清友伴无眠。
忽闻春鼓来三楚，奋奏秦筝向九天。
更解梁州计程句，交觞不待草芊芊。

2011年1月

观某新版现代京剧

谁识琼花彻骨伤？时髦红剧竞包装。
声情又起椰林寨，不见当年杜近芳。

注：杜近芳，当代戏曲艺术大家，京剧《红色娘子军》主角吴清华扮演者。

房日晰评："竞包装"三字，写足"时髦红剧"之弊。

阎琦评：刺过度包装也。某剧不详确指，然其过度包装，可以当下种种流行影视剧推而知之。

何丹萌评：不唯不见当年吴清华，又何尝得见当年祝英台、白素贞、谢瑶环、林娘子、李香君……

2011年1月

读程坚甫先生诗选

艺坛陌岁叹玄黄，扰扰同谁论短长？
我哭程翁贫病死，人追季俗弄潮忙。
十年滴血红楼梦，一夜成名傅粉郎。
掩卷黄昏思典范，寸心熠耀起寒塘。

注：程坚甫，广东台山县农民诗人，身后享"当代杜甫"之誉。

阎琦评：农民诗人程翁，媒体有报道。酷爱杜诗，实属难得。唐时韩翃以一首《寒食》诗得美官，无奈当世不重诗道何。

2011年1月

感事赠友人

蝶舞蜂飞春复秋，到头若个结鸾俦？
天鸡惊破短欢梦，情海遍沉长恨舟。

未必佳人皆淑德，堪嗟才子好风流。
镜花水月终虚化，枉把杭州作汴州。

2011年1月

元夜大雪口占

三更虚室煮春醪，百盏徒增块垒高。
欲把想思题玉案，却愁冰霰困貂毫。
床边人有七分醉，墙角花无半点骚。
破晓呼朋欲何往？樊川雪浴洗尘劳。

阎琦评："床边"一联工对。大雪中迎雪而立，于余醉中诗人而言，即是"雪浴"，真奇想妙语矣。

2011年1月

呈长安诸诗友

醉啸醒歌不自惭，未更本色是儿男。
时将陈酿倾千百，为惜同怀有二三。
气血毫端犹给力，齿唇讲肆耻空谈。
莫嗟生理增衰惫，一世诗眸瞩远岚。

看剑堂评：此作实为岚社缘起也。诗眸之热望远岚，盖谓生活在别处、梦想在别处。因诗而结诸友，而醉啸，而醒歌，而倾陈酿，而惜同怀，而给力，而耻空谈，处此时此世，岂能无嗟叹？岂能无衰惫？然"一世诗眸瞩远岚"——诗在、社在、诸友在，生活便不息矣，梦想便不坠矣。

王彦龙评：有句有篇，一气呵成。且由此诗而有岚社，功莫大焉。

2011年1月

重读蒋廷黻先生《中国近代史》有感

春宵应耻鼠虫眠，开卷心瞳更怆然。
瑶墀诺诺盈千士，病厦摇摇耸九天。
装哑后来林少穆，扶乱日下义和拳。
断送古今人四亿，蚁巢乐有一年年。

注：谭嗣同烈士《除夕感怀》有句："断送古今惟岁月，昏昏腊酒又迎年。"

阎琦评：蒋廷黻先生，民国名宿也，其《中国近代史》能获诗人重读，识见必有过人处。林则徐字少穆，当年虎门焚烟何等果毅，其后却不免知行不一、因循守旧，被蒋廷黻批评为"旧时代的精英"，故诗人对林有"装哑"之叹。

王彦龙评：大厦之将倾，士之唯唯诺诺、明哲保身者多矣，黯然噤声如林少穆已为不易，至若谭壮飞之捐躯赴国难者，乃益见其操守气节。

2011年2月

鹧鸪天·商山元夜

季子归来两鬓霜，故乡反觉是他乡。未闻春讯与时约，厌看官民放火狂。① 嗟病腿，②眷韶光，瞻前顾后意惶惶。

纵然山月知心事，访慰帝桄不久长。

注：①燃放爆竹烟花。②久矣不能疾走。

辛卯正月初六夜次韵黄兆碧先生

白堕穿肠又一缸，客怀暂遣出秦邦。
乡思滴泪凝冰砚，星鬓欺人映雪窗。
九派横流难渡半，卅年洪运不成双。
愁看焰火时明灭，空作昙花坠曲江。

王彦龙评："三江"韵字调遣自如，殊为难得。中二联对仗尤佳。

赵熊先生寿诞贺诗

西京赵家子，名利视云浮。
自守青田洁，不遗黄发羞。
挥毫无俗品，遣句有时忧。
秋水昭心镜，长天一白鸥。

注：赵熊，陕西西安人，当代著名书法家、篆刻家。

阎琦评："青田"与"黄发"自然成对。青田，石也，为篆刻良材。

重有感呈长安诸友

喉舌同怜鹤在林，流年风雨动歌吟。

生逢周土人情薄，足涉滮池水泽深。

渐把俗誉埋粪土，犹看彤管比瑶琴。

他生莫问珍今世，为有诚痴驻素心。

注：滮池，又名冰池，古河名，在西安西北。

王彦龙评：孔圣曰："郁郁乎文哉！吾从周。"周人向以礼乐教化自矜，此言"周土人情薄"，岂天与道俱变耶？

2011年3月

送友人致仕归里

感君对我抚心弦，律吕声声似沸泉。

名惜卅秋羊太守，心悬一像李青莲。

才思纵与容颜老，本色岂随风物迁？

旧屋犁锄存三五，春分解绶好耕田。

阎琦评：三四两联俱是好句。

王彦龙评：由"名惜卅秋羊太守，心悬一像李青莲"可知，"友人"不仅恪尽所职，素有清誉，且是李白粉丝，向往"诗意栖居"也。

2011年3月

灞上行吟

雨过心情似雨僧，周唐史迹觅田塍。

万千池苑埋荣辱，百二关河鉴废兴。

已惜生民劳恓恓，还期大道续绳绳。

恍闻上国笙歌起，笔赋龙腾愧不能。

2011年3月

贺贾平凹学兄六十华诞

不世鸿才出僻乡，腾挪椽笔意轩昂。

羡君迁想云涛涌，笑我通眉指爪长。

此日夔龙将耳顺，当年声誉已鹰扬。

回眸槲叶商山路，未愧为文少即狂。

注： 贾兄生于龙年（1952）。

看剑堂评： 祝寿诗最易作俗作滥、一伏到地。半通斋此首，有誉词，亦有谑语，庄谐并在，寿人时亦且自笑，正一篇活泼文字也。"笑我通眉指爪长"，显以长吉自拟，每作诗文，苦搜而呕心，宋人谓"长吉鬼才"，而寿主久有"鬼才"之誉，则刘郎于此，自笑空有鬼才之形而无寿主般鬼才之实耳，或亦调笑寿主无鬼才之相耶？值其寿诞也，"龙"将耳顺，誉已鹰扬，回望来时路，艰辛可想，祝祈可知。

2011年3月

戏赠友人

红豆经年汉苑栽，仙姝陇上一朝来。

明眸顾我三秋水，飞盖怜她五步回。

眉韵已羞京兆笔，芳心只许蜀都才。

莫从僧道辨津渡，有杏浮生不乞梅。

王彦龙评："有杏不乞梅"，明眸顾盼，芳心互许，信知"友人"留下一段天然佳话也。

2011年4月

闻貂蝉故里之争

粉红遗韵耀千年，演义身家有后篇。

虚实底牌谁亮出，纷争岂是为貂蝉？

房日晰评：勘破世情。

2011年4月

读某红学论文集

空说红楼吊雪芹，几人开卷挹清芬？

皕年皓首冬烘客，枉自劳劳造论文。

房日晰评："造"字好。

　　阎琦评：李白《赠孟浩然》诗："高山安可仰？徒此揖清芬。"当是兼孟浩然品格与诗歌语言而言，此处或主要指《红楼梦》无与伦比的语言艺术。百年以来，红学论文、著作何止千万？然能真解曹氏语言艺术的论家、作家寥寥无几。

　　王彦龙评：一部《红楼梦》，养活多少文化人，曹公居功至伟也。一哂！

2011年4月

赠诗友

兴来未减少年狂，暇日清谈意气扬。
自可琴台吹觱篥，莫从梁史说枪王。
惜缘已订苏黄好，守道同珍岁月长。
故国诗河通四海，相扶一世渡汤汤。

2011年4月

采南台主人月夜征诗丰获群玉

春夜采南台，骚人九域来。
吴郎调锦瑟，蜀媛爆玫瑰。
天韵哀梨爽，绮章并剪裁。
狂欢诗世界，破晓不思回。

　　鄂北闲人评：颈联典出赵翼《瓯北诗话·苏东坡诗》："天生健笔一枝，爽如哀梨，快如并剪。"用以点赞众人，足见应征者俱非等闲辈。

2011年4月

儿伴夜饮戏笔

乡思月夜一锅烹，逸兴四筵龙虎腾。
捉对分曹温故技，竞伸元箸鉴心灯。
俏觞对面"刘三姐"，捣鬼换筹"裘二能"。
醉别樊楼咏归去，商山指看紫云升。

注：裘二能，京剧《磐石湾》中人物。

阎琦评：一片老来童趣，读来亲切。

王彦龙评：焉知二十载，重上君子堂。思及昔日，言笑晏晏，而沧桑之感不言而喻，有如杜工部之见卫八也。

2011年4月

复贾三强教授

相看枫叶映霜丝，春去何妨唱竹枝。
一世走行千万里，逍遥最是入秋时。

2011年4月

和王彦龙贤仲

佳话毋须辨幻真，传扬只为惜青春。
桃红岁岁樊川道，点点魂牵解意人。

附王彦龙《春夜诵崔护〈题都城南庄〉》：经年犹未忘天真，写尽门前画里春。一点泪飞何限意，桃花不再属词人。

2011年4月

读谭嗣同烈士诗集

燕歌楚啸动苍穹，诗焰原由心焰熊。
点将同光并南社，情辞谁敌壮飞公？

2011年5月

怀郁达夫先生

其一

樊川杕杜总难凋，^① 故国诗林有后乔。
张羽虬枝曾海煮， 循天面目向人昭。
冤禽驻杪哀沉陆， 劫火来前未折腰。
览得富阳奇丽景，^② 归途谁看浙江潮？

其二

风雨操桴震瞽聋， 令声岂只仗才雄？
千篇独迈三宗派，^③ 一腕兼传二杜风。^④
酒色非关真血性， 哭吟深嵌大情衷。
可怜后学争笺句， 千百诗行索粉红。

注：①先生少负才名"小杜牧"。②先生籍出富阳。③赣、闽、浙是
也。④少陵、牧之。

房日晰评："可怜后学争笺句，千百诗行索粉红"，真棒喝郁研者语也。

王彦龙评：郁公自谓"删尽定公哀艳句，侬诗粉本出青莲"，余读其集，未以为然，窃以为其诗兼取老杜之沉郁、小杜之狷狂、黄仲则之绮丽、龚定庵之哀艳矣。

2011年5月

梨园新咏

劲舞欢歌诱我难，怅思关马杳云端。
灵星发达谙游戏，俗客休闲索快餐。
几朵梅花高格调，谁家优孟正衣冠？
从兹不恋梨园夜，羞与班头捧掌欢。

2011年5月

赠西秦友人

才姝又见出名州，班德苏风异代俦。
识器由观千载史，拏云将跃百重楼。

阎琦评："才姝"者不知谓谁。"班德苏风"当指班昭、苏蕙。班昭为东汉史学家班固之妹，著《女诫》；苏蕙字若兰，善属文，魏晋才女之一，《晋书》有传，传世之作为《璇玑图》。

2011年5月

读袁枚遣兴诗有感兼示彦龙贤仲

成篇率尔自难工，千载骚人体味同。
莫羡邻坊快刀手，雕龙道理似雕虫。

附袁枚《遣兴二十四首》之一：爱好由来落笔难，一诗千改始心安。
阿婆还是初笄女，头未梳成不许看。

阎琦评：古人论诗，喜用妇人事入典，如元好问"鸳鸯绣了从教看，
莫把金针度于人"，袁枚"头未梳成不许看"亦是。此篇以"雕龙""雕
虫"喻为文之大与小（语言学家王力抗战时期著系列短篇杂文，后付梓为
《龙虫并雕斋琐语》）皆应谨慎从事。

王彦龙评：仆受教时，师尝有训诫："写诗如电闪雷鸣，改诗须水磨
工夫。"又忆师昔年绝句《再呈方英文兄》："尚杜师王检句瑕，新词慎莫
向人夸。好诗不厌千回改，菱黛方刘是一家。"杜者子美，王者介甫，俱
改诗楷模，末句典出《红楼梦》四十八回。师之律己律人，昔今一也！

2011年5月

戏题王锋兄即兴画马

超光写意片时成，骨相真堪托死生。
长夜爆蹄催电火，渊雷起我向天鸣。

2011年5月

读方文慧公短文

灯下长吟赤子篇，生民心曲赋华笺。
同君跪仰黄河树，荫我家邦亿万年。

附方英文《黄河树》：面对黄河，我无所适从，唯有呆看、呆听……
我到了黄河入海口，恍然发觉黄河站了起来，站成一棵树，一棵你仰望无
尽的，连神话里也不曾有过的，直破天庭的树——这就是黄河树，炎黄
父亲树，华夏母亲树……我们无可选择地来自树上，又将无可选择地回
归树下。面对黄河，我无话可说，唯有跪下。五月十六日。

2011年5月

题墙头草

墙头苟活度炎寒，佛降鬼临皆仰看。
十日一朝同挺出，微躯若个可延安？

阎琦评：所指深沉。

王彦龙评："佛降鬼临皆仰看"，七字写尽多少奴颜。

2011年5月

过袁崇焕烈士墓

其一

清明泪奠广渠门，[①] 岂只煤山断国魂？[②]
截寸争沽西市日，　此魂万姓已生吞。[③]

其二

半世功名万世留，直教后敌悯前仇。[④]

我来深恶红尘客，鸦噪莺鸣总不羞。

注：①袁公冤死，有义仆佘氏收敛骸骨，葬于京城广渠门内，世代守冢。②袁公绝命诗："一生事业总成空，半世功名在梦中。死后不愁无勇将，忠魂依旧守辽东。"③崇祯三年（1630），袁公惨遭磔刑。张岱《石匮书》："刽子手割一块肉，百姓付钱，取之生食。顷间肉已沽清。再开膛出五脏，截寸而沽。百姓买得，和烧酒生吞，血流齿颊。" ④乾隆四十九年（1784）诏："袁崇焕督师蓟辽，虽与我朝为难，但尚能忠于所事，彼时主暗政昏，不能罄其忱悃，以致身罹重辟，深可悯恻。"

阎琦评：袁崇焕为明末忠臣，非死于王事，而死于崇祯帝之手；谭嗣同为"戊戌六君子"之一，可活却选择了死。由数首可感知诗人难以平复之"心焰"。

贾三强评：袁氏镇辽，固若金汤。胡马不入，生民安康。罪莫须有，碎尸万段。万人争瞰，万姓争噉。再无飞将，三桂开关。魂未附体，至今犹然。袁氏诗云"死后不愁无勇将，忠魂依旧守辽东"，炜评云"此魂万姓已生吞"，读之慨然。

王彦龙评：当日"生吞"袁公者，两百余载后复以馒头饱蘸革命志士之血而食矣！

2011年5月

旅中报友人

草根忧乐热肠牵，戴雨歌吟向赵燕。

眼吻关河泪无尽，春心岂肯坠芜田？

2011年5月

淡黄柳·夏日

长安不雨，心雨仍千叠。流注到头终有歇。好走晴风灞上，襟畅何妨袖纨裂。　　指秦阙、丘墟漫评阅。火坑冷，祀长绝。舞琴弦、拙舌谁能噎？梦里山河，楚吴燕赵，纷涌周雄汉杰。

2011年6月

题马河声先生山水画新作

湖山楼舍映青红，杨柳芰荷六月风。
万物此间皆备我，轻舟醉咏下江东。

2011年6月

答金陵友人

愁云苦雨叹相仍，遥羡奚囊好句盈。
千里同心原有自，百年惜命未偷生。
羞将狗肉充羊肉，每把商声转羽声。
吟啸低昂出腔血，精神互鉴是双城。

阎琦评：由尾联可揣知金陵友人境界矣。

2011年6月

点赞友人南山峡谷救险

峡雨惊魂伞不任，抱她越涧奔深林。
红颜拭泪询名姓，何幸险滩逢展禽！

2011年6月

故里逢唐兄建华滇归卅载未面矣

并望家山吟式微，清溪同日白头归。
相逢未话豚儿事，先比腰身瘦与肥。

阎琦评：谐趣中寓感慨。

2011年6月

商洛采风杂咏八首

入山

衣食奔波春复春，白头更爱自由身。
征尘合向青山洗，暂作挂书牛角人。

王彦龙评："白头更爱自由身"，最是难得！

牛背梁

天地总看秦岭亲，父山母水佑生民。
千秋不改真容色，迎客无分富与贫。

赠王鹰魏义友王锋三才兄

山庄煮茗过凌晨，共话乡园忆苦辛。
负薪光景俱成往，毋忘天下负薪人。

再赠王鹰魏义友王锋三才兄

交浅何妨鉴热忱，论诗月夜意歆歆。
心弦拨到同鸣处，恍觉汉台张楚琴。

雨中塔云山

万般生意跃松蓁，雨塔千寻不染尘。
愧把鹄形藏伞下，云峦羞作画中人。

过商鞅广场

厌看州城塑此君，如云吊客往来频。
谁知革故鼎新者，元是天资刻薄人？

王彦龙评：功不能抵过，此本常识也，而今人论商鞅，多重其"革故鼎新"之功，而淡化乃至刻意回避其"天资刻薄"之实。

过四皓墓

身世迷离称避秦，采芝竟活八旬身。
留侯戏法难瞒我，幻术到头终失真。

听《秦岭最美是商洛》有感

名家联手谱新歌，旋律传扬谢晋娥。
桑梓谁都有深爱，自矜自伐不须多。

注：《秦岭最美是商洛》，贾平凹作词，赵季平作曲，谭晶首唱。

王彦龙评："桑梓谁都有深爱，自矜自伐不须多"，可以为各地准则也。

阎琦评：八篇皆有意思。

2011年6月

感旧二首

其一

当时情境驻心涡，翻搅无时近岁多。
昏晓伫看风更雨，万千愁惨坠烟波。

其二

迷魂旧事检心潭，似火如冰两不堪。
一路行来怯回望，此生二谛后生参。

2011年6月

戏句呈家君。翁年来双耳俱聋，复聪无方

诳语喧嚣一世同， 皓年鼓膜幸双聋。
鹤城山水澄心海，[①] 不羡中州洗耳翁。[②]

注：①商州别名"鹤城"。②洗耳翁，登封许由。
阎琦评：用"洗耳翁"典，写耳聋老人无与世事，贴切新颖。
黄兆碧评：有"青墩溪畔龙钟客，独立东风看牡丹"之味。

王锋评：无聪但觉五洲同，何幸人间作老聋。视却不闻心转澈，江湖满地一仙翁。

2011年6月

心　得

堪笑少年诗笔狂，巫山未到说高唐。

只今闲步愚溪畔，不逐他人跑马场。

房日晰评： 品格独立大不易！

王俊评： 宋子渊、柳河东、叔本华地下有知，当浮一大白矣。

王彦龙评： 王观堂曰："一事能狂便少年。"有诗才如此，可不狂哉？

2011年6月

乡党南粤归来席上戏赠

其一

赤手南漂为脱贫，透支无奈锰钢身。

花城往事休追问，归看商山老伴亲。

其二

浪影萍踪年复年，洗尘堪笑倩歌仙。

芳唇大秀船头爱，只为纤夫腰里钱。

2011年6月

洛中雨夜小聚归报友人

其一

曲蘖洗尘豪气生，心琴只向会人鸣。

血忱今昔元无异，蘸血文章共命争。

其二

宿雨呼教霜鬓青，素筵筹箸远膻腥。

清怀莫负乾坤大，岂使稻粱奴性灵？

其三

惊险嵚函道不成，客中怜客愧为兄。

世情温冷休回算，席上忘机最有情。

其四

增年无可怨羲娥，鳌海应羞曲未多。

饮别洛桥天欲晓，邙山催我赋新歌。

2011年6月

读　碑

灞陵雨后对残碑，未觉西京溽暑移。

眼藉斜阳辨蝌蚪，原驰白鹿想当时。

已逃俗谛三魔界，犹有墒情一肚皮。

览尽周秦汉唐史，黄昏归去不胜悲。

2011年7月

获赠阎琦教授《识小集》

文魄诗魂察秘枢，覃论朴茂见功夫。
先生识小谁能大？愧我两端曾半无。

注：先生《识小集》，三秦出版社2011年6月出版。

2011年8月

同窗素描七绝三十八首

小序：1981年9月，予修业西北大学中文系，四载同窗三十九人。卒业而今，散居八方，所业不一，而情分积岁弥笃。2011年初夏，商定卅年班庆诸事，征文辑为《八一集》付梓，即其一也。书稿初成，校读三过，喜不自禁，乃草成《同窗素描》七绝三十八篇。诸君曰："惜乎独少自题。"谢答："自炭则矫情，自粉堕恶俗，故不可为。"姚君敏杰云："君言甚是，然终宜完构。以相知论，题半通斋者，舍我其谁？"故篇末所附一篇，姚君手笔也。半通斋记。

其一　王引萍

心湾深处有澄湖，晴雨荡舟自裕如。
一去西京三十载，声名塞上迈班姑。

注：本校硕士毕业，即赴塞上银川，执教北方民族大学至今。
房日晰评： 前二句喻义绝妙。

其二　周东华

绛唇芳齿吐清芬，更有明眸鉴慧根。

弟子八方多俊彦，桥门谁不仰公孙？

注：主持西北大学播音专业，经年培桃育李，从游者莫不景仰。

其三　周燕芬

格局天生是大家，玉如才德两无瑕。

榆溪光武矜妻运，^①何羡南阳阴丽华？^②

注：①籍出米脂，古属银州。其外子贺君光武，榆阳人也。②阴丽华，南阳新野人，才貌两美，适刘秀，为贤后。秀少时尝云："娶妻当得阴丽华。"

房日晰评： 用典自然贴切，妙笔生花。

王彦龙评： 由此"光武"而及彼"光武"，进而引出二美女之比较，巧中颇见谐趣。周教授见之，亦当捧腹也！

其四　黄霞辉

素衣皓腕伴瑶琴，^①韵致当时忆到今。

芳步归来京兆日，^②青春舞曲奏高岑。

注：①课余雅好习琴。②籍属岭南，毕业后定居珠海。

其五　郭建慧

生趣深谙是自由，泮池奋翅向罗浮。

流年未易真情性，粤海蓝天一白鸥。

注：为人率直洒落，未肯受缚于体制，自往南粤创业，今声闻于业域。

王彦龙评： 杜甫诗曰："白鸥没浩荡，万里谁能驯？"可为其脚注。

其六　张艳茜

清水芙蓉不自夸，罗衫西子浣溪纱。

一朝泮上凌波去，周序至今无校花。

注：吐属行止，一派天真。

房日晰评：自然洒脱，形容尽致。

王彦龙评：天真烂漫之"校花"风采，如在目前。

其七　张玫

凤城佳卉海隅来，一派娴姿远俗埃。

上苑不矜颜色好，素心唯待叶芝裁。

注：籍属浙江温州。

其八　王军虎

一廛闭门心自雄，[①]矻矻经年著论丰。[②]

踵事增华续扬子，[③]王生奋力效罗公。[④]

注：①专意学问。②著有《西安方言词典》《西安话音档》等。③扬子，汉代学者扬雄，尝潜心著述二十七载，其《方言》为世界上第一部方言学专著。④罗公，罗常培先生，曾任西北大学教授，于音韵学、方言学等颇多建树。

其九　丁斯

谁个怜才不识丁？ 少年诗笔发宏声。[①]

昂藏狮首如龙首，[②]朝夕沉思蕴激情。[③]

注：①少作辑为《疯狂的头发》付梓。②任职陕西省艺术研究所所长，址在西安北郊龙首村。③著有学术随笔集《沉思与激情》。

房日晰评： 字字精妙。

其十　姚敏杰

不愧乡园称有莘，^① 华才颖出大河滨。^②

思廉史笔传京兆，　梦谷文章班马邻。

注：①籍出渭北合阳，有莘国故地也。②桑梓去黄河十里。

王彦龙评： 诗中言及姚思廉、姚梦谷（鼐）者，盖皆以"本家"喻姚敏杰先生之史才及文采也。此等用典，似信手拈来，而实见胸中翰藻也。

其十一　朱卫兵

东莞弦歌年复年，^① 回眸故国路三千。

何当重踏褒斜道，　篝火青春续后篇。^②

注：①执教东莞理工学院。②褒斜道横穿秦岭，凡二百余公里。1985年5月，兄与丁斯并不侫偕游太白，辗转斯道七日，历险甚多。

其十二　田宝升

宦途元不羡飞腾，　热血男儿惯饮冰。

笑看人间明晦路，　徐行心有上方灯。

注：首句用放翁《梦至成都怅然有作》句。

其十三　杨继翰

克传弓冶大家风，^① 灵慧当年器道通。

笔法若同枪法看，　九泉堪慰老杨公。^②

注：①父为哲学教授。②老杨公，杨继业，北宋名将。

其十四 王强

通鉴详观意未平，^① 此心不与俗流盟。

怅望京华三十载， 不见当年王沪生。^②

注：①本科通读《资治通鉴》，全班唯一。②籍出沪上，毕业供职中国传媒大学，兹后音讯杳然。

其十五 张阿利

茂才未愧状元郎，^① 学府影坛神笔张。^②

橐龠运风由妙手，^③ 时从冰窖炼精钢。^④

注：①高考成绩本班第一。②学术探赜与影视创作并有佳绩。③《道德经》："天地之间，其犹橐龠乎？"④主事西北大学广电系，筚路蓝缕，屡拓新境。

房日晰评："冰窖炼精钢"之喻，极为尖新。

其十六 王春泉

意旌虚室自轩昂，伉俪草玄朝夕忙。^①

无限风光青玉案，名家轶事续钱杨。^②

注：①伉俪俱为教授。②钱杨，钱锺书、杨绛。

其十七 杨立川

履雪经霜总泰然， 黉门志业拓新篇。^①

居安沣镐多佳趣，^② 田舍不须问辋川。^③

注：①曾主事西北大学新闻传播学院，教授传播学，治学严谨。②西北大学长安校区毗邻大小居安村。③籍出蓝田。

其十八　刘丰

心泉一世涌清波，沃灌松筠并女萝。

更待刘门表时彦，推君领唱大风歌。

注：最乐成人之美。

房日晰评： 前二句比喻生色。

其十九　王振华

赤子恒持济世心，生民福祉苦追寻。

悬鱼府外羞贪吏，百里山川留德音。

注：《后汉书·羊续传》："续为南阳太守……时权豪之家多尚奢丽，续深疾之，常敝衣薄食，车马羸败。府丞尝献其生鱼，续受而悬于庭；丞后又进之，续乃出所悬者，以杜其意。"

其二十　褚波

文藻光昌羡褚家，① 波郎才调亦生花。

校场更见舒猿臂，② 演绎椎秦博浪沙。③

注：①汉褚少孙、唐褚遂良、清褚廷璋等，皆负艺文盛名。②时为西学大学第一铅球手。③《史记·留侯世家》："（张良）得力士，为铁椎重百二十斤。秦皇帝东游，良与客狙击秦皇帝博浪沙中，误中副车。"

其二十一 魏尧

渭滨绍续季鸾风，[①] 公器端然执手中。[②]

尘幕岂能盲慧眼？ 敢剖文胆对苍穹。

注：①张季鸾（1888—1942），陕西榆林人，民国《大公报》总编辑。②为《渭南日报》副总编辑。

其二十二 赵旭东

横山才士客榆阳，[①] 自守诗书君子堂。

旅到榆溪问员外，[②] 邑人同指赵家庄。

注：①籍出横山，仕于榆阳。②榆溪在榆阳区北三公里处。

其二十三 贺群社

公子前身压海棠，醉吟月榭动潇湘。

风流天授生花笔，岂共雕虫论短长？

注：文才盛。典出《红楼梦》第三十七回。

其二十四 张田德

饥梨渴枣最堪怜， 碧野书畦垦卅年。[①]

引得横渠清旺水，[②] 笑看嘉果满秦川。

注：①秉性纯笃，才智富厚，供职陕西人民出版社，业务精熟。②籍属眉县，横渠先生故里也。

其二十五 韩杰应

一世胸中驻醴泉，[①] 洋洋活活送流年。[②]

鬓霜或与秋霜黪， 本色岂随颜色迁？

注：①籍属礼泉，旧称醴泉。②洋洋活活，水流貌。《诗经·硕人》："河水洋洋，北流活活。"

房日晰评：用典贴切。

其二十六　姜铭

心潭自爱百年清，　中岁悠然别上京。①
若论挂冠轻五斗，②小姜羞后老渊明。

注：①绝意仕进十余年矣。②萧统《陶渊明传》："渊明少有高趣……不堪吏职……岁终，会郡遣督邮至，县吏请曰：'应束带见之。'渊明叹曰：'我岂能为五斗米折腰向乡里小儿？'即日解绶去职，赋《归去来》。"

其二十七　朱伟胜

才艺般般触处通，①打围蹴鞠抚琴弓。②
白头犹是麒麟手，　收实俱从率性中。

注：①才艺甚夥。②关汉卿《南吕·一枝花·不伏老》："我也会围棋、会蹴踘、会打围、会插科、会歌舞、会吹弹、会咽作、会吟诗、会双陆……"

其二十八　王小春

小号声中万象新，①悠扬旋律谱真纯。
如歌岁月长相忆，　并誉镐京王府人。②

注：①时为中文系乐队第一小号手。②籍属西安。

其二十九　孙杰

智华不负好时光，杰作经年构造忙。①
舞动三秦大风采，谁堪手笔比孙郎？②

注：①任陕西电视台国际部主任，代表作有获奖纪录片《出嫁的新娘》《牧羊人的冬天》《独联体的陕西村》等。②为大型专题片《舞动陕西》《望长安》《大秦岭》《陕北启示录》等制片人。

其三十　姚逸仙

飒爽英姿一少年，　骠姚身手跃云天。①
雕龙伏虎寻常事，②　名号自宜称逸仙。

注：①蝉联校运会撑竿跳项目冠军三年。②文体兼擅，并有佳绩。

其三十一　韩星

心扉只向道人开，①　经史古今共别裁。②
不辍弦歌洙泗上，　青衿岂肯着尘埃？

注：①道人，有道之人，非道士也。②别裁，鉴别真伪，裁定优劣。

其三十二　韩睿

慧材无处不华滋，①　颖出群伦由睿思。
我自期儿早翘楚，②　嘱他韩府拜良师。

注：①天分自高，所事靡不功成。②《诗经·汉广》："翘翘错薪，言刈其楚。"郑玄笺："楚，杂薪之中尤翘翘者。"

其三十三　李旭洲

另类书生主义真，府堂未屑献经纶。
荷兰格调自珍重，长作春风沂水人。

注：自去吏职，从教育才。

其三十四 　张晓峰

琴瑟金台月下弹，① 礴溪生趣好垂竿。②

风华不信帅哥老， 高会同期走翠峦。

注：①籍贯、职事俱在宝鸡，别名金台。②礴溪，河名，源于宝鸡东南，姜太公垂钓于此。

其三十五 　杨波

曲蘗摅怀信马行，① 尘途不解是逢迎。

剖肝故旧论兴废， 为有书生未了情。②

注：①言行豪直洒落。②情怀卅年不易。

其三十六 　王怀成

法国王公居镐京，① 年年禹甸望河清。

双肩理器长担待， 说部他生追贾生。②

注：①供职省司法厅。②华年好作小说，颇见才趣。贾生，贾平凹，本系1972级学兄。

其三十七 　杨超

晴阴何计步匆匆？ 黎庶悲辛揽镜中。①

莫道秋毫渐难辨，② 依然炯炯是心瞳。

注：①供职西安电视台，主事时闻采编至今，为《直播西安》创始人之一。②俗谓"四十七八，两眼发花"，兄与我皆不免矣。

其三十八 杨源杰

府门明镜正衣冠，巡按生涯不素餐。[1]

暇日章台谈笑过，科头何惧万人看?[2]

注：①仕职市府纪检。②《汉书·张敞传》："时罢朝会，过走马章台街，使御吏驱，自以便面拊马。"反用之。

附姚敏杰《题半通斋》：上洛烟霞凌剑气，长安风雨壮诗魂。才思无碍向天写，文史淹通谁与伦?

阎琦评：同窗毕业离散数十年后聚会，以诗为诸人"画像"，诚雅事也，然须有才情且手疾如诗人者方可为之。三十八人年龄相当，即其一点，或才，或貌，或技艺，或学问，或其专业，或其旧籍，或其成就，一一描摹如画，殊非易事。其中有八九人为余旧识，读之不免会心一笑。

王彦龙评：三十八首，三十八人，各有面目，各有侧重，以史家笔法摹写人物，读之仿佛其人即在目前，非大手笔不能为也。

2011年9月

戏赠友人远旅

腰圆何惧旅途难? 眼宇五洲随处宽。

旬月环球三万里，刘郎回作井蛙看。

2011年10月

呈友人

佝偻生涯数十春，蝇营狗苟走行频。

晚来抖擞娘胎气，做个昂昂正正人。

阎琦评：以俗语入诗，然不觉其俗。

王彦龙评："佝偻"半生，犹能"悟以往之不谏，知来者之可追"，我辈青年，岂能无动于衷乎？后两句足称警句。

2011年10月

寄黄兆碧诗兄

未解才兄报爽讴，榆溪每过怕淹留。
如林铁臂开金窖，何处家园有马牛？
一脉伤连千脉血，廿年材竭万年油。
此中巴鼻休深问，但乞天人弭凤雏。

附黄兆碧《榆林行》：爽气商声佐胜游，驼城榆塞正经秋。溪流野朔开丹峡，草覆胡沙走彩虹。一代人承千古业，万年祖荫几泓油。边墙脚下恋三宿，自笑邯郸梦里侯。

2011年10月

友人所爱终适他人奉句以慰

珠娘既已属人家，何必萦怀如此耶？
愿渡萧郎出情海，佛山随我种莲花。

2011年10月

答考生

教授万千何足论？今非昔比是灵魂。
尘怀我亦随年夥，嗟尔远来投错门。

2011年10月

赠方英文

锦句映清秋，　神思出自由。
骚情宣纸泼，① 网络粉丝稠。
号副方文慧，　冠新汉北侯。②
种萝思抱瓮，　访客待灵修。

注：①习书经年，渐臻佳境。②曾挂职汉阴县副县长。
王彦龙评：颔联尤见方公本色。

2011年11月

四十七岁生日自谴并谢人

走行尘世似虫沙，倏忽眼昏双腿麻。
未愧肚肠驴打滚，但期歌啸思无邪。
悲欣职事倾屠力，冷暖人情吞豁牙。
君问如何遣兹日？半锅排骨炖南瓜。

王彦龙评：中年境况，读之似五味杂陈，而尾句复令人忍俊不禁矣。

2011年11月

赠陈敬玺孙尚勇二才兄

奉胆剖肝四五年，已将来世续前缘。
并锄并拓荆丛路，同叹同呼尧舜天。
六手每逢争白堕，三心无异慕青莲。
西京幸有梁园乐，落索身名亦晏然。

注：尝戏谓二兄为我"生前友好"。

2011年11月

赠陈公忠实先生

廿年文苑仰陈公，椽笔远承太史风。
唯有剥离臻大造，岂教心帜愧苍穹？

阎琦评："剥离臻大造"有深意。窃意陈公《白鹿原》虽有可訾议处，然其臻于"大造"，确乎为同时代作者望尘莫及。

王彦龙评：陈公于中国之贡献，非唯一部《白鹿原》，其所提倡之"剥离"者，直指当代文坛弊病，然似尚未引起普遍重视。师父慧眼识珠，想必日后定有更多识珠之人。

2011年11月

秋野宴客口号

远遁鄠都名利场，宴开穷野对苍茫。

四围秋色如潮起，一片予怀逐酒狂。

好客从来远夷甫，劫筹岂只识红羊？

卮言莫笑狂生态，早把命途从素王。

阎琦评：颔联先状秋色如潮，再以秋色陪衬酒后胸怀，有气势。

2011年11月

奉方英文兄短信，感赋元白体追记其事

燕赵贫姑年四十，打工西域拾棉忙。

归程过我日将暮，掩面移时泪满裳。

未惧命途多辗转，难言世道是炎凉。

匆匆又踏风霜去，螺蠃桑园思断肠。

附方兄短信：河北一农妇，博客文友也，今自新疆拾棉返回，专程西安下车来访，入门不数语，即哭诉不幸……慰之：不幸者众。临别书四字以奉：拾花存香。

王彦龙评：生平如此妇者何止万千？而能坚持著文，又能于风尘仆仆中专程访友者，实不多见，可感可佩！

2011年11月

题石诗二首

黑灵石"远古猿人"

灵猿万载驻神州，惯看晴风晦雨稠。

治乱何须辨秦汉？乐郊唯忆是元谋。

秦岭卷纹石

石相浑成水墨篇，龙腾云涌绕林泉。

奇观今古论佳趣，十九人工逊自然。

2011年12月

读费秉勋先生《诫子诗》

蓝田吾师费，合当称贯通。

琴书妙窍识，文章情辞工。

今兹诗诫子，远绍靖节风。

平易蕴至理，谆嘱见深衷。

我亦为人父，正义愿追从。

王彦龙评："平易蕴至理，谆嘱见深衷。"虽未读费教授诗，亦可想见其循循善诱之口吻。

2011年12月

晚登山楼归赠友人

携手苍凉西北楼，凭栏明晦辨齐州。

行如笠泽天门子，命近山阴贺鬼头。

羞把悲吟沉海腹，还期炼石补云裘。

此心桴鼓谁能抑？喤嗒君前解浩愁。

2011年12月

2012 年

新年作

米珠薪桂日，万象更新时。
物议喧腾久，书生积郁滋。
清河犹邈远，大道渐支离。
独立交衢上，黯然双泪垂。

2012年1月

农历壬辰年口占

破冰丹水好烹茶，挑得春风到我家。
鼓腹山前如野老，闲吟南吕一枝花。

2012年1月

去 日

向晚天寒意更寒，阑珊灯火雾中看。
浮名诱我十年久，好梦成真一世难。
从俗还羞伤性命，舒眉堪慰守芝兰。
且将陈酿迎昏晓，热腹重温去日欢。

王彦龙评：浮名相诱十年，犹能坐守芝兰者，何其不易！

2012年2月

新年寄赠京华友人

其一

朝夕摅怀藉酒醇，驻心怅惘对谁陈？

燕云楚月嗟千里，锦瑟佳人是洛神。

其二

命途苦海总无边，慎莫相逢便说缘。

故事率多成事故，徒留冷梦到残年。

其三

西京长夜抚瑶琴，竟使哀凉转井深。

弦断推帘何所见？月光如水漫疏林。

阎琦评：有些许义山"无题"深情绵邈意味。

2012年2月

龙年商山和王锋诗兄

落寞家园伴酒茶，轩窗坐看日横斜。

乌啼舍后百年桧，命到龙头两鬓花。

豪贾骄邻丰岁宴，寒江潜影食人鲨。

春愁万缕同谁说？恍觉商山起暮笳。

附王锋《辛卯除日口占》：百尺楼头漫煮茶，纷纷暮雪任横斜。常惊旧史翻新事，偶叹流年入鬓华。今古载舟劳百姓，东南窥户列千鲨。望中龙舞钧天外，国是击心如鼓箛。

王彦龙评：原作、和作俱佳。新岁而生万千悲慨，岂无缘由也哉！

2012年2月

打靶归来戏呈梅晓云教授吴嘉诗兄

灞上归来说校场，千回脱靶费思量。
可怜今世好身手，不是文盲是武盲。

注：应邀赴西安东郊打靶，中鹄始终未能。
王彦龙评：末句大谑！文盲、武盲皆不可怕，可怕者心盲也。

2012年3月

赠友生王君彦龙

落索身名不自哀，为怜鹿马帐前来。
舌喉愧短秦青技，诗席欢呼子夏才。
已发心弦动丰镐，更期眼宇仰天台。
西京莫叹飘零久，总有一朝襟抱开。

阎琦评：秦青展喉"响遏行云"，并善教习学讴者。事见《列子》。
诗人亦善讴，屡见于诗，此以喻己，甚贴切。子夏，孔门"十哲"之一，
长于文学，此以代指友生，爱赏可见矣。

2012年3月

将赴任学报编辑部席奉诸师友

每逢好酒便张狂，何必樽前胆气藏。
痛饮高谈增脉动，微醺给力减情伤。
萦怀还是旧文学，赴任也宜新职场。
事事从兹不辞苦，苦头尝尽命犹强。

王彦龙评："萦怀还是旧文学，赴任也宜新职场。"自是书生本色。

2012年3月

惊见玉兰早开

寒葩盛放满枝丫，天赋灵通不待夸。
留恋移时徒怅怅，奈何嘉树属人家。

2012年3月

呈业师张孝评教授

山阴才调发琅琴，沣镐草玄倾热忱。
由嗲柴愚同仰颂，先生度我有金针。

阎琦评：由（仲由）、柴（高柴）皆孔门弟子。《论语·先进》有"柴也愚（迟钝），由也嗲（鲁莽）"之语。

王彦龙评：师父之度我等，亦自有金针也。

2012年3月

鹧鸪天·依韵兆碧小鹿二公

胆气今宵压灌夫，俏觞更喜有群姝。微躯偶亦拼真命，斗盏何妨任故吾。　　倾白堕，似狂奴，醉乡直欲射封狐。山人本色谁能笑，未惧皮囊葬废都。

2012年5月

送友生旅欧

万里西行四月天，踏青览胜趁芳年。

先生心诵远游赋，老眼藉君亲紫嫣。

2012年5月

呈吴巧奇女史并寄孙尚勇王钝之二才兄

春夜欢宴后，移车客君家。

地称雅居乐，主人面如花。

素手调佳酿，青瓷沏雪芽。

谈笑四君子，天趣皆不遮。

王生或小寐，卧态似憨蛇。

孙郎贾余勇，饮兴无端涯。

我醉把芦管，作声似乱麻。

二更戴月去，并口赞吴娃。

房日晰评： 情境历历如画，趣味盎然。

阎琦评： 有杜甫《赠卫八处士》风味。

王彦龙评： "主人"待客之殷勤、"王生"小寐之憨态、"孙郎"饮兴之豪放，以及"我"醉中吹笛之率性，毕见于笔端，思之如在目前。

2012年5月

贺徐剑铭文学创作座谈会召开

徐州剑侠入秦川，纵马文坛风雨天。
行到秋山人未老，豪情依旧似华年。

2012年5月

集句感怀

世态如汤不可探，暖风凉雨饱相谙。
学方用力须千百，海内同心无二三。
抛掷功名还史册，宁论塞北与江南。
谁云有句传天下？都似嵇康七不堪。

2012年6月

友人将赴青藏饯行奉句

心衰足跛似伤兵，怅望高原怯远征。
奉盏罗敷壮行色，折喉醉唱逛新城。

阎琦评：第三句可两解，或谓座中有"罗敷"为"友人"壮行，或谓作者奉盏为"罗敷"壮行，"罗敷"即"友人"。罗敷，美女代称也。崔豹《古今注·音乐》略谓："罗敷为邑人妻，出采桑于陌上，赵王登台，见而悦之，欲夺，罗敷乃弹筝作歌以自明。"末句"折喉醉唱"者，当指诗人自己，《逛新城》乃昔时赞扬拉萨新貌之名歌。

2012年6月

端午前大宴诸友口占一律

最爱诗侪索酒频，谬悠容我乱摇唇。
心窗自敞如焦大，毛病虽多是好人。
主席何曾方寸乱，袒胸应谅性情真。
荤谈竟日陶钧在，莫解卮言作嘴贫。

王彦龙评：张岱云："人无癖不可与交，以其无深情也；人无疵不可与交，以其无真气也。"颔联所谓"毛病"，约似于张岱所谓"癖""疵"也。

2012年6月

题西大2003级汉文专业《文字域》

书生豪气贯长虹，才笔耕耘晴雨中。
热血同浇文字域，葱茏一片映苍穹。

2012年9月

观中国十大美声女高音"光荣绽放"演唱会

风华自是念奴伦，倾倒屏前爱乐人。
十美一宵同绽放，声情渡我上天津。

2012年9月

壬辰中秋赠采南台主人方兄英文

一别武陵三十春，曲江未悔寄萍身。
霞霓墨韵真才子，性感辞章美妇人。
此际嘉园筑京兆，他年访客待莱辛。
澄明圆月浮心海，气格何曾入俗伦？

看剑堂评： 方、刘二公皆商洛产，同系武陵源中人，后皆入滚滚红尘之长安。誉方公文墨曰真才子，此大实话，然亦寻常语，略无出奇，然誉其辞章如美妇人，则迥出意表，盖"性感"且"美"，则妖娆婀娜万状，自不待言，"妇人"常以喻成熟老到，"性感"则多属青鬓，能"妇人"且"性感"而"美"，真辞章之"方家"矣。结句以秋月澄明，顿见迢遥开阔境界，秋月自是泠泠如水，此又与首句武陵源相呼应，武陵源中水，出山尚清也，出山俱清也。

2012年9月

吊马天祥先生

杜门学问自经营，未解红尘名利争。

周士硕师多苦乐，几人苦乐似先生？

阎琦评："杜门学问自经营"写尽马先生一生。

2012年10月

题孙见喜先生"故乡行"组照

乡情心镜聚焦中，岭上白云江上风。
孰谓四明狂客老？归来转业斗鸡翁。

2012年10月

答魏义友先生

其一

感激先生爱八刘，同袍同泽赋同仇。
情辞未敢较工致，史阙犹期补九丘。

其二

名籍何惭随七刘，恨无警策报前修。
大风还待承丰沛，诗海偕舟汗漫游。

附魏义友《赠刘家八诗友》：击楫高吟爱八刘，抟风鼓浪壮神州。平生有幸蒙嘉许，诗海相随竞远游。（自注：八刘者，刘征、刘章、刘勋政、刘玉霖、刘士杰、刘献琛、刘炜评、刘泽宇也。）

2012年10月

唐山夜宴口占呈谢主人

海隅狂浪惜良辰，犬吠驴鸣变奏频。
毕露原形君莫笑，前生信是九夷人。

注：讲学燕赵期间，与北大EMBA班学员三十余人同游唐山。

2012年11月

读丹萌师博文

人伦万古与天齐，缕缕慈晖注爱溪。
娇女心声催我泪，妈妈是个好东西。

附何丹萌博文《妈妈是个好东西》片段：在京城读大学的小女十分恋家……今年假期照例回来，母女更是如漆似胶，须臾不愿拆分。午饭后，她痴愣愣抱着母亲望了很久，突然冒出一句："妈妈是个好东西！"

2012年11月

南　游

心辕昨夜出围城，休问前途晦与明。
揭我云旗高万丈，飙轮直向楚天行。

2012年12月

愧报业师费秉勋教授

学问空疏三十春，非驴非马杂家伦。

缁衣泮水思重洗，勉力余生做好人。

王彦龙评："勉力余生做好人"，可为座右铭！

2012年12月

2013 年

冬夜偶成

其一

酣歌不觉日西沉，雪夜从容过棘林。

待到春风满西苑，玉兰树下抚瑶琴。

其二

一世从容走八方，男儿胸胆蔑强梁。

自将豪气擎天地，最爱命途风雨狂。

阎琦评：通篇未见"酒""醉"字样，却有醉后使气之概。"最爱命途风雨狂"，真难得男儿豪迈语。

王彦龙评："最爱命途风雨狂"，应是自嘲之语。然能于风雨鸡鸣之际，豪气干云、从容处之者，亦豪杰也！

2013年1月

步韵谭嗣同烈士《和仙槎除夕感怀四篇》

其一

龙驹足印觅商山，驻想通眉百二年。

齐钺无能惮雄魄，星眸如剑刺玄天。

飞鹰汧陇吟鞭疾，击水潇湘长指坚。

默诵先生除夕句，千嗟万慨涌心田。

注：先生尝数过商州。

其二

碌碌虫鸣拟我真，羞矜素抱慕诗人。

哀弦弹尽天将老，鳖面归来衣满尘。

四海风樯撩病眼，卅秋禄米短腰身。

愁轮无物能相抵，硠硍泥途又一春。

其三

酒祀社神祈岁丰，板桥兴废问山翁。

鹤从己丑踪无觅，诗到咸通气不雄。

陆海百嗟更法印，神魔两极察西东。

野烟明灭供愁眼，人杰吟思晚烧中。

其四

欸乃痴听倚郁离，谁如我也我如谁？

春筵竟夕敲檀板，身手屠龙并画眉。

雪晓江潮破冰后，浏阳铙吹荡胸时。

驿题寻迹荒村路，丽景万千频侧迟。

附谭嗣同《和仙槎除夕感怀四篇》（1893年作）：

其一：断送古今惟岁月，昏昏腊酒又迎年。谁知羲仲寅宾日，已是共工缺陷天。桐待凤鸣心不死，泽因龙起腹难坚。寒灰自分终消歇，赖有诗兵斗火田。

其二：我辈虫吟真碌碌，高歌《商颂》彼何人。十年醉梦天难醒，一寸芳心镜不尘。挥洒琴尊辞旧岁，安排险阻著孤身。乾坤剑气双龙啸，唤起幽潜共好春。

其三：内顾何曾足肝胆，论交晚乃得髯翁。不观器识才终隐，即较文词势已雄。逃酒人随霜阵北，谈兵心逐海潮东。飞光自抚将三十，山简生来忧患中。

其四：年华世事两迷离，敢道中原鹿死谁。自向冰天炼奇骨，暂教佳句属通眉。无端歌哭因长夜，婺尾阴阳剩此时。有约闻鸡同起舞，灯前转恨漏声迟。

注：饶仙槎，作者友人。光绪癸巳年，先生曾与饶仙槎、李玉则摄影于沪上。后人可见谭公通眉英眸，似唯此一图。

2013年2月

草成一律呈王军兄

岁月沉埋座右铭，谈筵互谑满头星。
寒春凤阙频多兆，匆履荆途远绝陉。
纵将心火熔生铁，争奈舟车不用钉。
解嘲同作他年计，厮杀棋牌倚晚亭。

阎琦评： 有无奈焉，有希冀焉。

王彦龙评：尾联滋味庶近稼轩"却将万字平戎策，换得东家种树书"。

2013年2月

贺张艳茜女史新著付梓

芳姿驻初见，灵窍与年通。
气度湘云态，才情漱玉风。
咸京真女史，闽海识人雄。
茜手成文锦，何须鉴拙工？

2013年3月

旅次江西挽时晓丽教授

孤馆黄昏闻噩耗，捶胸北望抑哀声。
廿秋绛帐同甘苦，一夕音容隔死生。
天国或能勘乐土，人间难舍是亲情。
凄风苦雨江南夜，泪尽悲歌谱不成。

阎琦评：起句即营造一派感伤气氛。颔联表意至痛而有概括力，佳对也。

王彦龙评：与师父同一哭！时教授曾授文论课程，余以兴趣不浓，未尝专心聆听，及其去世，乃幡然自悔。曾有《城外见桃花盛开吊时晓丽老师》："千枝明艳净无尘，魅影婷婷在水滨。最是娇红容易谢，迎风开日倍愁人。"另有短文一篇以为纪念，然斯人已矣，终成憾恨。

2013年3月

旅次江西婺源口占

万点枝头报春色，江山人物换新衣。
眼怜碧水过南浦，暂把心船此处归。

2013年3月

寄福州施晓宇张艳茜伉俪

三月长安不见花，千门万户没尘沙。
凭窗频向榕城望，绿绕红围赵李家。

2013年3月

谢城东友人

醉卧东门藉锦茵，醒来依旧是贫身。
回车月夜来时路，笑别瓜田守望人。

王彦龙评：东门种瓜人，昔日亦是封侯者乎？

2013年4月

席赠友人

学问自羞称半通，精神犹仰义宁风。
对君不掩他年愿，倾泻樽前百步洪。

阎琦评："义宁风"谓陈寅恪（江西义宁人）精益求精之治学精神。

2013年4月

黄山三首

其一

山门为我雨中开，万象妖娆扑面来。
手杖自持如法杖，天碑地碣细量裁。

其二

脚下松涛作海声，眼前翻墨阵云横。
心灯一盏明歧路，直向莲花顶上行。

其三

未悔书斋作马牛，羸躯更爱八方游。
千山万水将看破，难卸心头古国愁。

阎琦评：三首皆好，第二首尤佳，可作画家泼墨观。
王彦龙评：山川行旅中亦有精神哲思、故国忧患，可见士人底色。

2013年4月

沪上一日追记

龙华名刹觅祥光，又过弄堂田子坊。
遗韵我来都不见，怅然归去叹沧桑。

2013年4月

匆过金陵赠别友人

有暇穷客陟朱楼，夜览东南十五州。
北固遥闻新鼓乐，东山长忆旧风流。
羞吟樗句酬嘉会，醉听吴娥唱莫愁。
离席击壶容放浪，心舟待发晓云头。

2013年5月

谢邢小利兄邀与白鹿雅集

华年难挽住，望老欲何为？
登高临灞涘，放眼未舒眉。
白鹿杳无迹，枯槐掩荒祠。
骚人居治世，忡忡见俗疑。
初誓幸未坠，回车莫恨迟。
义无再辱日，行到自由时。
心秤参万象，与君同护持。

王彦龙评："骚人居治世，忡忡见俗疑"者，先贤得宠思辱、居安思危之远见也；"初誓幸未坠，回车莫恨迟"者，屈子余心所善、九死无悔之执着也；"义无再辱日，行到自由时"者，义宁独立精神、自由思想之申发也。

2013年5月

奉吴嘉诗友

痴心总恨酿愁欢，身在长安意不安。
春梦秋来犹入梦，痴心总恨酿愁欢。

2013年5月

儿童节感事依韵彦龙绝句

锦瑟华年难久长，未甘心境转凄凉。
岂教幼艾啼冰海，奋力虞渊种太阳。

附王彦龙《儿童节随笔》：二十年来事渺茫，青春大半已封藏。无端说到童年好，真似华胥梦一场。

2013年6月

用韵和孙尚勇贤仲

未期市井有知音，醉卧夷门自浩吟。
人海懒睁风眼大，只缘心眼望高岑。

附孙尚勇《饮酒戏赠炜评兄》：风眼铅华浑不见，放狂市井觅知音。壮心诗酒消磨尽，犹把深杯独自斟。（自注："风眼"乃天水方言词，谓"有眼色"也。）
王彦龙评："高岑"似为双关。

2013年10月

2014 年

答王君彦龙

雾失楼台何处寻？诗喉春唱转秋吟。
不是愚师好悲慨，难禁悲慨与年深。

王彦龙评："春唱转秋吟"者，"庾信文章老更成"也。

2014年2月

甲午岁首商州望江楼手机答友人谢酒

江上独行嗟逝波，厌闻爆竹伴笙歌。
春归白鹤无踪影，诗到清吟远酒魔。
才力掣鲸休叹少，文章应景已伤多。
遁身新岁山城外，守望心田种稻禾。

注：商州别名鹤城，近世以降，鹤迹杳然。

2014年2月

上元夜呈看剑堂主依韵原玉，此日牙痛稍敛

春来齿妒春盘好，痛作如锥竟不休。
佳讯闻君除恶石，开心似我缚冤头。
诗情未减青春烈，剑气还宜中岁收。

好雨好风期不远，凭栏同啸紫云楼。

附王锋《甲午首日切胆石》：块垒横胸臆，磨人春复秋。霜刀扑胆没，旧事展眉收。中岁识真伪，微躯味自由。烟花连夜起，落落满神州。

阎琦评：首句"齿妒春盘"谓牙疼眼看盘中飧而不得食也。韩愈诗形容其齿缺："妻儿恐我生怅望，盘中不置梨与栗。"与此同致。

王彦龙评：颈联大赞！有收有放，乃是恰到好处。

2014年2月

步韵周晓陆教授《花甲自题》

鸿痕回望倚危楼，未负豪情六十秋。
说史谈经辨人鬼，乘桴入海觅泥牛。
鹿车幸已过安检，才笔祈能卸浩愁。
留得精神南亩在，种瓜种豆绿油油。

附周晓陆《花甲自题》：燕京角隅陕西楼，揽尽春花揽尽秋。忘学翼举轻胜马，思耕心动重如牛。一生赚得当垆醉，花甲尚嫌弄禹愁。孟母莱儿精怪在，葫芦越老越生油。

王彦龙评：原作、和作俱诙谐，亦各有千秋。

2014年3月

沣峪作

暇日行吟沣峪频，也怜物色也怜人。

卜家故态曾三熟，隐士高谈信半真。

僧舍经开青玉案，竹篱壶抱碧螺春。

诗材贮得奚囊满，月下高歌跃水滨。

刘泽宇评：颈联对仗妥帖难得，天然对也。

阆中渔翁评：颔联微讽，颈联寓美，抑扬在不动声色之间。闻今之秦岭南北，真假隐士多至数千矣。

2014年5月

周至采风口占

名邑重来四月天，望中不见旧桑田。

万般春意跃平野，百里笙歌动大千。

劳碌莫教生减趣，闲游最合雨如烟。

愧无才笔奉黎庶，且待华章出众贤。

2014年5月

呈率真堂主人

其一

伪饰岂能加此身？三生愿作雨僧邻。

穷通免疫流行病，笑看随时俯仰人。

其二

书生心曲自悠扬，何忍国风斯世亡？

屠狗屠龙终不悔，诗来诗往手机忙。

阎琦评：率真堂主人不知为何人，读诗可知品格。"雨僧"乃泾阳吴宓表字。"愿作雨僧邻"，吴公一生，"率真"二字可以概之。

2014年5月

复友人短信

欣闻烦恼化云烟，情海归来补漏船。
家有子君多护爱，莫教伤逝演华年。

阎琦评：句句皆切"补漏"。子君为鲁迅《伤逝》中女主人公。
王彦龙评："情海归来补漏船"，是否为时已晚？一笑。

2014年5月

感　事

身心半世与时乖，七窍而今六未开。
细检千般过来事，盈亏多自笨中来。

注：高尔泰《寻找家园》："细想起来，我们的很多故事，也都是笨出来的。"

2014年5月

题李耀儒先生画作二首

《林中曲》其一

独爱此间风物新，四时清景绝纤尘。
丹青谱出林中曲，为报芳华不负人。

《千岛湖》其二

白帆桂棹舞晴风，笑语欢歌动碧穹。
螺髻镜湖谁造就？工农血汗铸奇功。

2014年5月

题李绪正先生花鸟摄影二幅

黄喉鹀其一

楼外枝头栖此君，清喉对我发天真。
厌听尘世争喧闹，人语何如鸟语亲？

灰喜鹊其二

万类春来争胜日，骚人情致涌潮时。
却愁行到青林苑，难赋盈眸鹊踏枝。

2014年6月

重读《李杜全集》

信矣诗能泣鬼神，光华并射性情真。

应知元气由襟抱，莫作偏笺索酒醇。

范式岂随骚国老？头颅不欠庙堂伸。

星空万古悬双灿，度我心灯迈俗尘。

阎琦评：诗人对李杜诗有真体会。"莫作偏笺索酒醇"谓古来对李杜诗多有误解，如王安石谓李白诗"十首九说妇人与酒"，当代郭沫若亦曾说杜甫"嗜酒"。

王彦龙评："星空万古悬双灿"，与韩吏部所谓"李杜文章在，光焰万丈长"异曲同工。

2014年7月

夏夜暴雨骤作庐前口占

欣迎夜雨似魔狂，天浴庐前意色扬。

腾跃呼它再威猛，霁时万象换新妆。

2014年7月

答友人二首

其一

无赖秋霜染鬓毛，恓惶光景且撑熬。

悠悠万事从长计，不信英雄尽土豪。

其二

亦嗟步态渐龙钟，诗兴犹耽紫阁峰。

一路行来甚风度？半狼狈也半从容。

注：杜甫《秋兴八首》其八："昆吾御宿自逶迤，紫阁峰阴入渼陂。"紫阁峰在今西安市鄠邑区。

2014年9月

和友生吴嘉

凭窗南望羡云游，隐约岚皋紫气浮。
虚负情衷题素叶，长嗟病足畏寒秋。
寸苗心火怜穷主，尺案笔劳难到头。
锦瑟华年弹指过，余生唯愿少清愁。

王彦龙评：李后主词曰："人生愁恨何能免，销魂独我情何限！"师父此愿，看似简单，实现亦不易也。

2014年11月

半百感怀并呈西京诸友

生涯五十又归零，盘计前愆虑后能。
诗笔从天梦寥廓，心园凿井意蒸腾。
勘书藜阁承中垒，悬像仪形仰少陵。
自揣头颅合如此，垂怜过望谢高朋。

王彦龙评：比年闻师父以"老夫"自谑，颇不以为然，盖"刘郎"尚自风华正茂，不必有知命之嗟。然近观师父诗文，大有"庾信文章老更成"之势，此或得益于师法刘中垒、杜少陵耶？

2014年11月

更漏子·商於孤旅

　　夜深沉，山隐没，苦雨羁留倦客。伏孤枕，抱冷衾，想思梁甫吟。　　风色恶，肝肠灼，难抑心潮起落。谁共我，计前程，五更霜路行。

王彦龙评：宛转凄楚，百感交集。唯觉倦、孤、冷、恶等词使用频率略高。

2014年12月

谢高璐女史贺岁

　　霜风岁杪疾，踽踽过疏林。
　　远道鱼笺至，去年风景吟。
　　皋兰负宏想，河右觅金针。
　　术业期精进，恒恒葆素心。

　　附高璐《愧和炜评师寄赠》：浮冰漂野水，落日入空林。岁暮惊时节，乡音动客心。青灯常照影，素手未行针。感激先生语，如聆空谷音。

2014年12月

2015 年

读照有感

青春存照总堪怜，况是秦娥佐盛筵。
美目而今觅何处？光阴倏忽十三年。

注：十三年前邀贾君平凹、高君建群、方君英文等友人欢聚，同席者美姝七人。顷收英文兄网传合影，感慨光阴不居。

2015年2月

慰周小鹿教授

才情万斛泼江天，何惧崩盘返史前？
文字从兹不须立，鹿门闲坐好参禅。

附周小鹿《计算机崩盘救活无方》：倒灶红羊甚嘛天？妖娆一瞬化飞烟。从今学术何须虑？一把歪诗缀数年。

2015年2月

友人里巷口占

年年访旧灞东村，宾主相欢推盏勤。
莫道人情薄如纸，刘郎偏爱故将军。

阎琦评：由"灞"联想到"故将军"李广事，用典已至自由之境。

2015年2月

上元日街头逢友人戏赠

宴罢醺醺出里门，满城春色闹纷纷。
最怜乖姐妆佳节，高髻细腰超短裙。

2015年3月

赠方光华教授

不是寻常别，心声出赤诚。
湘秦千里路，家国百年情。
未惧风霜走，但看名利轻。
衣冠自珍爱，本色是书生。

注：君任西北大学校长四年，此日离任履新。
阎琦评：结构紧凑。第二联以下，皆以"赤诚"二字说话。

2015年3月

春夜改稿不觉达旦　口占一律

文稿如山细剪裁，辛劳换得眼眉开。
时将彩线缘端绮，自信当行是绣才。
服务人民莫言傻，忽悠光景总堪哀。
焚膏继晷过春夜，甜蜜都从事业来。

2015年3月

感事兼答友人

如磐郁愤压心头，不说难休说亦休。
少小潮流推着走，兹今却爱反潮流。

王彦龙评："不说难休说亦休"，说与不说间，"妾"心千万难。

2015年3月

过胡亥墓

骂名滚滚到坟前，功罪谁论廿四年？
我不当时能作死，尧民何日别嬴天？

阎琦评："作死"犹俗语谓"自己找死"。胡亥死，子婴即位，不二月即降于刘邦，秦亡。"廿四"谓胡亥死年二十四。
方英文评：以胡亥口吻说胡亥，有陌生化效果。

2015年4月

席间戏赠外甥

矮巷栖身年复年，宴宾犹有卖浆钱。
莫嗤舅氏牙床老，口福唯亲笋与莲。

注：外甥打工长安廿年，栖杜城村。今兹其小女满月，老夫欣然往贺。同席者十余人，俱西漂草根也。

2015年4月

书坛即景

痛痒何关江上月，襟怀谁解沁园春？
浪花淘尽群英后，不见兰亭微醉人。

采南台评：四句道尽当下书坛实况。鄙人久有"书文复婚"之呼吁，
近年喜见践行者渐多。

王彦龙评：是以知方英文先生倡导"书文复婚"之必要。

2015年4月

中吕·山坡羊·春衣

早衣午换，午衣晚换，薄薄厚厚都穿遍。乍温馨，又凄
寒，这春好似美人面，脾气不知谁个惯。阴，也瞀乱；晴，
也瞀乱。

2015年4月

黄帝文化学术交流会呈台湾友人

一样心情五十秋，万重欢乐万重愁。
同泣同歌同祝愿，人间正道驻神州。

2015年4月

友人卅年未面，相逢惊我发福，戏句以呈

半世食材多草苗，羊腰竟也变熊腰。

纵能得道随君后，何敢乘风上九霄？

2015年4月

答王军兄询玉兰诗

风华领袖满园春，格调天生非俗伦。
他日骚坛授名号，愿封解意玉兰人。

注：不佞比年咏物诗词，涉玉兰者最夥。王军学兄微信："予意君之极喜玉兰，用情至深，盖因其饱满、圆润、纯洁、清雅之品格，最契君内心美学意向矣。"

2015年4月

赠商原李刚教授

红尘时尚懒追寻，方寸心斋蓄素琴。
欢忭钟期春夜至，忧端未敢奏沉沉。

2015年4月

沁园春·玉兰

衣袂飘飘，天使南来，旅次旧京。访曲江池苑，舜华灿灿；盛妆嘉木，意态盈盈。底事伤怀，明眸忍泣，又作哀歌启远征？岂非是、怕晨霾暮雨，污了芳馨？　　送君草色长

亭，秉玉洁、山川寂寞行。过梁园洙泗，弦歌绝响；楚江吴
市，萧艾争荣。独立琼枝，流观禹甸，未卜他生惜此生。祈
故国、藉风筲雨帚，扫出清明！

薛迪之评：一株冰清玉洁的玉兰竟能使诗人如此浮想联翩，神思飞
扬。如无大才气，绝做不到。正因为"秉玉洁"，她才伤怀寂寞、忍泣哀
歌、惧怕雨霾污了芳馨，诗人才呼唤故国清明。芳草美人，殷情可知！

李浩评：刘郎另一幅笔墨。

李芳民评：赋物似美成，韵致如淮海，又隐约间有白石之空灵。玉
兰冰清雅洁，春花中凤喜者，终以才短，不得摹其神韵。及览大作，不
意道尽心中意，一快也。

王彦龙评：昔觉师父词多似诗，以其直多而曲少，略失词家本色。
而此作则一反往常，于低回缱绻中寄托无限柔情侠骨，借玉兰之风姿而抒
作者之胸臆，自是词中之妙品也。

2015年4月

读业师房日晰教授《论诗说稗》

斗室学灯恒灿然，论诗说稗忘皤年。
一脔尝得先生鼎，隽味出门传后贤。

注：《论诗说稗》，房日晰著，上海三联书店2014年12月出版。

2015年4月

彦龙君报旅滇初程回赠

平生不到彩云南，解会图文只二三。
霞客奚囊授徒弟，归来风土佐闲谈。

2015年6月

赠王锋诗兄

半通久矣羡王公，今古艺文皆措手。
十载报端才调横，千钧诗笔虬龙走。
更闻日咏吐华珠，已料年关收大斗。
如此功夫近放翁，祈能一二分刘某。

注：王兄兹年为诗，日占一课，岁抄将成《日咏集》，不佞讦美不已。

阎琦评： 仄韵律诗，古今偶见。

王彦龙评： 仄韵律诗，近体之整饬与古风之气魄兼而有之。

2015年6月

邢小利兄暂栖故里，戏句以呈

从心卧起赏烟霞，抱瓮晒书闲折花。
郁郁神禾映青舍，客来疑入杜郎家。

2015年7月

题仰止阁主人

一支毛颖舞西京，三尺琅琴演正声。
天授多才绍风雅，谠言四海有同鸣。

注：逯君高亮，字其鸣，号仰止阁主人，陕西华阴人，秦中当代书坛名家。君为人磊落，才艺甚夥，业余秦腔板胡演奏，造诣不逊梨园善才。壬辰年初，慨然抨击书坛怪相，铮铮《声明》，远播八方。

2015年7月

夏夜暴雨途中口占

豪雨浇头两脚泥，猫腰谁不看谁低。
天浴无分贫与富，满街飘荡落汤鸡。

2015年7月

新居书橱完工喜赋一律

丰乐良工斫嘉木，精裁巧构廿橱成。
半生家底翻箱出，四壁琳琅耀眼明。
升帐今朝似元帅，点兵芸帙恣心旌。
儿曹莫笑先生老，学海依然思远征。

注：将迁居长安校区，遂订购书橱二十方，可纳万卷。作家杜君永社，城西丰乐乡人也。

阎琦评：读来颇多同感。复旦王运熙教授尝有句形容书房心境："坐拥书城小诸侯。"此之谓也。

王彦龙评：忆师父昔曾有句："未愧身无千贯富，犹矜家有四墙书。"家财万贯，不如坐拥书城，直是羡煞人也！

2015年7月

题肖云儒先生蓝田汤峪别业

别样山堂置一筵，先生坐啸对林泉。
桑麻增色藤墙外，莺燕交鸣竹坞前。
东谷风来消溽暑，西京客至抚清弦。
酒船更待浮秋兴，一醉情怀复少年。

王彦龙评：尾联尤有情致，令人想见少陵"羞将短发还吹帽，笑倩旁人为正冠"。

2015年7月

茶叙仲夏夜归呈诸师友

呈刘路教授其一

哀乐与君今世同，衰年未减旧情衷。
刘门风习谁能笑？放胆关河唱大风。

呈朱鸿教授其二

守护精神日月光，茂才身首自轩昂。
窄门堡里勘天地，风雨流年奋笔忙。

注：窄门堡，典出《圣经》，朱兄斋号也。

阎琦评：《圣经》入典，似为古今诗作中仅见者。

呈贾妍女史其三

一支纤笔蕴清芬，香草拈来入美文。

女史才情谁不识？前身应是枕霞君。

阎琦评：史湘云别号枕霞。大观园才女中，湘云才艺不输钗黛，然性格豪放，别是一格。此以湘云拟贾女史，自有贴切处。

2015年7月

屡收"名人辞典"邀请函二题

其一

名饵钓钱盯错人，刘郎岂是玉麒麟？

招招诱我全无用，花样怜他白费神。

其二

热情邀约不时来，转瞬加盟垃圾堆。

若爱名人大辞典，扬名早已百千回。

王彦龙评：可笑当今之世，争先恐后挤破头皮欲入"大辞典"者，比比皆是。

2015年7月

戏赠友人

囚身伏案苦耕耘，码字连天烟火熏。
也盼碎银文藻换，他年富敌孟尝君。

2015年7月

曹大刚先生六十华诞志贺

人情物理掌中收，① 生趣羞同竖子谋。②
气度常期似君好，③ 英雄未敢论曹刘。④

注：①酷爱旅游摄影。②趋好素远俗流。③风度儒雅。④辛弃疾《南乡子·登京口北固亭有怀》："天下英雄谁敌手？曹刘！"

2015年7月

深夜审稿归来口占

迁夫深夜又加班，枵腹翻腾两臂酸。
暴食三更地摊后，倒头一梦到邯郸。

2015年7月

呈水木生学兄

郢客心同天道谋，谁能轸下缚清喉？
回车且向潇湘路，漫作精神自驾游。

采南台评：嘉赞"水木生"去留果毅。其事予知之。第三句典出《离骚》"回朕车以复路兮，及行迷之未远"，甚契水木生行止。末句"漫作精神自驾游"最堪赏，创句也！

王彦龙评："漫作精神自驾游"，奇语也。

2015年7月

读文有感

异代千秋道不殊，孰能善恶搅模糊？
我生偏爱圣人蛋，屈子范滂方孝孺。

注：冯军旗博士《中县干部》载，河南新野县党校一副校长因常在公开场合抨击腐败现象，乡愿之辈呼其"圣人蛋"。按：鲁豫方言中，"圣人蛋"谓不知趋利避害者。

阎琦评："圣人蛋"有谐趣。"屈子范滂方孝孺"三历史名人合为一句，甚符"圣人蛋"精神。

2015年7月

呼和浩特获赠《缀玉小集》呈著家程郁缀教授

其一

久闻华吐动燕京，又见新书珠玉盈。
悦读浑忘天欲曙，后生灯下谢先生。

其二

吴客行吟塞外川，秋年才调胜春年。

清游何日过京兆？鸣珮悠扬灞水边。

注：程郁缀教授，江苏滨海人，《北京大学学报》哲学社会科学版主编。

2015年7月

内蒙古草原途中

芳茵不及旅人多，耳畔空闻敕勒歌。
半日车程人已老，同谁修葺此山河？

房日晰评：力透纸背。
王彦龙评："芳茵不及旅人多"，近年国内各处草原共性。尾句引人深思。

2015年7月

重到嘉峪关席呈田兄书民

同窗两载百年情，偿愿如期八月行。
携手登城寻史迹，开筵对面畅金觥。
堪怜大漠阳光雨，聊补当年夏令营。
莫起少陵春夜叹，参商相见慰平生。

注：杜甫《赠卫八处士》："人生不相见，动如参与商。今夕复何夕？共此灯烛光。……明日隔山岳，世事两茫茫。"
王彦龙评：颈联以现代词入诗而丝毫不显突兀，非"练家子"不能为也。

2015年8月

夏夜美雨

火炉滋味百般尝，生计仍须日夜忙。
美雨忽然来眷顾，万民奔走贺新凉。

2015年8月

商州秋夜即景

苏氏声情攫我心，程家名剧动江岑。
新娘自是湘灵好，今世斯人何处寻？

注：过商洛文化馆，适见程派名剧《锁麟囊》秦腔版电影露天放映，主演者苏凤丽女史，声情神采，洵非俗流。

2015年8月

呈看剑堂主人

山人机杼为诗忙，乞巧方家看剑堂。
变法衰年不辞苦，最难佳句出寻常。

注：比来为诗，多尚平易，自谑"新元和体"，屡蒙看剑堂主谬爱。
房日晰评：悟道之言。
阎琦评："最难佳句出寻常"是作诗一个境界。有体会乃有追求，仅此句即是出于寻常的佳句。
王彦龙评："最难佳句出寻常"，所谓高手"飞花摘叶，皆可伤人"者也，与元遗山"一语天然万古新，豪华落尽见真淳"类似。

2015年8月

戏赠同窗郭君明霞

其一

竹篙挥舞忆当年，靓妹如花饰水莲。

敌特而今无觅处，村村渡口只收钱。

其二

英姿飒爽仰红旗，万众欢呼小美眉。

亮相何须寻剧照？乡亲心驻邓波儿。

注：郭君垂髫才艺颖现，曾饰演《渡口》主角水莲、《智取威虎山》人物常宝等。

其三

如歌如梦话青春，微雨初逢意态真。[①]

又见秋词擘春蕊，惊呼乖姐是诗人。[②]

注：①初识郭君于商州中学。②比来频见小诗，格调清婉动人。

2015年8月

自嘲报友人

传经未惧鬓星星，欣领荣名爱迪生。

幸有痴徒二三子，从游北海到南溟。

注：友人谑予"爱迪生"，谓好为人师也。

王彦龙评：师父门下"痴徒"，岂止"二三子"？

2015年8月

与李继凯教授话民工事

休说爱拼才会赢，他生未卜叹今生。
回眸鲁镇形容老，阿桂打工千百城。

阎琦评：悲悯之作。"阿桂"即鲁迅笔下之阿 Q。
王军评：民胞物与之心可见。闽南名歌《爱拼才会赢》入诗，端的
好联想。

2015年9月

夜归口号戏报友人

其一

富贵无缘不自悲，颠预却有几分痴。
相亲相爱无他物，司马文章老杜诗。

其二

爱君行止老天真，毁誉锻成无敌身。
器脏他年制标本，依然质地是麒麟。

其三

狂饮三更到四更，街头踯躅待天明。
风来尘垢蒙鸠面，纵到沧浪难濯清。

阎琦评：三首末联俱是好句，更喜"司马文章老杜诗"。

王彦龙评：司马文章老杜诗，皆宜与二三素心人于寒窗灯下细细品味。

2015年9月

餐 叙

贾雨村言落玉盘，铮铮过后意阑珊。

心肝红黑真容色，对剖锦筵终究难。

2015年9月

外甥女潇潇今日出阁

蓬门好女别娘亲，舅氏低头拭泪频。

三代结缡无二致，穷人依旧适穷人。

阎琦评："穷人依旧适穷人"好，求个安心。现今官家商家俱险地，故舅氏不必拭泪矣。

王彦龙评："穷人适穷人"，亦所谓门当户对，好于高攀或低就也。

2015年9月

浣溪沙·赠友人

遥想仙踪慕远游，夜阑抱膝对霜秋。露风无赖惹酸眸。　　衰岁挂杯因怯酒，废都画火御寒流。无涯心海泛兰舟。

2015年10月

与诸同学侍酒业师华昌先生

齐奉醇醪谢本师，正当京兆月明时。
牵思争向先生报，总愧恩晖报答迟。

注：赵公华昌先生，北京人也，长期执教商洛，名重诸县。不佞高中
修业两载，从先生习英文，始脱外语之盲。先生今居曲江，其宅朴而美，
一如其心。

王彦龙评：首句"谢本师"，易使人想到章太炎之"谢"俞曲园、
周作人之"谢"章太炎、沈启无之"谢"周作人。实则此"谢"非彼
"谢"也。

2015年10月

依韵孙尚勇教授

沃面千杯酒，浑忘吾命微。
缁衣抖霜雪，醉啸咏芳菲。
桀意从先圣，文章信后辉。
穷途并高蹈，同志永相依。

附孙尚勇《夜饮》：独夜千觞饮，方知海若微。浮沉如我辈，奈得几
芳菲。去岁孙郎死，明朝射虎肥。此生漂泊意，何处是归依？
王彦龙评：原玉措意略显颓唐，和作语多勉励，并见深情厚谊。

2015年10月

谢二胡演奏家贾嫚女史赠琴

才媛友俗子，慨赠琴琅玕。

嘉木着丹色，锦鳞负银弦。

宝物虽易主，不得其用焉。

把持怀腕里，抚弄比重铅。

引羽无法度，运指似移砖。

忆我少小日，习乐亦三年。

列籍非南郭，调教有乡贤。

笑我讨生活，弱冠入秦川。

寓家沣镐上，庸碌执教鞭。

忽忽已头白，童子功尽捐。

丝竹蒙尘垢，卅载屋角悬。

空言游于艺，何曾勤究研。

今兹得君馈，中心倍爱怜。

誓欲追郢客，钟牙续旧缘。

但期耳顺后，薄技夸堂前。

2015年10月

依韵郁达夫先生《钓台题壁》送别友人

佯狂何计假成真？频索醇醪奉故人。

裂眦元由家国痛，痴怀最适饯筵伸。

爱君肝胆如明月，谅我唇锋触逆鳞。

遣兴黄昏到清晓，临歧格调又翻新。

2015年10月

鹧鸪天·赠友人

倾盏千寻夜未央，骋怀难复少时狂。零余心魄将何待？
落寞光阴倍觉长。　　怜晚雨，忆横塘，昏灯摇曳鉴肝肠。
佳人风致还依旧，不见当年打马郎。

王彦龙评：所谓"零余心魄"者，盖出于郁达夫小说耶？

2015年10月

观商洛花鼓戏《带灯》

好剧催人心劲升，昂头浩气陡然增。
草萤负命过长夜，莫忘前行须带灯。

2015年10月

鹧鸪天·网赠商州中学诸同学

一网连心四海通，键盘秋日舞春风。暖男兴致如飞瀑，
好女芳心似冶容。　　诉款曲，话商中，乡情万缕越时空。
百年血脉萦丹水，守护垂髫到媪翁。

2015年10月

坐困为文口占

文章应景又重操，兼爱铜钱并羽毛。
搜尽词山皆废矿，丹砂未见有分毫。

阎琦评："文章应景"而又作之，当是不得不作也；"兼爱"句既不讳言"爱钱"，又申明不肯粗制滥造自污名声，难哉！搜索枯肠为文不得，故而"坐困"也。网传某大学教授短短数年间制造论文数十篇，被人揭发多由抄袭而成，名声扫地，此为只爱铜钱而不爱惜羽毛者。

2015年11月

呈张红春书家并报同席诸君

女史开琼宴，高秋旧雨来。
诗吟秦汉月，心迈柏梁台。
刀尺同怜看，天衣漫剪裁。
但能常此饮，百岁不悬杯。

阎琦评：起结皆好。"秦汉月"对"柏梁台"，佳对。律体中对语，总要费些许心思，前有"青玉案"对"碧螺春"等，或是妙手偶得，然更多未尝不经覃思也。

2015年11月

校园深秋即景

日日枝头灿灿新，晚秋生意胜青春。
平生不识摇钱树，竟是黄金国里人。

注：西北大学校园颇多银杏树，每值高秋，金色交映。

2015年11月

浣溪沙·报田书民学兄

苦涩青春忆不堪，恍然隔世说红专。当时只盼肚儿圆。　　恬淡生涯思晚岁，温馨旧照检灯前。梦中情境共青团。

2015年11月

打油咏史绝句三首

其一

说甚和亲识见高？自家运命别家操。

千秋泉下芳魂在，应笑新碑立草蒿。

其二

未信相知胡越心，厌闻贤相乱弹琴。

自由一失全完蛋，恩义如何比浅深？

注：王荆公《明妃曲》其二："汉恩自浅胡恩深，人生乐在相知心。"

其三

高才名剧播齐州，女史沉哀一抹休。

孰恤人间拉郎配，穹庐搬演到陈留？

注：1959年初，郭鼎堂七日内拟就历史剧《蔡文姬》，上演后当即走红。后北京人艺数度重演，观者依旧如云。

2015年11月

渔歌子·赠友人

其一 报周晓陆教授

难得秋阳赐厚恩，午间消受到黄昏。暂歇网，晒贫身，野人爱曝有原因。

其二 题亢小玉女史《汉上红叶》照

汉国秋高霜色浓，丹枫清涧映苍穹。思霞客，羡渔翁，披襟吟啸此山中。

2015年11月

赠张孔明先生

倾盖当年总有因，暌违何损友情真？
校书未厌穷山海，拭目常期远洛尘。
学问求通儒释道，襟怀博取古今人。
无邪华藻由天授，不负嘉名冠此身。

注：张孔明，陕西人民出版社编审、著名散文家。

2015年11月

浣溪沙·席间感友人苦恋事

大爱无声三十年，痴思镌刻紫藤园。男儿心泪不轻弹。　琴瑟休嗟难共响，卦爻莫信再生缘。欢愉最重是当前。

王彦龙评：人生自是有情痴，此恨无关风与月。而归根到底，于人于我皆无益处，故莫如怜取眼前人也。

2015年11月

赠歌唱家贠恩凤老师

不计酬劳扬国风，好歌千首出情衷。
我今皮脸如墙厚，端对人家也泛红。

注：贠恩凤，陕西华阴人，当代著名歌唱家。早年师从王昆、郭兰英先生。奉"为人民歌唱"为终生信念，迄今已累计基层义唱三万余次。2003年获第四届中国金唱片奖，2015年被国家表彰为"时代楷模"。

2015年11月

卜算子·亡友昨夜入梦

君死或逍遥，我活真无助。透水心舟五十年，羁滞咸阳渡。　强笑掩沉哀，短梦难留驻。破晓音容又杳然，怅对风中树。

刘泽宇评：起首"君死或逍遥，我活真无助"，一"或"字，猜度之词，一"真"字，确然之词，写出虚妄、现实之间之无奈。而歇拍二句则写出时间之久远，感情之真挚。过头则感慨系之，结句则写梦醒之怅然，环环相扣，颇见章法。

2015年11月

读新版《落红》呈著家

一书重读夜西京，开卷依然意不平。
非是心伤曾嵌骨，何能泪热解哀鸣？
惯闻时议多谀颂，最厌注家笺俗情。
未必知音出当下，史评犹待本琼生。

注：方君长篇小说《落红》，长江文艺出版社2002年2月初版，台湾版书名《冬离骚》。2015年12月，修订本由陕西师范大学出版总社付梓。

房日晰评："最厌注家笺俗情"，针砭有力。

2015年12月

读《蒹葭词》奉著家刘泽宇诗兄

词客心如明月盘，相逢雪夜饮邯郸。
蒹葭千顷饶风致，款款白裙门外看。

注：《蒹葭词》有"款款白裙门外"句。

2015年12月

仵埂教授邀观歌剧《白鹿原》演唱会呈谢

东土西洋艺道通，程公才不愧陈公。
鹿鸣乐府开新面，群彦联翩演大风。

注：程公，歌剧《白鹿原》曲作者程大兆先生也。

2015年12月

西江月·京华宴归口占

索酒幽燕夜半，遣怀醉吼秦腔。酸眸困舌问苍茫，九域
蚩尤谁降？　　朗日遁身连月，乌烟瘴气无疆。几时风伯逞
猖狂，顷刻雾霾平荡？

2015年12月

十二月十五日夜宴纪事

难得偷闲饮凤城，樽前坦腹对群英。
三杯浑忘皮囊老，一吼好教心绪平。
教授谑谈轻曼倩，骚人酒胆小牛虻。
夜阑齐咏西风颂，直欲海山擒虎鲸。

注：犹忆小说《牛虻》诗句："不管活着/还是死去/我都是一只牛
虻/快乐地飞来飞去。"

阎琦评：《西风颂》是英国浪漫主义诗人雪莱名作。昔年曾将此作与
高尔基《海燕》并读，以其皆有呼唤民众奋起之意。

王彦龙评：未妨本色是轻狂。

2015年12月

鹧鸪天·夜归见微信戏答彦龙

怅望乡园叹老身，勾留心底是芳痕。锄禾对唱畲田调，背药偕归红领巾。　　怜素帕，伴青裙，佳人唯看是东邻。想她依旧眼儿媚，纤手为谁点绛唇？

看剑堂评：彦龙君乃半通斋高足，为师者不惜以诗为演兵场，自拟一番真真幻幻场景，以启弟子情窦也。

王彦龙评：少日情怀历历，老来如梦如烟，姜白石词曰："少年情事老来悲。"及读师父此词，更知非虚语也。宋代圆悟克勤禅师诗曰："少年一段风流事，只许佳人独自知。"似更见洒脱流丽。

2015年12月

报刘泽宇诗兄

执手冬云密布时，心篙同舞破冰澌。
更期春雨催鱼汛，相报盈舱两地诗。

2015年12月

第二辑　樊川不敢废诗篇（2016—2017）

2016 年

答友人问

佳节霾邦何处行？莫如自享闭门羹。
而今天下论奢侈，孰比阳光与爱情？

注：友人问："春节外地旅游否？"答："九州处处雾裹霾罩，莫若
自吃七日闭门羹也。"

紫洪山人评：谑中有讽。

2016年1月

酬东鲁友人海滨寄照

先生好情致，岛国陟巉岩。
冰雪妆东海，清眸辨鲎帆。
铁椎寻博浪，萧艾亦锄芟。
跼蹐秦中客，高标仰不凡。

2016年1月

赠柳阴山房主人路毓贤先生

一样幽怀似井深，春寒闭户抚琅琴。
移舟同盼机缘到，不使隔河嗟子衿。

2016年2月

谢友人拜年

对君嘚瑟抚心弦，莫叹青春逐逝川。
寸舌生津因好酒，一湾死水也撑船。
逃魔已近逍遥境，作业勉持尴尬年。
滚滚红尘真共假，何能诳我与苍天？

刘泽宇评：语新意深。颔、颈两联皆具张力。

王彦龙评：孔子曰："吾谁欺？欺天乎？"人或不能诳，而天可欺也。"一湾"句极口语，亦极自然。

2016年2月

新旧声韵争鸣实践各一征和

其一

声迁洛浦纵留痕，今世难谙八子言。
四海官商抱平水，几人琴瑟壮诗魂？
绕梁亟待新钟鼓，旧垒应羞困草根。
苦笑邻家摘诗病，多因该死十三元。

其二

感激潮至祝福声，正月心逐三月风。
生理折磨颜面老，藜阁看护院竹青。
掘肠未有惊人句，悬像信出崇杜情。
沣镐厌听新雅颂，浊醪闭户只独倾。

2016年2月

天仙子·饮归（步张子野韵）

醉里摇壶风雨听，为爱痴狂酣亦醒。放言席上对知交，持心镜，惜春景，穷达尘寰休记省。　　南郭归来天色暝，只手涂墙摹剪影。遮帘玉案秉诗灯，弦索定，神思静，收束襟怀有半径。

刘泽宇评： 历来名家步韵名家，最不易作，盖易招"类犬"之讥也，然此阕则令人几忘张先原作。何以故？时代气息之不同也。上阕略记夜饮情形，兼写心怀。下阕写夜归情景，"只手涂墙摹剪影"一句，形神兼备，可堪玩味。又，"持心镜""秉诗灯"，皆为自铸新词之范例。

2016年2月

题阎荣女史滑雪照

飞舞琼花唤早春，素衣笑靥恣天真。
回眸万里商於路，四季牵怀有故人。

注：阎荣女史，予高中同学，现居加拿大。

2016年2月

闻周晓陆教授南北考古

勘过韶关走井陉，从天胸次蓄雷霆。
燕然勒石等闲事，誓欲扩容山海经。

2016年2月

寄藜阁诸友生

洗磨锈笔早春天，藜阁清吟却黯然。
拭目犹亲《飞鸟集》，论文愧对《管锥编》。
风霜不弃二三子，山海从游十六年。
莫负桥门风物好，同将赤菽种心田。

阎琦评：泰戈尔有《飞鸟集》，《管锥编》为钱锺书名著。颔联二句自谦，谓醉心歌诗而愧于学术。

2016年2月

初三独酌（一碗水体）

春醪春茶盈春盘，回喉回肠增悲欢。
良宵空吟佳人诗，初心难寻儿童团。
今兹樊川思潇湘，他年商於埋衣冠。
三更迷蒙都南庄，床头醺持逍遥丸。

阎琦评：尚不知"一碗水"为何体。细审此作，自首至尾，五十六字皆平，或即"一碗水端平"之意。

王彦龙评：一律之中，五十六字皆平，不佞此前似未寓目，未知前人有无此体？纵非正格，偶一为之，亦可考验诗家功力。

2016年2月

鼾　睡

夔鼓倒头掀逆鳞，无忧高枕独孤身。
丰隆腔调谁能夺？鼻息天生不仰人。

房日晰评：妙语天成，见心见性。
阎琦评：末句肢解成语"仰人鼻息"，故饶风致。

2016年2月

雪夜报友人

想我和君一样痴，凭窗心唱北风吹。
何须细柳催征铎？踏雪访梅思此时。

2016年2月

作诗不拘体式新旧，禀报业师张孝评教授

心曲吹弹报四邻，超奇不重重真纯。
秦筝昆笛用由我，法取古今知道人。

阎琦评："法取古今知道人"是其诗法之夫子自道。
王彦龙评："法取古今知道人"，自是大家气度。今日诗坛诸多囿于体裁、门户之见者，其无愧乎？

2016年2月

雪夜口号

灞上宴归韦杜行，如歌夜雪报春声。
抖衣街口甚模样？苏武林冲杨子荣。

阎琦评：前以"屈子范滂方孝孺"（《读文有感》）三人成句，切"圣人蛋"；此又以"苏武林冲杨子荣"三人成句，切"雪夜"，甚叹其妙。

2016年2月

黎阁诸友生网上论辩

口舌争将剑器磨，但期公秤莫偏颇。
开心且待团圆夜，论敌围炉吃火锅。

2016年2月

题"双鹅吻颈"视频

刑场婚礼叹双鹅，反照人间作秀多。
大难临头各逃命，昧心演技不同科。

王彦龙评：人类自诩为"灵长"动物，大难临头之时，岂肯如傻鹅一般？

2016年2月

友人生日志贺

灵窍十分如冶容，刚柔恰半侠姑风。
只将芳意许豪士，合适三原卫国公。

2016年2月

重过方英文学兄故里

早春山色竞清明，触处乡思似笋生。
解放眼随飞鸟远，逍遥心向白云倾。
骋怀玉岭伸长想，憩脚筠溪忆旧程。
一阵爨香催泪下，恍闻贤母唤儿声。

阎琦评： 颔联别致。

吴嘉评： 有王禹偁《村行》况味，然尾联急转直下，意思更翻进一层。

2016年2月

心　香

诳言莫看是花篮，最擅撩人是贱男。
溱洧殷勤传芍药，风情终究愧春蚕。
千秋遗袂谁能识？几朵玫瑰性所耽？
我愿心香牵髓脑，青春无熄到坟庵。

注：不侫有新诗《心香》：我知道很多话不能说/说出来就是双刃剑/假戏真做/会把自己做进去/真戏假做/又会把好心情做完/我不能像很多人一样/不断用谎话编织花篮/只愿心底点一炷香/让它从青春/燃到暮年。"采南台主人戏曰："可否以律体对等置换之？"答："仆愿一试。"

2016年2月

眼儿媚·睡起

衔泥春鸟柳梢鸣，唤起物华生。暖阳融雪，晴风拂面，弹拨心筝。　　半通学问应知足，时世也看清。逍遥只在，把持当下，莫计前程。

2016年2月

重读某书有感

春帆远逝影空长，国士转成田舍郎。
忽见沉舟三十载，依然出水有辉光。

2016年2月

戏赠友人伉俪

识得庄姜似女神，守她眼不羡东邻。
红玫应是种前世，白面书生黑美人。

2016年2月

诚藜阁诸友生

是非曲直不模糊，严己宽人德性孚。
儒者修为出何处？时时事事下功夫。

王彦龙评："严己宽人""时时事事下功夫"，我等当谨记教诲！

2016年2月

读史有感

回车为爱一根筋，无所谓时生命新。
靖节板桥陈仲甫，流风异代有传人。

阎琦评：所慨之人与事，余能知之。
王军评：弯子绕得有点大，恐是不得已矣。
王彦龙评："无所谓时生命新"，有如禅境，妙语也！

2016年2月

遣　怀

楼头掷笔听昏鸦，风雨萦怀乱似麻。
损命文章藉烟酒，供愁物色满槎桠。
句芒才扫三冬去，瘴雾重来六合遮。
莫恨诗心耽不幸，愿耽不幸幸春华。

看剑堂评："损命文章""供愁物色"，无一不是真文人所遇所感所对，无烟酒何以沉酣而著文章？而奈何满目俱献愁供恨者。末句连用三"幸"字，层层翻进，沉郁之诗家肝胆，炽热之天下情怀，端然可见矣。

王彦龙评：师父曾言，有时吟安一诗须费烟数支，改定一文须费烟数包。而酒过三巡，或至于玉山颓倒之际，往往亦是诗情喷薄之时。烟酒伤身不浅，可见写诗著文，的确是"损命"活也。

2016年3月

三月八日偕友生彦龙尚才游少华山

佳节偕登万仞台，名山胜景漫量裁。
逗人桃蕊星星夥，奋翼春风栩栩来。
黎庶凿崖倾汗血，龙亭题壁待贤才。
时将拙句奉云岭，暗恨斜阳催步回。

王彦龙评：颔联妙绝。不佞从游名山而无诗，惭愧之至。

2016年3月

读《柳公权传》奉著家和谷学兄

三杰昔年闻课中，爱君才笔最清通。
天涯孤旅胸襟阔，霜鬓还乡胆气雄。
筑舍华原拥嘉树，斫轮型式远时风。
丹忱更著新传记，史镜文心奉柳公。

注：三杰，不佞早年修业西北大学，屡闻于业师郑公定宇先生："中文系1972级学员百余人，最富文学才情者三，冯有源、和谷、贾平凹也。"

阎琦评：柳公权，唐代书家，华原（今陕西铜川）人。作家和谷与柳同乡，著《真书风骨：柳公权传》（作家出版社2016年1月出版），"史镜文心"是对该书的评价。

2016年3月

春夜遣怀呈友人

其一

猖狂唯合对严公，散发登床碎酒盅。
诗火每燃当此际，老来倒比少时疯。

其二

痴思透染晚来风，泪滴雪笺诗未工。
五十年含苞待放，可怜心瓣火云红。

王彦龙评：五十年尚含苞待放，莫非长生不老之人参果乎？足见有深慨矣。

2016年3月

夜读有感

其一

星月遁踪寒气凝，黄绢独辨似诗僧。
心灯恨不生乌焰，洞照谜团十八层。

其二

汗青穷览意如何？日夜案头心境磨。

兴废虽常留乱账，到头乱账总无多。

房日晰评：好措意！

2016年3月

怯　鲁

游踪绕齐鲁，怯见圣乡人。

空吊麒麟影，难逢老缙绅。

颓垣埋国手，原罪咒嬴秦。

洙泗常萦梦，儒经可澡身。

阎琦评："颓垣"二句或谓秦焚书而汉儒坏孔府墙复得儒籍也。

2016年3月

遥寄吴嘉汉中春游

奋将春步陟崔嵬，饱眼嫩黄江畔来。

不待佳人馈香草，顷筐已载好诗回。

2016年3月

赵师华昌先生"丰景嘉园"府上欢宴归来报句

一世同心仰赵门，嘉园围席共盘飧。
事师常想如慈父，水出清源树有根。

王彦龙评：犹记某年教师节改清人对联致师父短信："人生得一良师足矣，斯世当以慈父视之。"庶几与师父同心。

2016年3月

梦　痕

莫道萍踪逐逝湍，江南草色欲忘难。
吴娃微雨催行早，秦客披襟未觉寒。
雀茗从容分绣阁，声情别样听评弹。
十年心驻姑苏月，秋眼还同春眼看。

2016年3月

谢诗友网络互动

吟怀万里感相亲，阔论铮鸣报盛春。
快意何须全合意，痴人谁不爱畸人？
别裁正变三千载，酬唱庄谐十二轮。
化笔欢呼公约数，苍天厚土觅风神。

注：予近年力倡"旧体诗现代性"，赞同者与抵触者并有。是日微信讨论，八方吟朋各伸己见，不才由衷感激矣。

2016年4月

赠田书民王军马文敏三学兄

长安惠雨潇潇夜，张臂欣迎三子来。
暖胃粗茶心火煮，挥拳赌酒眼眉开。
顽童游戏还如旧，多舛生涯不必哀。
大被匆匆同卧起，恼人征铎似春雷。

注：三子为予高中同学。田君客居河西卅又一载，日前回乡省母，返途转车长安，乃有敝庐一宿之聚。

阎琦评：兴庆宫有花萼相辉楼，据说唐玄宗每与兄弟相聚于此，置大被共盖之，以示骨肉情深。"大被同卧起"即用此事。

王彦龙评：故友深情，如李杜"醉眠秋共被，携手日同行"也。

2016年4月

周晓陆教授画像

霾雾遮灯到井檐，犹从地窖汲甘甜。
自烹周粟汉唐釜，时濯吴衣砭石尖。
秦苑岂能拘白鹿？霜秋欢忭驾飞廉。
诗书更看酣歌后，火口喷成血指钤。

蓝溪乡人评：意象丰赡且腾挪，被像者形神跃然纸上。用"十四盐"韵而运句流丽自然，唯斫轮老手能为矣。

2016年4月

水调歌头·席上口占

会饮樊楼上，歌啸动天津。裂襟相恤肝胆，俱未堕风尘。京兆行吟卅载，穷达千般滋味，此际竟何陈？微命幸坚挺，困手斫荆榛。　　执心炬，践水火，遣吾身。狂奴对面，酣舌无忌话悲欣。孔曰人能弘道，孟曰生于忧患，字字鉴乾坤。骚国开生面，端赖少陵伦！

2016年4月

戏题友人网传旧照

其一

态生双脸小婵娟，款款罗裙戏水边。
君恨当年不逢我，逢君我恨入秋年。

其二

春声雨夜似秋声，心酒千盅只独倾。
愧报南山第一燕，多情后怕到无情。

2016年4月

赠魏有奇郭嘉先生

其一

汾阳厚德佑龙荪，钜鹿嘉风有本根。

英杰秦中喜双见，襟怀落落鉴乾坤。

其二

热毫冰案奏悲笳，立馆丹忱彰正邪。

残剑血袍镌国史，雄魂烈魄起沉沙。

注：魏君著《中国抗日老兵颂》《中国抗日将领歌》等；郭君自费筹建"抗战老兵纪念馆"。

2016年4月

戏赠宗振龙诗兄

勘遍秦山访楚山，春蜂夏蝶逐衣冠。

后生应识先生趣，莫把仙游浪荡看。

注：宗君振龙，当代三秦诗人，尤长于散曲创作，措笔饶有情致。君雅好优游山水，途中时有自度曲报诗友。

2016年4月

注书有感并诚诸友生

其一

撞运几人能善终？镀金毋忘戒浮空。

貂蝉泰半兜鍪出，好活还凭基本功。

其二

学问今生力戒疏，猢狲吞果悔当初。

荒江修得功夫到，灯火许能明一书。

注：钱锺书《与郑朝宗》："大抵学问是荒江野老屋中二三素心人商量培养之事。"

王彦龙评：毕生苦心孤诣读通一书，虽是治学正道，然则师父若如此，世上便少一融汇古今、打通中外之"半通先生"矣。

2016年4月

报响堂斋主人沙鸥庐词客二诗兄

但求血气与诗通，俗雅因材不凿空。

非是天生性相近，心旌心秤后来同。

附响堂斋主人《次韵和半通斋》：诗有苍生境自通，再加有我不虚空。平生好写无拘禁，未料专家竟认同。

沙鸥庐词客《戏答半通斋》：已佩诗兄号半通，一时暗愧腹中空。只今唯剩吟魂淡，一遇高情便不同。

2016年4月

夜饮醉归戏赠岳钰教授

驭舟江海自心怡，仆浪奴风舒眼眉。
骨血癫痴真福命，五洲欣领哑巴亏。

注：岳兄号"长安癫痴坊主"，以画名世。君胆气素豪迈，周游百余
国，间或为人诓骗，殊少萦怀。

阎琦评："哑巴亏"还能"欣领"，其人之"癫痴"立见。

2016年4月

过同福楼

畅饮当年爱此楼，谈锋无敌蔑王侯。
而今口舌无余勇，打了秋风打酱油。

注：西安"同福楼"饭庄创建于1934年，主营正宗陕菜，久负盛名。
坊间尝有"进城不上同福楼，算你小子没口福"之说。店址原在西大街，
予少壮时屡与诸友会饮于此，任诞放言，不避时忌。越数年，招牌杳然。
今忽见于高新科技路，屈指廿余载矣。

阎琦评："打秋风"是旧语，"打酱油"是余近年领会的新语之一，另
一个是"吃瓜"。以流行语入诗，也是诗人"法取古人与今人"体现之一。

王彦龙评：恨不早生二十年，亲睹师父"谈锋无敌蔑王侯"之风
采也。

2016年4月

论人情世事奉答友人四首

其一

道是无情却有情，不消块垒意难平。

活人我亦多无奈，叹过仍循绳墨行。

其二

紫陌酸眸对雨晴，穷途执辔有方程。

也期点赞常收到，不爱虚荣爱实荣。

阎琦评："叹过仍循绳墨行""穷途执辔有方程"，虽未说透，却也可以意会到处世之艰难与坚守。

其三

该较真时还较真，较真莫怨太伤神。

人能弘道长相勉，大道从来不弃人。

紫洪山人评："大道从来不弃人"，透彻之悟也。

其四

己立立人经岁忙，如莲欢悦驻心房。

平生不解妒滋味，总盼邻家比我强。

紫洪山人评：老刘家的人生哲学。

王彦龙评：如抵掌夜谈，娓娓道来，全是心窝里话。

2016年4月

奉崖虎诗兄

洒落诗书两裕如，兴来更好扮南厨。

垂涎教我歌归去，做个种山田舍奴。

注：崖虎君，福州诗人、书家，《海峡诗人》杂志编辑。

2016年4月

呈钟锦教授

快饮欣迎钟子归，狂奴本色不相违。

心花羞与芦花老，犹自徜徉对夕晖。

附钟锦《刘公酒后赠诗，返沪前口占次韵》：说得归时那是归，云间日下漫相违。一身渺渺天南北，只有愁怀付落晖。

2016年4月

夜读达旦报友人

其一

谁能拘管我心筹？恣意秦关粤海游。

擎虎擒龙自家事，非关卿相与名流。

其二

笃定书斋似老僧，夜参奥义挑心灯。
迷霾渐看退三舍，拥抱五更红日升。

阎琦评：余于"笃定书斋"二句深有意会。读书至夜深，如老僧入定，但有领会，即"挑心灯"也。

其三

放排胆气未消磨，窝火开心对半多。
我是长安盘老五，笔篙舞出自由歌。

注：盘老五，叶蔚林小说《在没有航标的河流上》中人物。
王彦龙评："窝火开心对半多"，能如此已极不易。

2016年4月

读城南夜宴旧照报诸文友

饮别徽楼已十年，书斋各守自家天。
莫嗟款曲无常报，一样文心著锦弦。

注：2006年夏"徽州会馆"同席合影十人：孙见喜、周晓陆、李廷华、贾三强、何丹萌、丁斯、狄马、王锋、左小光、刘炜评。

2016年4月

悼陈公忠实先生

忍看遗容对故人，此身恨不赎其身。
文章固解憎长寿，噩告犹惊闻早晨。
白鹿徘徊九霄远，哀衷隐约一书屯。
死生难报忘年义，他日对谁呼老陈？

阎琦评： 一往情深。第三句化用杜甫"文章憎命达"。

2016年4月

重到苏州大学口占

重访姑苏四月天，黉门草树倍堪怜。
学栉往迹寻砖石，阿季才名忆昔年。
不见贤堂有弦诵，但闻绮语布云渊。
倦眸怅对沧浪水，难释茫然与泫然。

王彦龙评： 余曾数次取道苏州，而至今未能驻足一访，每诵定庵"三生花草梦苏州"，辄生无限神往矣。

2016年5月

浣溪沙·赠周伯衍兄

毛颖晨昏舞翩跹，书斋天地大无边。周郎标率在当前。 心境苍凉都一样，行姿调适且三年。短绳深井汲清泉。

> 注：周君伯衍，长安书家也，去岁息交绝游，笔耕连月，心无旁骛，不佞深为佩服。比来效君良风，闭户修订书稿。君告以体验："敛气扎劲为之，方能功至大收。"予甚是之。

2016年5月

席间为胡宗锋教授辩护

人嫌粗口爆频频，我独情衷爱此君。
举世太多门面货，刮开油漆臭难闻。

> 注：胡宗锋，西北大学外国语学院院长、教授，翻译家。
> **阎琦评**：有灌夫骂座味，所谓嬉笑怒骂皆成文章也。
> **王彦龙评**：措语新奇，令人捧腹。

2016年5月

戏赠伊尹村民

青眼流连锦里春，诗怀犹似少年真。
霜容却怕蜀娘笑，不敢闾阎访故人。

2016年5月

蜀女三首

诗序：友人公差四川，微信频传照片，予阅而多慨焉，盖自幼而今，深佩蜀女坚毅人格。

其一

未悔深情托蜀琴，菊黄更作白头吟。

茂陵千载月如镜，应照文君冰雪心。

其二

祭歌莫奉蜀清台，丹穴岂关黎庶哉？

刻骨垂髫打牙祭，新娘争看饿乡来。

注：予少时，屡见逃荒入秦之蜀姑。

其三

逃命他乡不自悲，酒盅量米度凶时。

三秦千万梁生宝，应谢万千李秀芝。

注：蜀女逃荒远嫁三秦者，约数十万。

阎琦评：其一伤司马相如娶茂陵女致卓文君有白头之叹。其二、其三感叹蜀女因饥馑逃离天府之国草草嫁人之悲剧。梁生宝为《创业史》中人物，李秀芝是谢晋导演电影《牧马人》中女主角，随手引入，毫不牵强。

2016年5月

友人重返长安接风

为君泼酒洗征尘，交盏依然是饮神。
压轴三更出何物？窖藏廿载柳林春。

注：柳林春，关中西府名酒。

2016年5月

戏为四绝句致敬西湖先生

其一
匡合群伦倾热忱，度人诗手有金针。
西湖长愿晴波好，光鉴文昌阁主心。

其二
骚旗标率笔生神，里社四时分肉均。
许我重修诗将录，晁王范式副斯人。

其三
垂髫黄发并持扶，北曲南歌领鼓桴。
风雅清怀如皓月，八方贤颂向三吴。

其四
勉将拙指抚诗筝，堪笑病弦喁唶鸣。
幸获周郎千里顾，无私点化到西京。

注：西湖先生，博风雅颂，文昌阁诗群领袖也。曩者指教拙诗声病数
处，由衷感谢敬佩。

2016年6月

贺酒余亭主人诗稿十册付梓

厚谊廿年应倍珍，清宵醉唱曲江滨。
搅肠粉笔三餐饱，裹酒诗文一派真。
总有验方消块垒，还凭鹿眼鉴天人。
捧心谁解缠绵意？未必低眉是妾臣。

附酒余亭主人《花甲前十册诗稿印齐》：万言写下勉含韵，十册箧中
只自珍。且把风情酬侠客，还将铁胆证诗人。思民花甲番番醉，为史从
头历历真。泣血浔江君不见，捧心示爱竟谁臣？

王彦龙评：周公学问淹博，笔耕不辍，足为我辈楷模，更兼"鹿眼"
可鉴天人，令人仰止！

2016年6月

戏答赵熊方英文吴嘉三兄

啜茗闲吟好了歌，不应有恨恨偏多。
儒冠压我身材短，小背锅成老背锅。

房日晰评：精警。

阎琦评："小背锅成老背锅"妙语解颐。背锅，关中方言谓驼背也。
紫洪山人评：俚俗语入诗，毫无违和感，且颇多风趣。
王彦龙评：老杜诗曰："儒冠多误身。"其信然耶？

2016年6月

手机微信遥听诗友戏歌口号

其一

持机似渴待甘醇，奋涌歌潮入耳频。
风雅东西南北汇，骚人谁不爱骚人？

其二

童真半世未消磨，诗社华腔女史多。
千里搭台联好戏，北娥声韵和南娥。

2016年6月

早　醒

绮梦缤纷睡起空，披襟怅对五更风。
倦眸潮退千重恨，慨念冰沉一叹中。

2016年6月

戏呈秦巴子才兄①

吾爱秦巴子， 天生脱略才。
挥毫见情致， 骋想挟风雷。
灯拨废都夜， 诗吟荒垒台。
愿君身体课，② 三世远尘埃。

注：①秦巴子，当代诗人、小说家、评论家。近年习书，渐臻佳境。②《身体课》，秦君长篇小说名也。

2016年6月

踏莎行·赠张文利教授

眼界圆融，芳情洗练，茧丝着手成云缎。年华暗换不须嗟，朝风暮雨舒眉看。　　词解深微，曲寻婉曼，骋怀今古多欢忭。终南山色映心湖，波光不向时人炫。

2016年7月

赠阎道长

其一

黄冠简素对嘉宾，元气清和贯此身。
懿式出尘谁与似？一堂惊见老男神。

其二

粉墨春秋到老成，癯容高艺耀西京。
骊山羽士声名远，谁识当年杨子荣？

注：阎道长，年七十又四，俗名金柱，陕南山阳人，垂髫习戏曲，凡秦腔、花鼓、汉调，靡不精熟，主演《高唐州》《庆阳图》《智取威虎山》等，名著商山洛水。年六旬受道箓，执事骊山明圣宫、西安城隍庙，以美道行、富才艺，开光做法，颇负盛名。

2016年7月

蟑螂颂——戏呈李天飞先生

生理最谙行与藏，微躯智勇笑孙郎。
泥盆纪后谁能敌？四亿年来第一强。

附李天飞《蟑螂行》：我家蟑螂好隐幽，举族乐向名山游。杯如潭涧盆如海，桌如崇岳凳如丘。偶登书柜一临眺，可以对我双凝眸。蟑螂蟑螂为汝语：昔日盘游不足数。我知有瀑名雷达，五色珍珠散如雨。与君被禊涤不祥，便可拔宅登紫府。

阎琦评：戏谑之词。"泥盆"乃地质纪年。蟑螂生性极为机警，故"行""藏"用在此处颇贴切。余家尝遭蟑螂之灾，故对此诗及李君原唱深有同感。

2016年7月

双调·新时令·重读叶芝《当你老了》

怅行吟，霜刀损容颜。荣与辱，平生等闲看。老去何妨，铜琶雪夜弹。彼美一人，冰心映海山。　　搴舟惶恐滩，高擎壮丽自由帆。羸躯未惧残，痴诚向祭坛。浴火魂灵，长留爱尔兰。更待同君，情庐筑广寒。

2016年7月

葛牌夏夜戏赠姜宇女史

美孟姜兮到此中，倾壶雨夜易安风。
三更醉沐蓝溪水，素手明朝撷绿红。

阎琦评："孟姜"谓其美且大方，"易安"谓其有才且善饮。

2016年7月

陈忠实先生逝世百日祭诗

君行九宇将何处？百日我心千叠哀。
挂画高腔坼肝胆，报秋黄鸟泣崔嵬。
信能宏著传三有，犹叹雄襟只半开。
夜夜梦醒惊坐起，音容月下觅蓬莱。

注：公生前雅好秦腔，席间尝命不佞清唱名剧《赵氏孤儿·挂画》片段："忠义人一个个画成图样，一笔画一滴泪好不心伤。幸喜得今夜晚风

清月朗，可怜把众烈士一命皆亡……"

2016年8月

打油一律答友人问职业事

活得身心很受伤，慰疗未盼获奇方。
参明公理由千选，深恶言行合一乡。
授课还须说人话，办刊勤觅好文章。
丹忱莫负前年约，脱籍俗儒为己忙。

注：《论语·宪问》：子曰："古之学者为己，今之学者为人。"朱
熹《四书集注》："为己，欲得之于己也；为人，欲见知于人也。"

王彦龙评：言不由衷、言行不一，已渐成常态，故乃"活得身心很受
伤"也。然初衷犹在，"脱籍"之愿未泯，终不至于丧失本我。

2016年8月

欢送吴客口占一律引玉

别恨同销百尺楼，祈君与我效曹刘。
诗逢知己催瑶句，酒慰真忧洗病眸。
汉苑花怜贺宾客，秦娥歌奉信天游。
奴风仆月西京夜，浑忘岁华入早秋。

2016年8月

感近年事座上答客

死去当然万事空，生时总愿效人雄。
怆怀依旧萦初誓，渊旨岂甘埋废嵚。
快活言违千士诺，徐行辔执五花骢。
西漂莫作临安叹，荣辱全由一念中。

2016年9月

席奉旅德画家宋君晓明二十韵

秋夜欣迎宋子侯，推盏放言俱老友。
灯火凤城雨霏霏，似解宾主情谊厚。
当时慷慨赴泰西，灞岸晴风拂杨柳。
莱茵波光映画堂，运数浑忘奇与偶。
异国为客十六春，拉奥孔意愈抖擞。
挚交万里款曲通，白头更重频聚首。
华吐羡君酒酣时，掩杯乞勿笑刘某。
羸躯比来罹风寒，只贪美食不贪酒。
我别商山寓长安，卅载紫陌牛马走。
常忆誓言对丁生，一世屠龙亦屠狗。①
文心岂可失初心，侮食自矜最可丑。
衰年变法效前贤，老眼幸能辨良莠。
心斋悬像杜少陵，还望剩膏获半斗。
义与知比遣余生，好自为之铭座右。②
未羞取笑同学翁，自由琴弦舞我手。

诗骚薪火传杏坛，门人追随偶亦有。
泮水如镜鉴缁衣，朝夕勉力去尘垢。
热肠诉到宴阑时，哓哓樽前愿无咎。
归来无眠静虚斋，煮茗独啜当北牖。
更漏催成急就篇，铿嗒胸臆如击缶。

注：①拙诗《醉赠丁斯》有句："岂忘青春曾一誓，屠狗屠龙两裕如。"②不佞五十岁重修座右铭："义与知比，好自为之。"

王彦龙评：如洪钟巨响，大声铿鞳，复如汪洋恣肆，激情澎湃，余推为师父近年古风压卷之作。

2016年9月

教师节后一日与诸弟子餐叙敝宅

不作钱奴作食奴，围裙抄铲入庖厨。
西芹胡拌堪莞尔，豆腐锅煎甚裕如。
愧少金针度诸子，还期酒饭宴麻姑。
英雄多爱红饶肉，炖出精华看老夫。

附王彦龙《教师节后一日喜尝师父厨艺戏和》：在外辛勤作仆奴，在家甘愿近庖厨。烹煎俱擅足堪乐，口腹相安即晏如。锅里香飘关火候，盘中味美醉麻姑。但凭勺铲行天下，也是昂藏一丈夫。

2016年9月

仙吕·一半儿

其一　答刘尚才贤弟有关京华"展览"事

垃圾涂彩美无瑕，推手如云皆大家。无论老翁同碎娃，哎呀呀竞奇葩，一半儿捞钱一半儿耍。

其二　戏句谢周伯衍兄欲赠不佞"补品"

初心老剩几成真？补品无关精气神，愧对良师和后昆。此生也笑吾身，一半儿聪明一半儿蠢。

其三　看稿有感呈李继高先生

咬文嚼字遣生涯，暑去寒来双臂麻。巧匠功夫夸不夸？千百篇去他家，一半儿真来一半儿假。

2016年9月

调友人秋游三边两遇美姝

其一

吴郎入夏州，只身探悬窟。

越涧复攀岩，勇毅轻崒兀。

邂逅有佳人，惊艳神恍惚。

双瞳漾天真，清歌随风发。

先世报殊方，或恐是突厥。

片时各西东，交言叹罟罟。

生象驻眼帘，低头思其骨。

向晚统万墟，绮想如何抐？

其二

男儿阅乾坤，眼为心傀儡。

遇合随其缘，得失无可悔。

闻君逢美姝，娇俏如春蕊。

才情匹季兰，神韵羞山鬼。

偕行錾与梁，行止循善轨。

定力同展禽，德行真瑰玮。

　　看剑堂评：其一，状友人勇毅，探悬窟时如何越涧攀岩云云，而一旦邂逅佳人，即惊艳至神色恍惚，则痴郎"平生着得几两屐"可想。末句置此郎于统万之墟，对落照而犹生绮想，令此多情人好生闷损。其二"偕行錾与梁，行止循善轨"，大有"柏拉图"与"白忙活"之趣，然亦令人陡生"此地无银"之疑，且夫男儿美姝偶一遇合，亦可谓"泠然善也"，非"善轨"而何？末句似为此贤弟讳，曰定力曰德行，或为之一遮羞颜耳，且誉痴郎德行以"瑰玮"，君真可谓善谐者矣。

2016年9月

剥皮诗二首戏赠吴客休假

其一

烟花回看映空楼，南客雕鞍灞上休。

几日曲江行泛泛，乡愁更解是杭州。

其二

三潭桂影千年好，紫气更增今岁奇。

莫作清真汴城叹，望中真幻两相宜。

2016年9月

逢商洛中学同窗三学兄

乡党同窗亘古亲，他乡小宴惜良辰。

开缸岂有缩头酒？醉里浑忘迟暮身。

百里卌年难会面，千觞半夜奉嘉宾。

匆匆来去何伤也，堪慰夙怀俱保真。

王彦龙评："堪慰夙怀俱保真"，四十年而赤子之心犹在，难得！

2016年9月

戏为洪荒诗

弗弗西斯岁月磨，少年熬到老头陀。

谁人借我洪荒力，一气掀平万丈坡！

注：里约热内卢奥运会期间，傅园慧女史一语"我已经用了洪荒之力"遍传海内。

采南台评：气脉通贯而风力扑面。

王彦龙评：纵有洪荒之力，恐兹今亦无处可施。

2016年9月

贺徐耿华李耀儒二诗兄新开微信

故国行吟年复年，情缘最重出诗缘。

梁园谁不爱枚马？俱是阳光老少年。

注：徐耿华兄微信名"阳光老少年"，李耀儒兄微信名"瘦竹斋"。

2016年9月

中秋日故里亲朋六家联欢追记

故园无处觅芳菲，旧陌徘徊吟式微。
聚首同倾陈岁酿，娱亲争舞老莱衣。
琅琴声奏紫芝晔，江月时催逸兴飞。
今日归来明日去，寸心唯愿驻清辉。

2016年9月

闻长安诗友戏赐"公孙胜"自嘲

诗灯也望探天阍，病足徘徊白鹿原。
唤雨腾云无一善，诨名岂敢领公孙？

2016年9月

永阳坊艺术酒店餐叙夜归呈宋晓明画兄并诸友

落拓生涯不自哀，心扉长愿为君开。
诗潮月夜掀千顷，画笔嵩丘指九垓。
趁有牙时碎顽铁，信无声处孕惊雷。
穷年热望谁能夺？敢撞南墙是善才。

王彦龙评："趁有牙时碎顽铁，信无声处孕惊雷。"颇可深思玩味，既有钢牙能碎顽铁，则头额撞南墙亦自不在话下。

2016年9月

开会口占

警钟敲倦脑，谁敢犯迷糊？
要案闻详述，群奸赴末途。
贪心应怵惕，正义共匡扶。
国法崇严峻，人人莫特殊。

2016年9月

秋夜梦醒

秋宵春梦更堪怜，坐起南柯忆画船。
破晓清霜覆心镜，伤麟困眼望云天。
藜光乞向西楼照，俗念应羞职事牵。
更解他乡悦迟暮，樊川不敢废诗篇。

注：少陵《归》："他乡悦迟暮，不敢废诗篇。"
王彦龙评：朦胧扑朔，略有李义山《无题》风味。

2016年9月

午夜寄语陕西诗词界诸友

诗家趋好有参差，天道从来不可欺。
相勉时时拔心草，护持春卉到秋时。

阎琦评："拔心草"当谓拔除俗想鄙念也。
王彦龙评：互拔心草，好主意！

2016年9月

遥闻孙见喜兄秋夜奏箫

孙郎灞上夜吹箫，畅意柳林衣袂飘。
曲到绿腰心自远，何须俗客解高标？

2016年9月

步韵答彦龙贤仲

偶亦逢人道苦辛，未卑性命似微尘。
爱无花骨终虚化，心有诗灯便不贫。
病足犹追雨僧远，谊风应信默存珍。
西京同是飘零客，衷曲随时可诉陈。

附王彦龙《不寐感呈炜评师》：十载长安多苦辛，几人青眼到微尘？
仲尼不怨曾参鲁，鲍叔深怜管仲贫。此意寸心何足报，一门长聚最堪珍。
年来际遇杂悲喜，待向先生仔细陈。

阎琦评：颈联"雨僧""默存"分指吴宓、钱锺书。二人皆学问家，而吴特以诗闻，钱则以论著名。王彦龙屡见斯集篇什，原唱颇有法度，足见从师学诗已登堂入室矣。

2016年9月

秋夜续读李杜合集呈田緦诗友

闭庐双集觅金针，秋句灯前抱膝吟。
黄叶催人怜短景，焦桐责我斫良琴。
万般情态杜工部，百世诗魂李翰林。
遣兴遥思梁宋月，青眸醒豁览高岑。

2016年9月

西京秋夜遥赠湖广友人

诗魂昧昧望昭苏，万里撼怀意不殊。
扑地云遮楚江月，连宵雨滴汉菰蒲。
仲宣哀泣传千载，梦得豪吟荡寸颅。
生理问君君问我，白头能葆素心乎？

2016年9月

节日作

又逢佳节饮秋林，鼻口羞同四座喑。
周土醉呼归凤鸟，书生心也九州心。

2016年10月

食罢打油自谑

食性由天赋，舌尖匡九州。
养成牛马胃，善待地沟油。
皮实人常乐，冬烘鬼见愁。
心情都一样，点子看谁稠。

阎琦评：信手写来，有谐趣。"皮实"为关中俗语，谓人（或物）经得住折腾，摧折虽多亦无伤也。

星汉评：俗语入诗，自古有之。"舌尖""牛马胃""地沟油""皮实""冬烘""点子"诸词，不见隔膜，清新可喜，所谓"接地气"者是也。

王彦龙评：嬉笑戏谑之中，几多无可奈何之叹、自嘲自讽之悲！

2016年10月

网观马河声兄新书联语有赠

全凭搦管辟蒿莱，纸上风云亦壮哉。
我愧坐科难出谷，君由自学便成才。
已参槐国梦何远，未惮天门扃不开。
清白生涯共珍惜，从容秋岁陟崔嵬。

阎琦评：马君余曾相识，天资聪慧，自学成才，善书且能文。"槐国"用唐李公佐《南柯太守传》事，"已参"以下两联有互勉意。

星汉评：用平水韵，又合今韵，读来上口，自是诗界高手。

王彦龙评：马先生自学成才，书法已入佳境，可敬可佩。

2016年10月

合阳三首并呈伊尹乡人

其一

重过梁山叹廿秋，屐痕不敢觅河洲。

乡贤长逝人间世，季子今来戴白头。

其二

孤馆冰衾意黯然，关雎隐约慰愁眠。

伊人芳迹思何处？恐与芦花老洽川。

其三

秋水空桑觅凤毛，河西故事辨滔滔。

莫教懿德埋荒野，祈有莘民惜剩膏。

2016年10月

太史公颂

刑余素志讵能堙？蓄火文心老愈真。

史幸颖毫逢巨手，天教雄主伴畸人。

鸿裁风雨三千载，蚕室情怀四壁春。

斧椓当时满朝野，难阉赤子到精神。

阎琦评："天教雄主伴畸人"——不是畸人（司马迁）在侍奉一代雄主，而是雄主在"伴"畸人。一个"伴"字，下得有分量。

星汉评："鸿裁风雨三千载，蚕室情怀四壁春"一联，对仗无一字不工。

王彦龙评：于太史公，古今咏颂连篇累牍，余不能赞一词。师父尾句道前人所未道，可谓生花妙笔。

2016年10月

酒阑戏成一律

暴饮狂如叶利钦，秋宵未觉冷森森。
筹谋已过劬劳日，医嘱常寻快活林。
也备参丸盈胸袋，更凭酒力壮机芯。
喀秋莎与鲁提辖，听我卮言到夜深。

阎琦评：中外古今典信手取用，虽是酒阑状态下信手戏成，自有妙趣。

星汉评："喀秋莎与鲁提辖"，土洋结合，可发一噱。用"洋典"，乃诗词用典必由路径之一。

王彦龙评：熔古今人事于一炉，以幽默之笔写冷寂之情，所谓举重若轻、信手拈来者也。

2016年10月

谢舒敏馈书双平寄茶

难得雨秋眉眼开，倍珍同志聚楼台。
我携佳作樊川去，君寄红茶汉上来。
观点菁华摅俗虑，远山眉黛映新杯。
好书清茗真双美，大谢敏才和俊才。

注：得舒敏女史新著《独自呢喃的树》，又得熊君双平遥寄"观点红茶"。

星汉评：宋人黄庭坚诗文意象格外密集，生活使之然也。此诗亦如黄诗。

王彦龙评：美女赠书，嘉友赠茶，俱人生快慰之事也。

2016年11月

重读《畲田词》有感

我心悲大块，最悯是农夫。
体面难生有，乐郊趋死无。
霜刀割鼖面，心气葬泥途。
四海千秋史，耕人命不殊。

星汉评：用典而不为典所用，是为高手。"乐郊"（源自《诗经·魏风·硕鼠》）、"霜刀割"（源自岑参《走马川行奉送武判官出师西征》），均从书本中来，但于此处如盐入水，有味无痕。读书少者能为之乎？

2016年11月

读业师薛瑞生教授新作《柳永传》

惯识龙肝与马肝，老刀批郤与年宽。
七郎笑指人间世，教授这般非一般。

注：先生著《晓风残月——柳永传》，作家出版社2016年10月出版。

阎琦评："批郤导窾"语出《庄子·养生主》，谓其抉隐发微而创获甚大也。"七郎"即柳永，借柳永口盛赞薛教授大作。

2016年12月

午夜席别口占呈赠友人

酣醺定力忘初筵，神矢冰壶两挂牵。

伧子清觞三奠地，先生高义九摩天。

病眸休怨难光复，心舍犹期保瓦全。

笑别形容谁与似？刘宾客共杜樊川。

注：比来眼痛，酒后尤剧。

2016年12月

十二月十五夜口占

扰扰烦烦销盏中，骚情火烈奉群雄。

肝剖月明霜飞夜，未必真痴输放翁。

2016年12月

王瑞李梅伉俪佳公子"菩提子"小侄周岁贺词

梅蕊发华滋，辉灿不在早。

菩提生瑞庭，王府降大宝。

母素有慧心，父搦画笔巧。

璋庆喜盈楣，阖家光景好。

周岁靓眼眉，其志必非小。

他年跃龙门，健手驭鹏鸟。

2016年12月

贺贾平凹学兄荣任中国作协副主席

毛颖中山自秉持，棣花岁岁发虬枝。

秦腔情动中南海，正是元和韩柳时。

阎琦评："棣花"是贾君故家所在，"岁岁发虬枝"谓贾君年年有新作问世。

王彦龙评：末句寄意正大而幽深，盖昌黎、河东志在弘道、兼济矣。

2016年12月

2017 年

主持"光明论坛"学术报告会后戏作

庸碌学林三十年，初心深愧检红专。

竹头木屑堪何用？绛帐开坛报幕员。

2017年1月

旅中口占

中原无觅古英豪，骏骨蒿莱伴凤毛。
行到沙丘一洒泪，几时重见九方皋？

2017年1月

报褚波学兄二首

其一

卅秋哀乐味长安，各守寸心天地宽。
不为秦王吮尻痔，曹公百乘等闲看。

其二

非是怯寒诗口喑，几曾冰雪窖诗心。
风情只待春潮起，如火如荼爆上林。

刘泽宇评：酬赠之作一般写法，无非颂美或期勉对方。然此二绝则不是，其一之次句，以"各守寸心"兼顾到酬者和受赠者，三四句顺延剖解双方共有衷怀，尤其有力。其二全为自白，"非是""几曾"明素志也，"只待"一转，寄望"如火如荼"之日也。此首最见章法。

看剑堂评：舔痔吮痈者纷纷何限，得车千百乘又何荣焉？能不羡而各守寸心，物性固莫夺也。冰雪愈酷，往往窖气愈热。待到春潮涌处，上林花满之日，一窖诗心自将不择地而涌出矣。

2017年1月

感C刊事兼答八方关爱敝者

雪痕回检未堪哀，甘苦生涯何道哉。

行愿唯期仰天则，酸眸但恐失鸿才。

牢骚弥雾风流去，温慰感铭春早来。

补世文章阔胸次，莫随时议竞喧豗。

附《西北大学学报》宗旨： 守正创新，服务科研，传播学术，有补于世。

王彦龙评： 时语云："但行好事，莫问前程。"问心无愧可也。

2017年1月

观球打油一律

昨夜看球二比零，挥拳直欲碎荧屏。

又输豪赌三千块，白买鲜啤四十听。

臭脚他羞称国足，哀嗟我屡向沧溟。

咱娃何日真争气？抚慰老夫心脏宁。

阎琦评： 球迷心态跃然纸上。二十世纪七十年代，《参考消息》报道荷兰人因球队输球摔电视、打老婆种种出格，其时我国电视尚未普及，颇觉稀罕，今兹国人球迷心态，余亦颇能理解矣。其奈国队不争气何！

星汉评： 炜评诗兄做人如星汉，颇有些"二"。"挥拳直欲碎荧屏""又输豪赌三千块，白买鲜啤四十听"，此类举动，炜评较之星汉，已属其次。闭目思之，国内教授，当属罕见。"咱娃何日真争气"，真地道老陕口气！

王彦龙评：哀其不幸，怒其不争。纵然击碎荧屏，还得自家掏钱重买，莫如关机睡觉去也！

2017年1月

晨起喜见玉兰早开

凉薄世情何道哉？无能棘翳铲心台。
芬馨矜恤故人苦，星夜御风提速来。

2017年2月

父子叹

恩义情仇父子间，撕撕扯扯几曾完？
到头他又还同我，训责吾孙口舌干。

2017年2月

戏和王君彦龙

海桑情史古今看，始末万般都一般。
未分春怀迷芍药，转成秋恨啮心肝。
随缘自是因无奈，轻死多由赖活难。
莫向桃溪咏罗帐，阮郎梦逝杳云湍。

2017年3月

卷珠帘·春雪

二月琼花来郭杜，轻过庭柯，访慰骚人苦。新曲挥毫青案谱，帘椊推望银妆路。　　别样形容怜草树，勾起情思，倦舌漫吞吐。好景恨她留不住，片时纤步乘风去。

注：郭杜，在西安城南，西北大学新校区所在。

2017年3月

遣怀八首兼呈张岘贤仲

其一

自家春酒自家吞，无奈销魂更断魂。
心锁三更纵开半，明朝依旧压胸门。

其二

十分春色最伤神，一点想思无可伸。
落索空斋过清夜，此身应恨是骚人。

其三

如何心境别酸辛？出了严冬入苦春。
不是伛偻近来重，抬头怕见问安人。

其四

晨昏迎送雾漫漫，心境还凭药酒宽。
存在何须刷存在？此生哀乐系长安。

其五

望断关河咏洛神，楚舟叹我困江滨。
花开花落横塘路，伤眼伤魂春复春。

其六

抱枕通宵如抱芒，交加水火搅心房。
翻推三十年来事，只合荒郊哭一场。

其七

摩挲弃物恋余温，点点斑斑镌泪痕。
怆绪知他应似我，萍漂江海总铭恩。

其八

块垒许能消盏中，难从龟策问穷通。
心弦今昔元无异，锦瑟羞弹汉广风。

阎琦评：昔年读钱默存《槐聚诗存》，每有意绪难明之叹。今读《遣怀》，亦有此叹。

王彦龙评：隐衷恻恻，无限沉哀。"翻推三十年来事，只合荒郊哭一场。"读之心酸至极！

2017年3月

三八节启夏苑诗会口占

为爱春潮上国来，骚人云集曲江隈。
千般物色撩青眼，一座诗枰服善才。

锦句频催杯盏舞，醉喉争报玉兰开。

还期岁岁邀嘉夕，为爱春潮上国来。

2017年3月

从教三十年感怀

执鞭卅载意如何？啼笑皆非千百箩。

愧说弦歌报洙泗，诲人多也毁人多。

阎琦评："诲人多"诚是矣；"毁人多"，则恐非个人之力所及也。

王彦龙评：谑词也。其实得其"诲"或得其"毁"，全凭受教者自我抉择。

2017年3月

雨夜作

千觞倾尽未舒眉，热茗翻教心力衰。

穷达龟蓍枉劳卜，死生情结过危棋。

蜷躯冰枕祈清静，作计仙游却忸怩。

苦恨浮生万千事，如磐如铁费推移。

阎琦评：颔联警策。

2017年3月

三月二十午夜口占

心海孤檠拨未明，夜航犹拟出围城。
春风有意恶三月，邻笛无聊奏五更。
欲上蓬山舟楫短，且将冰酒火唇平。
醉乡难信轻生死，为有膏肓不了情。

星汉评：口占之作多为绝句，此则律体，照顾平仄、用韵、对仗，犹不失为佳作，是为难能。

2017年3月

戏答京华友人问

赘肉经年无计焚，枉然锻炼戒腥荤。
失眠旬月生奇效，减却脂肪已十斤。

王彦龙评：失眠固能一时减得赘肉，然恐伤身更甚，莫如"努力加餐饭"矣！

2017年3月

戏和吴郎嵌原玉成篇

白头藜阁说青葱，情爱疑因荷尔蒙。
只是嘉年不更事，三郎误看大英雄。

附吴嘉《无题》：一曲西厢怅隐衷，万般吟咏转成空。相思莫作长门赋，情爱疑因荷尔蒙。

2017年3月

蓝商归途口占报友人

笑解征衣掸路尘，灞源风浴马牛身。
铄金诟病经千犯，充气功夫晋五新。
西走清怀羞变态，东归殷想报同伦。
休言四海皆兄弟，未必相逢俱是亲。

2017年4月

贺大龙河声兄丁酉书画小品展开幕

长安有缘识大龙，心灯风雨各守护。
客寓城南一苇杭，廿载无时常相顾。
爱君天授曼倩才，樽前谑笑恣华吐。
羡君天授指爪长，毛颖握驭如神助。
器道博观古与今，取宏用精善参悟。
自由王国任驱驰，奇正相生有法度。
笑我百事无一成，眼对懒园喜且妒。
喜且妒也复何如，归去诗苑种草树。

2017年4月

友人高堂生日颂诗

草根生理勉撑持，苦尽甜来志不移。

土屋酒盅量米日，灶头心火炼钢时。

针传苏蕙千年巧，医仰潜光万口碑。

祈愿贤娘康且健，萱庭信步好丰仪。

阎琦评：诗眼在"苦尽甜来"四字。

王彦龙评："土屋酒盅量米日，灶头心火炼钢时。"全民族之时代记忆也。

2017年5月

席上戏作二首

其一

酣然座上长精神，怒骂欢歌跃敝唇。

总爱觥筹交错后，废都复活汉唐人。

其二

狂奴醉啸跃崇楼，拍遍栏杆意未休。

欲向天津奋双翼，九霄难到也风流。

刘泽宇评：诗中"戏作"一体，有玩笑语，有滑稽语，有讥刺语，或似庄实谐，或似谐实庄。此二首作于席上，诚捷才也！其一前两句，若以关中方音译之，则可谓"你们这伙子这时候来劲了不是，一个个说得口干舌燥的呀"，后二句则对此发出感慨：原来大家都只有在觥筹交错之后，才能像汉唐人物一样在古老的都城复活，敢于说出肺腑之言了。其二则写了进一步的醉态——大肆叫嚣，任诞无忌，然终究是一群胸怀天下之"狂奴"，因此诗人以揶揄点赞："九霄难到也风流。"细味两首，"含泪的笑"隐在焉。

2017年5月

六月十八日父亲节作

往事俱成万点烟，洗身犹忆艳阳天。
感恩双向儿和父，愧说孝慈今昔年。

2017年6月

六月廿六夜口占二绝

其一

山人口舌孰能喑？醉席高歌爆热忱。
难得知音三二子，明明白白奉吾心。

其二

税屋三更续剧谈，强词乞谅傻痴憨。
狂颅破壁纵无望，犹自心旌向远岚。

2017年6月

和丹萌师《夜投安山驿》

西京别过入蓝溪，旅近商於意转迷。

崇嶂盈眸云漠漠，颓垣裹足草萋萋。

千觞酒注三生愿，双燕枝寻一叶栖。

驿外昏黄何所见？关河万里子规啼。

紫洪山人评：颈联妙对。

2017年6月

题版画《星空》

万象无分主与宾，星云度我迈千津。

沧溟奥妙寻深大，不负平生爱哲人。

2017年6月

人南渡·友生毕业题嘱

别宴一回回，今兹又到，飞盏休嫌我呼叫。先生卜面，模样诸君都好：才男潇洒也，才姝俏。　缘结西京，弦歌同调，醉席争相并肩照。云程发轫，讯息他年常报。莫言离恨矣，且欢笑。

王彦龙评："云程发轫，讯息他年常报。"既是美好祝愿，亦是殷勤嘱托，可见师者本心。

2017年6月

闷宅遣怀五首

其一

年来无事不销魂，闭户安闲乞酒樽。
罄盏更增襟袖冷，彭殇荣辱与谁论？

其二

昧昧双眸对落晖，此无恋趣彼何归？
何当觅得忘情水，一饮全消是与非。

其三

短安熬住到长安，挤入曾难去更难。
空道诗书爱如命，诗书万册笑穷酸。

其四

心炉屡灭屡重燃，温煦微光示远天。
风雨如磐京兆夜，歪诗一枕慰愁眠。

其五

恶癖无能去俗身，老怀愈近四明伦。
三更独馨新丰酿，想煞眼花眠井人。

2017年6月

论诗绝句四首

其一

前人才艺后人传，若个能传亿万年？
尼父心仪韶武曲，不闻遗响汉唐天。

其二

李薳杜栋隔河瞻，心雨晨昏湿眼帘。
凤鸟何年出双府？片时驻我小茅檐。

其三

戴天应耻头颅贱，好句全凭腔血浮。
沉默是金真扯淡，诗无呐喊即骷髅。

其四

莫信骚家说法轮，诗魂只领性情真。
但能张口如秦净，乱板荒腔也动人。

注：秦净，秦腔大净也，俗谓"黑头"。

房日晰评："诗无呐喊即骷髅"一句，道出作诗真谛。

紫洪山人评：为文为诗，不外辞意两端。深入浅出者为上，深入深出者次之，浅入浅出者又次之。浅入深出者，即坡公所谓"以艰深文浅陋"者，则等外矣。此组诗论尤其三、四两首，言辞浅近而文旨深远，允称上品。

王彦龙评："好句全凭腔血浮""诗魂只领性情真"等句，自是不易之真理。有无"腔血""性情"，实乃诗与非诗之本质区别。

2017年7月

感古今刘氏事有作

其一

雕龙椽笔足千秋，殿虎英风动九州。
悲吟蘩阁思中垒，软骨儿郎莫姓刘。

其二

莫道幽人恨不休，偕亡情意孰能囚？
轮番涅醢猖狂过，遍地张王李赵刘。

其三

不是书生太较真，四端明义贯其身。
盖棺最怕千夫指，羞了先人羞后人。

房日晰评：句句痛快！

阎琦评：组诗起首以古来刘氏二名人张目：著《文心雕龙》之刘勰，文笔足称千秋；廷争如虎之刘安世，文臣中堪称表率。第二篇又感叹古今诸姓杰出人物遭"轮番涅醢"者夥矣，诚是。组诗警策处在"软骨儿郎莫姓刘"，而此句应是对天下男儿说去，并不专指族人，如此则所指大矣！

王彦龙评：就事感慨，寄意遥深，岂止为一姓张目？

2017年7月

友生牛晓贞陈楠聚首太原

厚谊芳心一世铭，尘寰十载各飘萍。
想思倾尽龙城夜，醉席人如竹叶青。

2017年7月

凤栖梧·戏赠王兄钝之

夏夜相逢忘燠闷。任诞秦楼，主客飞觞迅。酒力狂奴争用尽，谈锋夺席谁能钝？　　醉别三更犹感奋。意属山东，欲走朱仙镇。梦国偕行凭热悃，关河千里策奇骏。

王彦龙评：男儿肝胆，豪气干云。

2017年7月

夜梦沪上沙翁

文华雄放唤丰隆，万象齐州辨热瞳。
大块能容独行客，群儿莫误老来疯。
品茶已惯青红白，措意难从假大空。
一别十年香雪海，逢人轶事说沙翁。

注：尝同方兄英文、王兄钝之聆先生华吐于长安香雪海茶楼。

阎琦评：颈联道尽其人风骨。

紫洪山人评："独行客"对"老来疯"，"青红白"对"假大空"，似信手拈来，全无斧凿痕，现代旧体诗巨擘如郁达夫、聂绀弩等，亦不过如此。

王彦龙评："独行客""老来疯"诸语，可以想见沙翁性情本色。沙翁去岁已然谢世，今读此诗，更觉怅然。

2017年7月

网辩收兵打油一律

平明网战到黄昏，十指屏前水火喷。
千辩到头真费劲，三声滚蛋各回村。
既知善道循公理，岂可望天犹戴盆？
歇手休教肚儿饿，馒头咥了咥馄饨。

　　王彦龙评：孟子曰："予岂好辩哉？予不得已也。"俗语则曰"理愈辩愈明"，然余未之信也，盖世间甚多不讲理之人，辩之何益？莫如"滚蛋各回村"也。

2017年7月

读美图戏赠采南台

才士书风拟子都，佳人窈窕慕仙姑。
妍华各妙由同理，尖俏圆融两不孤。

2017年7月

呈藜阁诸子

雨后同怜明月圆，恣狂灞上惜华筵。
飞花敏对三千首，妙手联弹五十弦。
儿戏笑他留汉史，诗鸢待我放秦天。
世情翻覆人情在，随处开心莫计年。

2017年7月

送陶郎夜赴洛伊

诗席归来吃苦瓜，羡君将采洛阳花。
行舟今夜柳三变，恣意明朝温八叉。
宿雨遥期眷行客，蒸笼近叹洗桑拿。
时时难过时时过，处处无家处处家。

附陶成涛《将赴燕都先至洛伊酬师父赠诗》：回首长安热蚁锅，趋凉游子拜骊歌。清樽微醉和姬肆，晃榻忽眠夜旅窠。笑我浪怀喜漂野，慕公处世恶随波。蓬心别意酬难已，况缺诗才半筐箩。

阎琦评："柳三变"与"温八叉"对，妙！

2017年7月

谢吴嘉

嘉言秋夜到岚皋，老衲深惭领大褒。
旧作今兹过新秤，篇篇回看是鸡毛。

阎琦评："鸡毛"化用俗语"一地鸡毛"。
王彦龙评：鸡毛多了亦能压秤，况其中不乏金玉乎。

2017年8月

咸阳诗词大会夜报李晓刚教授

其一

怅绪遐思接大风，招魂子美到于翁。

人能弘道千秋事，偕力传灯风雨中。

其二

诗心奋荡夜虹桥，韶武恍闻来九霄。

莫叹麒麟埋古渡，骚坛同唤霍嫖姚。

附李晓刚《寻咸阳古渡不遇致炜评君》：欲填新曲韵难调，处处危楼压旧朝。夜半约君寻古渡，绿风红影送秦桥。

王彦龙评："偕力传灯"弘道，学者担当可见矣。

2017年8月

摊破浣溪沙·读陈更新著《几生修得到梅花》

才调人前不待夸，冰心诗国鉴梅花。玉树秦都风致也，羡陈家。　　物理明眸究学海，清吟雅典走天涯。悦见新书情采也，思无邪。

注：陈更，咸阳秦都区人，北京大学工学博士生。

2017年8月

黄昏匆过银川五首

俯瞰银川其一

东徼才归又北征，旧游风物倍牵情。

山川翼下还依旧，季子重来老眼盲。

机场口占其二

嶙嶙大厦耸田畴，锦绣图文竞炫眸。

莫斥主人诳远客，谁家广告不吹牛？

王彦龙评："莫斥主人诳远客，谁家广告不吹牛？"令人击节！

向晚即景其三

奚囊一掷出河东，雀跃如狂晚烧中。

饱目高粱红不见，擎天绿化树葱茏。

紫洪山人评：塞外黄昏即景，诗中有画。

城郊小憩其四

行踪莫叹似沙鸥，孤旅聊为欢忕游。

且唱花儿扩胸次，河清更盼到神州。

夜赴定边其五

秋水马牛寻式微，劲风无赖揭单衣。

暮钟偏又催征铎，渐看万家灯火稀。

2017年8月

集句四绝

进酒其一

清樽细雨不知愁（钱谦益），事大如天醉亦休（陆　游）。

安得中山千日酒（王　中），微躯此外更何求（杜　甫）？

啜茗其二

簇簇新英摘露光（郑　谷），日调金鼎阅芳香（卢　纶）。

一杯永日醒双眼（曾　巩），且作卢仝走笔章（梅尧臣）。

弈棋其三

上品还推国手能（吴伟业），一枰何处有亏成（王安石）？

休将胜负争闲气（僧丈雪），新共扬州看月明（袁　枚）。

养生其四

不能容易向春风（温庭筠），变化生成一气通（蒲松龄）。

揉叶煮泉摩腹去（范成大），千年圣学有深功（张孝祥）。

阎琦评：黄永玉曾说过，他作画、作文和作诗都是"玩"。集句作为一种诗体，"玩"的成分更多一些，但有赖于博闻强记，且须合律、切题，故殊为不易。

王彦龙评：集句自然，几无斧凿痕迹。

2017年8月

寄呈友人《半通斋诗选》随赠打油一律

矮人总惮坐高台，谬誉每闻红满腮。

一册实多糟粕句，千秋长仰少陵才。

未期诗海泅能远，但爱心帆老不颓。

敝帚今宵聊愧赠，任君哂过掷蒿莱。

王彦龙评：凡古今诗人为诗，总难每首每句皆佳，李杜苏辛尚不能免，师父亦大可不必奢求完美也。

2017年8月

岚　社

诗群遍天下，岚社最相亲。

逸响寻三楚，扁舟恰八人。

同期涉江远，唯愿好怀伸。

恣意潇湘夜，谈龙不避秦。

2017年8月

书　愁

空说拥渠天地宽，卅秋狂购转心酸。

豚儿厌学何尝恨？伧父焚书却大难。

吞枣青春真受活，伤今蝌蚪碍微观。

思呈俊彦还犹豫，总怕重逢旧货摊。

阎琦评：网传某作家赠友人书，不久即在旧书摊见所赠。作家不乏幽默感，将书购回再寄友人。想友人愧怍甚矣。末联当因此事而发。

王彦龙评：忆启功先生有对联曰："饮余有兴徐添酒，读日无多慎买书。"

2017年9月

业诗遣怀

奋槎难道苦中甜，诗手摧成腱鞘炎。

拟过三秋长歇菜，免教瘩话讨人嫌。

阎琦评：自道为诗苦乐。"长歇菜"乃市井间流行语，令人解颐。

紫洪山人评：诗是一句话，以巧说为妙。此篇将生活用语、网络用语、医学用语穿插组合，何其巧也！

王彦龙评：以"腱鞘炎""歇菜""瘆话"等语入诗，或是诗坛第一人也。

2017年9月

秋思二首

过洒金桥其一

调冰公子一何遥？蹇疾难祈马走销。

散宝开元人不见，尘嚣催过洒金桥。

夜望蓝关其二

鹿车载酒到秋林，月隐蓝溪梦已沉。

锦瑟轻吟玉山下，雪痕鸿爪莫思寻。

2017年9月

读文有感兼谢吴江平学兄

史海钩沉破晓中，风云龙虎叹西东。

奈何时运逆淘汰，多少英雄事业空。

2017年9月

重有感

欢场渊旨对谁陈？句解小园工部真。
难矣卮言能敛旧，每于众目讨嫌新。
无钱自放居南亩，有嗅书香逐肺尘。
大块嘘嗟清寂夜，鼻酸犹惧丧精神。

注："重有感"者，重读陶靖节《自祭文》与杜工部《暇日小园散病，将种秋菜，督勒耕牛，兼书触目》有感也。陶文"人生实难，死如之何"、杜句"不爱入州府，畏人嫌我真"最动予心。

2017年9月

戏奉岚社诸君

其一

吟啸岚皋别有情，羞弹齐铗远秦坑。
朝来夕往多佳趣，芷若荣华月旦评。

其二

寨铎村笙动九溟，社旗增色待湘灵。
他年绛燕栖云岭，护爱应同冯小青。

其三

青溪拭目望崚嶒，病足登高恨不能。
便拟蓝营劳爨事，笊篱舀出太阳升。

2017年9月

谑赠岚社诸同志八绝句

赠汪君涛其一

谁不樽前爱暖男？狷狂醒醉并容涵。

好怀最见倾壶后，护驾名媛一二三。

房日晰评：后二句写足才子情怀。

看剑堂评：汪君既获暖男之称，所暖或非止一草一木、一城一池。诗言其倾壶之后，"护驾名媛一二三"，如是模糊表意，究是此暖男玉山倾倒，尚不忘为诸名媛护驾耶？抑诸名媛争相怜惜回护此暖男耶？读者自会可矣。

赠吴君嘉其二

岸菊皋兰恣意开，随时采撷心园栽。

工夫不费劳并剪，风韵天成爆眼来。

看剑堂评：似指嘉君为诗，取材丰赡而剪裁裕如。然亦疑谑其"取次花丛"，采撷佳卉而栽诸"心园"，其情类柏拉图精神之属也。

赠陶君成涛其三

秋怀最爱报黄英，绿蚁更教青眼横。

双绝年年觅京兆，良宵只待馈陶生。

看剑堂评：陶君所陶然者绿蚁新醅，正佳酿或可催佳句。陶令之趣，似已得之。

赠王君彦龙其四

双燕和鸣向远岚，云巢四手筑都南。

呢喃七夕甚情思？合是踏青三月三。

看剑堂评：王君才眼俱高，目无余子及女子也，一度块然独处，此篇忽曝其以"双燕""四手"云云，"旷男"孤题似终得破，可喜可贺。

欢迎"玉麒麟"田君勰其五

声声社鼓御秋寒，啖炙迎宾到夜阑。

岂只麒麟出河北，檀郎莫作铁牛看。

看剑堂评：既曰檀郎，当系美男，然又与铁牛相较，而笑向檀郎唾者，又何人耶？真令观者绮思不断。

欢迎"豹子头"王君锋其六

岚社诗旌揽九州，骏才纷至正高秋。

蛇矛异日舒长臂，还看河西豹子头。

看剑堂评："豹子头"即不佞，"王"字似近虎头而非豹头，持"蛇矛"最名者乃燕人张翼德，彼之豹头环目，与在下之肥头眯眼，殊不相类。然俗人常情，在好闻虚誉，忽承此奖，不由揽镜而自对"豹头"，虽非君子，亦默念变变变也。

欢迎"入云龙"刘君泽宇其七

舞剑溪山并伐柯，营生为力不同科。

公孙幸已腾云到，作法定收功实多。

看剑堂评：泽宇君号"沙鸥庐词客"。沙鸥者鸣飞于天，其影翩翩，而飞天之物，龙为魁首，遂以龙拟之复期之也。世人不唯皆知"入云龙"是公孙胜，亦颇知舞剑器之公孙大娘及弟子等"公孙系"人物行止，故措意不唯足发一噱，更有热望在焉。

自谑"赤发鬼"之后其八

江浒奔劳义气扬，先人或恐是刘唐。

愧无阔鬓朱砂记，犹爱墓铭忠武郎。

看剑堂评：自谑以赤发鬼刘唐，当是随意联想，盖古今二刘也，恐仅同姓而已。若染发以赤，或可名实相副。唯一"鬼"字，与其商山鬼才之身，浑融无间。刘唐身后得谥"忠武侯"，社长亦全然接过，然不知所"忠"所"武"者何？平心而论，社长颇有风度，"难得莲花似六郎"，则"忠武"之想，真非平地生波也。

王彦龙评：寓庄于谑。社员八人，各见性情。

2017年9月

北征八首

出秦其一

风笤难扫暑魔蛮，竟月围城似寇顽。

日困蒸笼臣酷竖，夜研汗墨画凉山。

哀邻缞服披三夏，恐我羸躯复一般。

百计应知走为上，今宵老子出秦关。

注：同事并坊邻张女史，竟殁于酷热。

过张家口其二

名邑张怀纳倦身，清风坝上洗征尘。

三寻鹿苑忘炎暑，一掷囊缁到早春。

天网幸容蓬雀乐，稗谈无忌酒家陈。

燕歌郢曲思千载，总愧乡关是虎秦。

过京华其三

遄客萍踪似景差，天街暂驻思无涯。

嘈嘈黔首劳燕市，隐隐雷鸣闻凤华。

美政犹期神爵出，青蚨莫使汉旌斜。

一声汽笛催匆步，又赴前程万里赊。

过哈尔滨其四

远客初游续后篇，江城几日放心鸢。

风情一岛观千种，国运双桥叹百年。

倾盖人邀冰酒屋，推窗镜揽火云天。

勘边莫作明朝计，日落胡床枕月眠。

注：2006年8月，不佞侍父母初游江城。

过漠河其五

风雨兼程羡令望，驻车欢忭也堪伤。

嗟谈林火有余悸，欣看鸡冠换盛妆。

中纬一隅称北极，危碑十字报南方。

迟家童话寻何处？只合神游老磨坊。

注：漠河籍作家迟子建女史尝著《北极村童话》，极见才情。

过室韦其六

萦怀百事暂浑忘，林海行来似野庞。

箕坐青丘怜碧野，时呼白鹭过澄江。

笙歌起伏中西半，瓦肆勾留燕侣双。

长愿天公佑蕃息，也期盛世到邻邦。

过黑山头其七

殊方击壤远人潮，笑望沣都尘市遥。

无赖手娱花树草，有闲装扮牧渔樵。

木兰故事寻千古，梦得吟情羡九霄。

日啖肥羊五斤半，归来足可炫秋膘。

别满洲里其八

边城日午解行鞍，物色人情仔细看。

廛肆羞闻多水货，国门未到正衣冠。

雄旗惹我双眸湿，仄眼来兹万里宽。

惆怅式微吟郭外，鸿声偏报早秋寒。

王彦龙评：放翁《题庐陵萧彦毓秀才诗卷后二首》其一曰："君诗妙处吾能识，正在山程水驿中。"兹集中登临游览之作虽不甚多，然往往下笔雄健，思接今古，妙语如珠，令人击节！

2017年8月15日作，9月9日修订

贺光武兄府上归来口占

恣饮君门醉不还，劬劳难得此身闲。

罔闻尧舜来周土，深服祢杨触魏闩。

爱恶醒前肝鬲畅，抑扬嚣后舌喉殷。

心从洙泗终无悔，羞辍弦歌鄂杜间。

2017年9月

戏赠群主周女史

领袖群伦非等闲，秋霜何惧覆云鬟。

粥藏电码《红灯记》，胸有朝阳威虎山。

茶客席前无薄厚，椰林雨后赏斑斓。

龙江鲸海从容过，磐石湾通三里湾。

阎琦评：连用"样板戏"今典，戏谑之中状赞群主巧慧、正气。

2017年9月

用韵谢呈魏义友诗兄

检点生涯泰半惭，自珍敝帚一诗男。

卖刀时惮逢牛二，措句常祈远瘥三。

幸遇金州来叔子，伏思秋夜续酣谈。

老时了了犹期待，沸沸痴怀寄紫岚。

魏义友《贺岚社成立》：高举吟旌何必惭，争辉诗国是奇男。曲江社喜联肩二，秦岭山呼鼎足三。笔有锋芒杀奸佞，心无禁忌恣雄谈。秋风万木萧条日，一笔如龙化紫岚。

2017年9月

吴郎设席口占依前韵

莫误狂奴是贱男，身心两造并痴憨。

经行水火如天浴，收拾妖魔掷满泔。

来世援桴还要二，今生狡窟不求三。

鲸吞大白西京夜，醒脑平明有橘柑。

房日晰评："二"与"三"为借对，绝妙。

阎琦评：前首"牛二""瘪三"与此首"还耍二""不求三"都是妙对。

"牛二""不求三"尚可说是古或雅，"瘪三""还耍二"则全然是俚或俗了。

2017年9月

报李耀儒胡安顺高益荣李晓刚四诗兄

秋声未信逊春声，罄盏霎时豪气生。
谐谑或能增豹胆，猖狂何必拥云英。
羞裁广袖公堂舞，但慕裸身胸鼓鸣。
松槿年华同惜爱，朝歌夜啸自深情。

附白香山《放言五首》其五："松树千年终是朽，槿花一日自为荣。"

王彦龙评：五先生俱是妙人。老当益壮，宁移白首之心？秋声自有胜于春声之处。

2017年9月

中秋夜作兼示友人

桂酿鲸吞忘病身，狂夫本色孰能驯？
澄怀一世无城府，恶舌千疮有火磷。
吹箫甘心从杜老，乞人容我恣天真。
鸡鸣风雨莫惆怅，醉看高秋似早春。

注：少陵尝有句："不爱入州府，畏人嫌我真。及乎归茅宇，旁舍未曾嗔……"霜年重览，更味其味。

阎琦评：感怀之作。末联"鸡鸣""风雨"皆《诗经·郑风》篇名，亟望外部环境变好，可以"容我恣天真"。

2017年10月

新畲田词五首并序

畲田者，刀耕火种之谓。《畲田词》者，北宋名臣王禹偁首创组诗也。公少多鄙事，于黎庶生息，体察至深。淳化二年贬商州团练副使。商州者，吾乡也，深山穷谷六百里相属，民生艰窘倍于邻邑。公屡见黎庶"先斫山田，虽悬崖绝岭，树木尽仆，俟其且燥，乃行火焉。火尚炽，即以种播之"，悯其劬劳；又屡见方俗"定某家某日有事于畲田，虽数百里，如期而集，锄斧随焉，至则行酒啖炙，鼓噪而作"，嘉其尚义，乃欣然"作《畲田词》五首以侑其气"。质品文相，实"欸乃""竹枝"之流亚矣。予少读公诗，霜年不忘。今逢双节，遥望桑梓，感喟不禁，乃为《新畲田词》五首祝福乡党，祈识者不以东施效颦哂之矣。

其一

你斧他锹斫瘠田，皓翁挥指意拳拳。
汗衣劲舞催时雨，浇出满山红绿妍。

其二

天赋田氓善种瓜，村台也唱叫喳喳。
荒腔不解周郎顾，唯愿张喉父老夸。

其三

打夯人怜暖脚人，何曾情话炕头陈？
春耕秋获同甘苦，不悔南邻嫁北邻。

其四

山村最怕夜深沉，翁媪空巢抱冷衾。
又到中秋温旧课，合家欢闹梦中寻。

其五

社鼓金秋报小康，暖心标语满村墙。
抚今追昔千行泪，共与平安注酪浆。

阎琦评：王禹偁商州诗最多。杜甫在夔州，有《秋日夔府咏怀》，云："烧畲度地偏。"刘禹锡在夔州，亦有《畲田行》云："何处好畲田？团团缦山腹。"王禹偁诗多写民之劬劳，此组新词亦是，但不是写放火烧山，而以状农民劳作之苦为主，兼及乡俗及目下种种现象，故可当作新悯农词读。

紫洪山人评：其三、其四最好，活灵活现画出农家夫妻夜生活，于温馨中见酸辛。

王彦龙评：诗中所及诸农活，余幼时多曾亲历，颇觉亲切。

2017年10月

中秋前夜四绝句寄岚社诸子

其一

蘸血题笺寄阿谁？忍听秋雨唱於戏。
人间折寿唯痴绝，蚀骨销魂只自知。

其二

怅想远山玄豹姿，行吟未分欲何之。

沧溟隐曜中秋夜，热望诸君天问诗。

其三

陈腔听过汗涔涔，清季先生尚宋音。

俊老焦桐传俊少，只关骸骨不关今。

其四

少陵诗镜正衣冠，地气云岚壮热肝。

满目羊脂辨高仿，蜡人休作活人看。

阎琦评：半通斋后期歌诗，意旨每有隐约难明处，使人有"独恨无人作郑笺"之慨。此组亦是也。

王彦龙评：但能写出《天问》一类佳作，"蚀骨销魂"乃至"折寿"又何妨？

2017年10月

戏赠吴嘉贤仲

吴郎馈我纸糊冠，试戴片时忘夜寒。

受奖上床真一快，谑词笑作悼词看。

刘泽宇评：句句诙谐，然结句实堪玩味。

2017年10月

戏赠沙鸥庐词客

鸳鸯应是未离群，我独丘园坐四春。

今世断难容郑俗，他生或作逾墙人。

注：前二句径用黄仲则《绮怀》、李义山《春日寄怀》原玉。

2017年10月

报赵熊诗兄

其一

暌违翻酿想思醇，尘市隐踪祈莫嗔。

名士东京俱识见，爱君不似那帮人。

其二

春晖已逝惜秋晖，兴尽梁园南亩归。

俚曲任邻嗤醋大，放歌唱到马牛肥。

王彦龙评：是"那帮人"而"不似那帮人"者，尤其难得。

2017年10月

分韵得"蛇"字打油三首不计工拙

其一

千寻斗盏辨委蛇，满座大儿谁小儿？

缠我虚头巴脑去，醉拳秦汉永无疲。

其二

块都自适似腾蛇，赤恺樽前跃火锅。

大事霜秋抓紧办，余年毛算也无多。

其三

醉江竞渡识龙蛇，意力参差各有涯。

拥别浪尖期后会，女娃闪远搂男娃。

阎琦评：三首皆有戏谑意味。平水韵"蛇"有平声三读：支韵、歌韵、麻韵，故分韵得"蛇"，可为诗三首。

王彦龙评：其二读之感伤，故觉其三戏谑过甚。

2017年10月

西北大学一一五年赞歌

沣镐弦歌动九天，四海学子一情牵。

擎灯百又十五年，盛容懿德何休焉。

季世长夜呼月圆，志士热血似火燃。

秦陇新学著先鞭，兴废继绝意拳拳。

团结民主黉旗悬，公诚勤朴笃以专。

蟊贼围城如野狟，书生浩气弥长安。

饿乡垂死正衣冠，羸躯从容向祭坛。

嗟我邦命屡屯艰，恶邻猖狂首东蛮。

正则公理蔑瀛寰，倭刀齐州逞凶顽。

三序悲歌别幽燕，七月流火并西迁。

席不暇暖复向前，芒鞋何惧荆榛巅。

鹑衣箪食汉水边，卧薪尝胆谱新篇。

后生丹衷仰前贤，硕师执念唯草玄。

救亡争欲头颅捐，群力誓教金瓯全。

狼军逆焰岂能延，风雨终让艳阳天。

时代使命未歇肩，汉城辟雍重开筵。

诸科事功竞新妍，教泽岂只敷秦川？

嘉树纷披紫藤园，万千凰凤舞蹁跹。

孰谓往事俱成烟？英贤荣名春秋镌。

我生秦头楚尾间，跣足十七出蓝关。

幸得良师解愚闩，卑眉黉宇识鲲鹇。

承乏微职送晨銮，附骥卅秋两鬓斑。

愿竭驽钝无点悭，愿有守为惜羽纶。

愿倾心雨润芊绵，愿效衡水续郑笺。

愿将拙笔校史宣，愿从少陵放诗鸢。

拙句五十跃心田，权报佳节饰豆笾。

房日晰评： 有韵之西北大学校史。

阎琦评： 可作校史诵读。柏梁体也。汉魏及后世并不罕见，然全诗长达五十二句，似鲜见前贤有此。

2017年10月

谢呈仵埂贾嫚表兄妹教授邀聚"终南明舍"

明舍高秋倚众才，围炉风雅漫量裁。

幽村未觉稷门远，美爨频教舌窍开。

妹不援琴天亦老，兄如招手我还来。

骊歌莫怨蝉声起，心雨纷纷洒菊台。

注：仵埂，西安音乐学院教授，文史学者，文学评论家；贾嫚，陕西师范大学教授，史学博士，二胡演奏家。

阎琦评："妹不援琴""兄如招手"全系口语，自然成对。

王彦龙评："妹不援琴天亦老，兄如招手我还来。"直是妙语天成！

2017年10月

正宫·塞鸿秋·忆昔戏和沙鸥庐词客

牛儿啃草坡梁上，稼娃光脚村头唱。出秦入楚翻花样，调荤搭素舌尖荡。吼时麻辣烫，歌罢饥寒忘。爷娘频笑猕猴相。

附沙鸥庐词客《减字木兰花》并序：

"十一"夕，于岚社群听半通斋主以秦腔、商洛花鼓戏调唱张志和《渔歌子》、李太白《早发白帝城》诸诗，颇动听，赋记。

秦音秦韵，歌罢余音都爽劲。遥想唐风，或亦应当这样浓。　　如公才调，逢着湖山堪傲啸。回望神州，今夕偏添几许愁。

2017年10月

卜算子慢·石榴

圆圆灿灿，京兆果魁，绰约非关工艺。馈我年年，端见故人心地。半通斋、质相怜光炜。白玉盘、风华醉赏，明眸万千含睇。　　素魄由天赐，恰雨后清秋，合辉丹桂。人物相依，子文最明真谛。啜仙浆、甜酢疏肝肺。此际也、痴思妙想，欲言犹拘泥。

2017年10月

卜算子·再咏石榴

故国本波斯，远嫁来天汉。万象千秋鉴素心，粒粒俱真善。　　穷达有娴容，贞性凌霜霰。识得襟怀到此君，续写名姝传。

王彦龙评：两首咏石榴之作，后者似更佳，然皆不逮《沁园春·玉兰》之要眇宜修也。

2017年10月

奉朱鸿教授

天地咽瑭久，鸿心似火雄。
健翎呼海日，长啸撼霾空。
情寄山阴道，椎思博浪风。
虫鸣期莫哂，款曲与君通。

2017年10月

戏为吴体答客问

万殊一理六虚同，莫笑刘郎左右冲。
热胆坠地狗不理，危楼援桴人来疯。
从牛爬山难从马，善始负轭愿善终。

五十三年千百苦，寸心唯仰老愚公。

阎琦评：杜甫有"强戏为吴体"七律数首，或以为"拗体"，格律与一般七律平仄粘对皆不同。迄今仍无定论。此篇"吴体"既是尝试，更是对个人诗才的一种突破。

王彦龙评：确见"吴体"本色。所谓"吴体"者，大抵类江南吴地民歌，语言通俗，取譬浅俚，或间用拗句。

2017年10月

嵌吴郎"神仙药"戏呈岚社诸君

零余未愧老瘸骀，拙眼槎枝揽广庥。
莫怨神梭弃人远，且将锦卉倚天裁。
玉姝睇眄神仙药，骚客心嘲獭祭台。
沐风浴火人间世，死去千遭又活来。

2017年10月

雨夜归呈陈张汪吴王五子

最惮愁眸对雨秋，况逢冰霰覆霜头。
围炉幸喜来同志，伸膝岂甘居下流？
楚客辨骚心火炽，秦娥妙想指尖筹。
缁衣暂让淋漓湿，困翅犹思汗漫浮。
众手擎灯耀藜阁，移时谠议孕嘉猷。
畅怀何必千樽酿，信步闲归百尺楼。
丽日明朝出函谷，飔风看我演岐周。

阎琦评：体式为七言排律，然七韵十四句甚稀见。

2017年10月

和庐外庐诗兄戏题无腰老人石像

火锅煮雪吼秦腔，吴橐风雷夺气缸。
万象自烹顽石上，不须劳爨李双双。

附庐外庐主人《题无腰老人石像》：头如山门腹如缸，爱满乾坤恨满腔。独立雕盘天下笑，雪峰戈壁觅无双。

2017年10月

遣怀二首

其一

美酒何曾拒入唇？但烦酬应席间频。
称兄道弟西京夜，喝到交心有几人？

紫洪山人评：诗酒相酬中有此心念，足见斋主是明白人。
王彦龙评：知交二三子，足以慰平生。

其二

牛走市尘思隐机，恼人秋夜雨霏霏。
锥心多少葛藤账，尽是明亏与暗亏。

2017年10月

闻友人说老境别后追记

奈何甚矣叹吾衰，百虑萦怀力不支。
伏枕煎熬计更漏，出闾聒闹爹头皮。
久违煮酒曹刘态，常愧退潮云雨时。
最是难堪逢故旧，寒暄对面想他谁。

房日晰评：尾联极为传神，过来者读之莫不会心莞尔矣。
王彦龙评：老境颓唐，年衰日暮，何人能免？然时语云："既生于世间，则毋望活着回去。"故莫如"视死忽如归"也。

2017年10月

韦曲秋夜口占呈友人

风人声口孰能喑？和合惺惺似乐禽。
抱瓮惯常浮酒海，居夷乃见大胸襟。
歌呼商颂从原宪，论议高唐仰华歆。
岂只樽前敞肝胆？平生不解臆藏深。

2017年10月

愧报李晓刚刘丰二兄并赐"诗怪"诨号

拙笔遣生涯，愧闻号我怪。
难期句拔奇，但重心澎湃。
矮巷赚诗名，到头同草芥。

悲欣蜗角镌，画火妆寒寨。

王彦龙评： 以师父近年诗风而论，"诗怪"称号确实颇为恰当。

2017年11月

感事慰姚敏杰兄

宏赋三秦第一家，驱驰笔似驭轻车。

鹓雏未屑人猜意，笑看秋霄雁字斜。

2017年11月

应吴郎"不敢体"之倡勉为五绝十首

诗序：唐人宋之问《渡汉江》"岭外音书断，经冬复历春。近乡情更怯，不敢问来人"素称名篇，盖廿字之内，境遇心曲，纤毫毕现；正意反出，熨帖之极，诚"素以为绚"者。丁酉秋九月，河西吴子嘉重诵其篇，以揣以摩，味之弥深，乃微信倡为"不敢体"，岚社诸君风应云从，佳作妙构，移时而出；高怀怅绪，闪烁纸上。若吴郎"那夜信无瑕，抑情如筮纱。人间逢四月，不敢折黄花"，书旅中旧事，绮思掩敛，见其惜缘而守义。王子"一别三秋过，西风气正寒。分明记佳诞，不敢问平安"，歌罗袂无归，锦瑟堪忆，见其有恨而无怨。沙鸥庐词客"漂泊江湖久，依然剑有芒。至今思义士，不敢说颓唐"，回检萍踪，心声铮嗒，见其傲骨嶙峋，睥睨流俗。陶生"每误幽期好，今逢月影孤。菊残枫叶尽，不敢问屠苏"，嗟秋夜衣单，彳于巷陌，见其雅人深致，理定辞畅矣。予疲于杂役，钝乎情采，故成篇最晚，聊为附骥。然采葑采菲，应怜下体；野夫焯芹，愿佐阃镬，四方诗友，必不见哂矣。半通斋谨识，九月十六日。

其一

洒落真掺假，酒阑肝胆凉。
疏狂臣局踖，不敢效吴郎。

其二

风卷残云尽，微醺各自回。
形容如皂隶，不敢笑奴才。

其三

秋竖翩跹至，樊川殒杜衡。
琴调召南曲，不敢著骚情。

其四

帘卷西江月，楼屏北海风。
诗书拥秋被，不敢怨床空。

其五

未解萦身带，徒思天地宽。
摅怀杜诗在，不敢怨长安。

其六

洛水犹如昔，仙踪失草烟。
秋眸对霜叶，不敢忆芳年。

其七

寒露敷鸠面，心知命更伤。

回车却犹豫，不敢赴潇湘。

其八

渭水沉明月，佳期未可期。

软埋诸绮想，不敢赋秋辞。

其九

休戚皆无趣，哀吟座右铭。

寸心无适莫，不敢启魔瓶。

其十

诗诵浏阳句，气崇君子儒。

可怜临大节，不敢掷头颅。

阎琦评：有大观园才女命题逞才斗诗意味。

王彦龙评："不敢"者，有所权衡、顾虑乃至克制，抑或知其为之无益，故忍痛割爱，非胆小也。

2017年11月

初冬偕岚社诸友访悠然山二首并谢主人黄公盛情

其一

秋山迎我雪纷纷，我向秋山鹍鹊奔。

纵意何须登蜀阁，攀棠为爱觅云根。

隔洋三谢黄公度，击盏千呼屈子魂。

愿守骚旗长颅颔，休教颡骨负乾坤。

其二

屡嗟出岫想思空，倍惜疏林作放翁。
热盏楚歌迎曙雪，寒塘鹄面沐山风。
萍身暂脱红尘外，块垒通消绿蚁中。
万籁有情供醉眼，浑忘行屐又匆匆。

2017年11月

悠然山归来戏赠陶生四绝句

其一

暂忘洛尘朝市声，悠然同向雪山行。
锦囊未卸松林下，惊看陶生赋已成。

其二

豪饮狂歌畅夜怀，余醒破晓漫冰苔。
琼花如瀑疗尘眼，只恨移时落寞回。

其三

才思不负赤松台，云海长歌动九垓。
信有清怀报霞客，山魂水魄此间来。

其四

劫色枫山雁岭中，紫霞清濑取无穷。
帐前诗赋论行赏，勋授陶郎第一功。

注："劫色"者，谑谓秋山览景也。

王彦龙评：所涉本事，唯我等同行者解之。

2017年11月

逢中文系赵阎杨高诸学弟

开樽最爱约良辰，况复晏谈非俗伦。
推石仍同畴昔石，持身久惯马牛身。
休嗟膂力随年减，应慰韶光忙里新。
临别依依何所嘱？心园各守几畦春。

王彦龙评："休嗟膂力随年减，应慰韶光忙里新"，佳句也；"心园各守几畦春"，心声也。

2017年11月

西大北校区天桥下逢卖柿老者

破帽遮头掩怆神，半笼霜柿覆街尘。
营生愧说教书苦，最苦摆摊寒夜人。

阎琦评：末句与白居易《观刈麦》同调。

紫洪山人评：读罢此诗，由互文而联想乐天《卖炭翁》，二者虽篇幅与尺度有异，但悯农情怀相合。在莺歌燕舞之当下，能看到深夜卖柿人之苦辛，足见斋主草根子弟初心未易。

王彦龙评：拙诗《单位楼前每见民工衣衫褴褛席地用餐者》："风餐露宿只缘贫，寒暑阴晴惯苦辛。楼上我须常自慰：莫嗟光景不如人。"境况略相似。

2017年11月

百尺楼·惠亦嘉十八岁生日祝词

蕙质似芳名，展翅如春鸟。锦瑟华年驻凤城，青髻妆瑶草。　　愿景思无涯，发轫还须早。万里鹏程向海天，无限风光好。

2017年11月

浣溪沙·丹凤

名邑酣歌倚凤冠，雄秦秀楚拭眸看。良风美俗驻山川。　　才笔棣花惊海内，皓翁气度动金銮。长祈黎庶戴尧天。

2017年11月

戏为句遥贺采南台主人五九华诞

采芝云海望华庭，情惜文缘铭德馨。
期我蘅皋值山鬼，愿君圈粉到湘灵。

看剑堂评：山鬼何其天真烂漫，此处之湘灵，白乐天心心念念之村姑耶？抑虞舜帐下鼓瑟之美人耶？以湘灵而代被赠句者"圈粉"，谅非以已度人，盖弟兄深谊，相知甚深，是以但期各有所遇，是谑语亦是佳话也。

2017年11月

生日谑句谢沙鸥庐词客赐红包

青蚨明眼笑离娄，贪指红包月夜收。
买醉千觞报君义，翻页浮生又一秋。

附沙鸥庐词客《报半通斋》：平生我亦是黔娄，未似流民一网收。几度周旋知巨眼，同从西北看霖秋。

2017年11月

饮酒诗四首呈师父何丹萌先生

其一

素厌秀才充缙绅，持觞唯奉恣心人。
三巡牛饮驱迟暮，一醉船行到早春。
偷眼梁园迷彩蝶，翻墙胆气退重榛。
痴狂不是刘伶病，天地愿能容此身。

其二

寒夜樽前别有春，扶头宿酒洗心尘。
羞吹笙鼓朝云阙，痛恨尘寰窃禄人。
我醉颓骸近刍狗，君犹咳玉挟经纶。
高情晚岁同刘白，何惧霜风欺病身。

其三

醒醉于吾两美哉，相逢唯愿朵颐开。
素颜俏席秦娥好，单父御风东鲁来。

沂浴他年偿旧想，情珍此际莫停杯。
乾坤幸许身强健，且共疏狂又一回。

其四

敝貂贳酒谢群贤，箸卜期颐五十年。
齐物纵能容蝎虎，扪心未可愧云天。
风骚损益明千载，器道穷通贵一专。
夙愿报君君莫笑，好诗应有垫棺篇。

阎琦评：四篇俱佳。其四末句"好诗应有垫棺篇"为新典，由陈忠实自期其《白鹿原》可以垫棺材（死可以瞑目矣）而来。

王彦龙评：其四尾句"垫棺"之谓，诚本乎陈公忠实先生，然"垫棺"之期许，实是全体作家、诗人夙愿也。

2017年11月

报田飙诗兄

丹江又见出龙驹，衔得蚌珠思舳舻。
未屑骑驴赏山鸟，扬帆他日志吞吴。

2017年11月

谢吴郎屡谏戒烟

美酒侵肝似染缸，香烟罪过噬人帮。
感君谏我情怀好，誓欲来年戒一桩。

王彦龙评：不佞与吴郎同谏。

2017年11月

醉东风·和沙鸥庐词客

飞觞夜半，醉舌沙鸥唤。异想天开书玉案，直似高昌火焰。　　楚狂一世双刘，犬豚偕笑荆州。睨柱吞嬴他日，快哉与子同仇。

附沙鸥庐词客刘兄泽宇《赋〈醉东风〉遥贺半通斋主寿筵》：商於旧路，曾共星辰语。腕底风云奔泻处，识得情怀如虎。　　樽前不废吟哦，饶他岁月蹉跎。饮罢东山歌酒，来观红日黄河。

房日晰评：痛快！

王彦龙评："楚狂一世双刘"，信然矣！结句"睨柱吞嬴他日，快哉与子同仇"，更见"双刘"气概。

2017年11月

冬夜报业师赵华昌先生

其一

先生南下我西漂，生趣欢欣伴寂寥。

一样心筝遣寒夜，风萧萧也雨潇潇。

其二

商山发聩感当初，光景兹今幸有鱼。

最喜贪心常过望，师庐屡获久藏书。

其三

白乌马角写咸京，掷笔寸心清瑟鸣。
怅望寒星咏神矢，晓行轨辙效先生。

2017年11月

郭杜酒饮双场

不意今宵又喝高，齿如饕餮舌如刀。
秦腔吼过倾河汉，淹了文君淹薛涛。

阎琦评："倾河汉"喻豪饮；"文君""薛涛"，谓座中两善饮才女也。
"淹"字照应豪饮，妙！

王彦龙评：使文君、薛涛地下有知，当拊掌笑曰：此亦多情才子也。

2017年11月

戏赠刘丰兄

莫说此生才不才，全凭二劲闯天台。
悲思热望孕诗腹，好歹拽他尘世来。

王彦龙评：拙诗亦有"世事茫茫常犯二"。"二"者，何尝不是真性情乎？

2017年12月

戏赠吴郎

虚名滥誉等浮云，驴耳秋风醉不闻。

六合百愁消十斗，七言八语退三军。

铁椎未信千秋蚀，秦火何能五籍焚？

骚国楚狂容到我，樊川敢笑杜司勋。

王彦龙评：樊川《杜司勋》诗谓："高楼风雨感斯文，短翼差池不及群。刻意伤春复伤别，人间唯有杜司勋。"其于小杜，似有微讽，更有赞赏，师父之于吴郎，或与此类似。颔联、颈联以数词密集入诗，或是刻意走极端也。

2017年12月

日　记

西京故事佐揶揄，自笑乖时近腐儒。

开窍千回增忐忑，读书万卷愈糊涂。

春醪爆盏春怀老，秋宴收场秋影孤。

跌跌入门寻普洱，般般念想煮茶炉。

2017年12月

戏报岚社诸子

枉然山海览东篱，棋谱谈兵不救危。

且待鸭鹅鸣雪夜，搴旗破蔡莫迟疑。

2017年12月

辘轳体饮酒绝句三首

欢饮其一

从来佳酿似佳人，眼抱金卮生火磷。
一瓣心思分两瓣，青州咏过咏红巾。

宴别其二

休唱骊歌惹怆神，从来佳酿似佳人。
醉吟敢走平康里，何惜展禽寒夜身？

归家其三

死生天地一微尘，笑看蛮狮攘伯伦。
振翅长音报岚社，从来佳酿似佳人。

阎琦评：严格说，"辘轳体"是一种带有文字游戏性质的诗体，据说由秦少游首创，而以苏轼所作最佳。文人才多，应有挥洒处，遂有种种名堂，如联句诗、集句诗等，然皆不易为。

2017年12月

平安夜作

我是刘伶后，贪杯不自量。
鼻裈撬北斗，酒海觅龙床。
醉看乾坤小，醒来骨血凉。
此心谁释解，太息九回肠。

阎琦评：是自我写照，也是酒的赞歌。"鼻裈""北斗"，皆与酒相关。

鼻裈即犊鼻裈。司马相如与卓文君在临邛卖酒，文君当垆，相如身自着犊鼻裈与佣保杂作，见《史记·司马相如列传》。 北斗此代酒器。《诗经·小雅·大东》："维北有斗，不可以挹酒浆。"

2017年12月

感事报周至友人

屋水鳌山多险林，寻常行处惧刀砧。
还期礼铎归名邑，万户千村驻德音。

2017年12月

谢田飑诗兄

生涯卑鄙意纵横，鸡舍昂头作凤鸣。
也爱披红过尘市，俗怀未免爱荣名。

附田飑《爽读半通斋秋日诗稿辑贺之》：旬日赚来诗箧丰，莫非文曲授刘公？唾珠耻借八叉手，敢仗恒沙笑放翁。

刘泽宇评：谦逊语中见自信。国人每标榜藏拙，不喜毛遂锋芒，其实是民族精神中惰性之一面。"意纵横""作凤鸣"有何不可？荣名非虚，爱此有何不可？

2017年12月

戏赠岚社"豹子头"王锋诗兄

天授酒池周晋身，诗林触手雪生春。

沧州识得英雄魄，敢逆蛇矛有几人？

王彦龙评： 直是看剑堂主画像也。

2017年12月

报业师千里青教授

其一

柳琴芦笛向天鸣，半是豪情半怆情。

律吕常期近风雅，枢机不负受先生。

其二

诗国心灯仰少陵，垂髫直到鬓星星。

柴车未惮琼林远，行过流沙千里青。

注：千里青，业师董丁诚教授笔名。曩者先生撰为《骚坛后起之秀刘炜评》，刊于《西北大学报》副刊。

看剑堂评： 报师之作，亦是自剖学诗心迹之作，要在"诗国心灯仰少陵"，秉此心灯也，故柴车何妨，琼林远亦何妨？结句以"行过流沙千里青"，盖言涉流沙诚非易事，所以能千里青青，乃师一路扶持之情可见，感念乃师之情亦可见，则所见青青，亦谓心中始终一片葱茏也。

王彦龙评： "诗国心灯仰少陵，垂髫直到鬓星星"，"吾道一以贯之"也。

2017年12月

答友人"十日何故无诗"

韵章七载检灯前，检到千篇意索然。
不古不今多俗句，非驴非马愧诸贤。
栖居久已无诗意，吟兴每羞关绮筵。
歇菜今兹祈莫笑，重为冯妇待来年。

王彦龙评："栖居久已无诗意"，客观环境使然；"吟兴每羞关绮筵"，
主观之不欲作也。

2017年12月

第三辑　月夜诗筝更奋弹（2018—2019）

2018 年

新年打油寄语八方诗社

诗国村寨遥相望，千姿百态各殊状。

岚社八子气相尚，屈子少陵并悬像。

思接千载心潮涨，栏杆拍遍形神王。

允古允今发浩唱，不激不随声弥亮。

眼宇焉能一叶障？博观约取臆清旷。

友多闻也友直谅，云水襟怀互激荡。

美美与共最宜当，人间百花竞绽放。

王彦龙评：柏梁体也。"屈子少陵并悬像"，可知师父诗法所自，亦可为我辈指迷。

2018年1月

报方英文学兄

万点琼花覆薜萝，诗窠争续畏庐歌。

无清白望嗟无尽，谁味此中滋味多？

附《岚社步韵林琴南先生绝句咏雪》：

诗序：丁酉年腊月十二日，瑞雪普降，半通斋师忆林琴南《晨起写雪图有感因题一首》诗，命弟子和作。林诗云："十年卖画隐长安，一面时贤胆却寒。世界已无清白望，山人写雪自家看。""卖画隐长安"者，绝意仕途、自立自适也；"时贤"者，当世名流也；"面贤胆寒"者，哀其侮食自矜、未屑与之为伍也；"清白无望"者，无心于时局也；"写雪自看"者，独善其身也。四运回转，乾坤日新。百年之后赏读，犹觉哀凉满纸而清气警拔。今希声同耳，皓洁在目，天地霏霏，冰心一簇。半通斋师首鸣佩环，岚社诸君继咏来思。一时琳琅玉树，遍生庭阶。各畅怀绪，其何如哉？

初，岚社诸君应悠然山黄公之邀，往隐山水，值雪联句，欢游清嘉，是林诗所云"山人写雪"之境也。林翁深意，盖有小隐隐于画境，大隐隐于诗境者哉？岚社诸君幸同此超拔独立之思，冰清玉洁之想，余诗悉滥竽，蓬心所慕，但求略同。诸君仙范，未敢谬鉴。大方之家，自有会意焉。丁酉岁杪，灞桥陶成涛谨识。

刘炜评《步韵林琴南先生绝句并谢黄公建柱兄盛邀悠然山重游》：鹪鹩雪谷一枝安，梅蕊冰巢慰腊寒。企首云游能二度，远山奇景早春看。

陶成涛《步韵林琴南先生绝句咏雪》：拥炉闲住小长安，仙谪情怀转怯寒。辜负明湖深映雪，旋花舞絮未曾看。

汪涛《步韵林琴南先生绝句咏雪》：躁心酒后更难安，酩酊不能驱旧寒。飞雪终归一时舞，晶莹满眼且贪看。

王锋《步韵林琴南先生绝句和半通斋玉忆昔同逢悠然山初雪》：聊借秋山一榻安，当时未觉涧声寒。平明忽见弥天絮，总任闲行着意看。

吴嘉《步韵林琴南先生绝句咏雪》：扶贫如雪最心安，入户情真夜不寒。祈愿平衡与充分，江山万里大同看。

田飖《步韵林琴南先生绝句咏雪》：待雪唯辞一梦安，围炉煮酒夜吟寒。天明纵见商山白，难赋深情何忍看？

刘泽宇《步韵林琴南先生绝句咏雪》：连朝惊见旧长安，玉砌楼台接广寒。我拟明皇闲指点，江山要共美人看。

王彦龙《雪中与诸诗友过某衙门用林琴南韵》：广厦深深梦自安，哀哀草野有饥寒。骚人但解琼花美，若个穷乡白屋看？

2018年1月

戏赠川大孙尚勇教授戒酒

其一

想思长度剑门关，雪夜梦巡花果山。
访戴新年却犹豫，孙家无酒少斑斓。

其二

清虚到我一何遥，千恼羡君三剑消。
吕祖明年拜天府，不须丹诀问中条。

注：《能政斋漫录》载吕祖言："世言吾卖墨，飞剑取人头，吾甚晒之。实有三剑，一断烦恼，二断贪嗔，三断色欲。"

2018年1月

谢周晓陆教授家宴并贺赵熊先生七十寿诞

暖席肥甘大口吞，暌违牵念注深樽。
惯将琼酿倾周府，最喜畸人出赵门。
暇日休嗟光影短，诗情争向雪笺存。
红尘欢谑珍当下，福命何须乞帝阍？

2018年2月

戏为打油一绝再奉赵熊先生

鬓霜齿豁好仪形，绝厌老来装正经。
生趣从今更翻倍，荤谈素谝到遐龄。

王彦龙评：荤谈素谝，最见交情。

2018年2月

浣溪沙·戏赠吴郎（集乐天句）

何处春流最可怜？曲江池畔杏园边。茶教纤手侍儿煎。　　无复更思身外事，未能全尽世间缘。南家饮酒北家眠。

王彦龙评：末二句化用范成大"东家就食西家眠，世事何缘得两全"诗句，典出《风俗通》中齐女"欲东家食而西家宿"之语。

2018年2月

感事并答友人问

未老周身满紫癜，祛魔攘鬼汗流干。
逍遥物外真诳语，宠辱偕忘到死难。

2018年2月

除夕打油一律，值牙痛加剧

残羹冷炙伴无眠，瞀乱心情似去年。
谴兴依然藉春酿，视听照例惧幽燕。
齿牙难补山河缺，口福仍亲羊肉膻。
平安二字传微信，八方悲喜总勾牵。

王彦龙评："齿牙难补山河缺，口福仍亲羊肉膻"，真神来之笔也。

2018年2月

标题党

词枪句剑力千钧，虽远必诛如扫尘。
豪气干云继炎汉，开言吓傻五洲人。

王彦龙评：不做标题党，焉能博人眼球？

2018年2月

春节前五日戏赠友人（集句）

久抛弓冶作耕夫（刘克庄），事事颠狂老渐无（元　稹）。
还有些些惆怅事（白居易），预从贝叶检醍醐（周邦彦）。

2018年2月

贺方英文学兄长篇新作《群山绝响》付梓

群山绝响到舣棱，雪夜落红如沸腾。
燕雀云泥同一望，后花园里太阳升。

2018年2月

谑友人旧遇

秦淮绮遇惹猖狂，夜色温柔乐未央。
第一唇边足回味，吴娃舌绽十年香。

2018年2月

戊戌正月十二感事赠田书民学兄

灞浐青春别仲宣，白头休戚更牵牵。
福祈新岁三千里，瑟奏清宵五十弦。
食有嘉鱼真受用，家无脏货搅安眠。
商山同望吟归去，屈指悬车只六年。

注：1985年，兄出商山赴嘉峪关求职，至今三十三秋。六载后兄与我
皆将退休。

2018年2月

新年呈友人

投闲新岁一身轻，更拟轻车出旧京。
窝火经年真狗苟，开心游历远蝇营。
丹阳鲸饮新丰酿，华岳棋邀卫叔卿。
春事莫嗟能几许，逸怀山海有同盟。

注：刘过《水调歌头》："春事能几许？密叶著青梅。日高花困，海棠风暖想都开……"

2018年2月

戊戌正月十二作

卧病冰床三五天，沉吟谁解意拳拳？
天恩延命频祈祷，许我歪诗写百年。

王彦龙评：王观堂曰："天以百凶成就一词人。"亦欲以苦其心志、劳其筋骨乎？

刘泽宇评：亦庄亦谐。

2018年2月

戏赠采南台主人

上世都因一事来，自家稻菽自家栽。
同期功过百年后，比例悼词三七开。

注：我祖父生前常说："一人上世为一事！"

紫洪山人评：最见豁达性情。

王彦龙评：身后是非谁管得？但求生前仰不愧于天、俯不怍于人也。

2018年3月

题友人丈八沟宾馆春湖照

黄红粉白几株开，公子诗行覆绿苔。

但愿春霾更惯性，清明莫向此间来。

2018年4月

席后绝句五首呈秦中诗友

其一

狂士酣言一派真，才姝俏席倍提神。

民胞物与非无类，青眼不亲机巧人。

其二

醉席犹能辨假真，谑谈张胆也留神。

衣冠优孟遗风在，非有先生启后人。

其三

亚圣嘉言万古真，浩然正气养精神。

白云苍狗寻常看，底线铭心不害人。

其四

诗魄歌魂尚至真，心灯辉熠句生神。
变风变雅关兴废，容郑声情远佞人。

其五

心仰三闾血气真，诗祈工部授风神。
凭轩遥望洞庭水，愧对怀沙禀命人。

王彦龙评："心仰三闾血气真，诗祈工部授风神。"直可为全书总结！

2018年4月

读沙鸥庐词兄新作补记壬辰旧游

穷游辋川上，日晡到日夕。
景趣千秋殊，徙倚徒咄嗻。
樵夫走异乡，雉兔蹿井陌。
靡靡度野田，病麦良可惜。
杏馆埋径荒，粪墙覆藓碧。
鸟影摧倦眼，荆榛困行屐。
无觅白石滩，未信手植柏。
鹿柴对昏黄，瞀乱不能释。
薄言天均也，如何校典籍？
夜鹍惊山月，未敢久为客。
怅别辛夷坞，归去增心役。

2018年4月

西岐网友垂问奉答

黍离默诵过沟塍，心海三春未破冰。

聒耳笙歌闻处处，筑墙岐下忆登登。

骚怀识到刘宾客，生趣不从王右丞。

禄命骚坛览今古，顺时应势几人曾？

2018年4月

呈沙鸥庐主人刘泽宇诗兄

其一

并赞儋横与项刘，从天取义复何求？

但能浮海屯穷岛，不向邙山乞自由。

其二

诗羡一流攀二流，眼从中岁望瀛洲。

未惮心槎迷浩海，导航穿碧有沙鸥。

2018年4月

同周燕芬学兄扈从业师张华教授重游京华归记

五月初三晨，天壤好容色。

张公动高兴，长旅向京国。

扈从周与刘，须臾侍于侧。

解鞍莲花池，征尘洗晡刻。

弟子闻讯来，契阔叙锦阁。

先生年八五，神采犹矍铄。

行止有懿范，见识发花萼。

兴废话今昔，思致揽寥廓。

翌日访李府，执手践前约。①

趣谈掣云事，般般竟如昨。

燕园寻旧梦，春卉赏灼灼。②

伫望博雅塔，悲欣交相作。

乔木掩飞甍，泮水幸未涸。

史馆揖硕师，谠言忆谔谔。

今兹饮饯也，倾醪恣欢谑。③

莫唱离别曲，唯愿敞肝膈。

樗材生何幸，弱冠受轨则。

从游将卅载，接闻屡有获。

德能愧子夏，搏虎奋阡陌。

孝悌崇有子，乾坤鉴心宅。

注：①拜访李希凡先生。二公为山东大学中文系同窗。②先生于二十世纪五十年代初读研于燕园。③设宴饯行者，先生弟子李君向阳并不佞友生郑君翔霖也。

2018年5月

调友人三首

调王生其一

巫峰讥哂卧龙岗，折过杜衡搴海棠。

告老他年拜娲庙，烧钱灼臂忏轻狂。

调吴郎其二

千娇百媚拥檀郎，泼醅掀裙各胜场。

数峰商略黄昏雨，微信莫将愚老诳。

调周公其三

行吟京兆到金陵，总看先生似李膺。

月旦相逢倾大白，同吟臣脑故如冰。

附周晓陆《答社长调小鹿二十八字，末句袭本家圣人》：骚风熟麦过南陵，妩媚山川暖腑膺。帝子秦姬分月白，无如臣脑故如冰。

王彦龙评：谑作也。其中似各有本事，然不足为读者道也。

2018年5月

答　客

幸免污名油腻男，行藏却愧检心潭。

从天难弃千钟禄，阅世犹疑十日谈。

三户传奇湮楚史，千秋魅影驻秦龛。

宛丘歌哭终无补，奇偶同君仔细参。

2018年5月

步韵周晓陆教授

其一

一分温慰九分寒，苍狗白云闲眼看。

萧瑟人间今又是，丹枫依旧眷长安。

其二

休说无名与有名，到头骨殖一般轻。

解到东坡江上赋，三春最爱枣花声。

附周晓陆《布衣一生，惊见枉榜"长安诗人"，自忖不及十一，感戴错评》：金陵醉起一分寒，携雨诬名带笑看。烧肉乌台皆不是，西风落叶满长安。（其一）碌碌无名盼有名？心中沉重眼中轻。借如毛羽飘天上，拼作血鹃一两声。（其二）

2018年5月

初逢刘庆霖诗兄有呈

佳句无篇不警新，片时华吐见经纶。

开坛莫叹良辰短，已待先生再入秦。

附刘庆霖《赠炜评弟共勉》：莫谓人间路万重，一壶浊酒笑临风。手提明月行天下，怀抱诗灯挂夜空。

2018年5月

奉答府谷王树强诗兄

鸡窗半世小胸襟，诗稿羞多冷淡吟。

长愿从君河塞上，千秋兴废细思寻。

2018年5月

陈家林诗兄京兆初逢有呈

唐突麒麟趁酒酣，渼陂扬楫愧儿男。
方程合向瀛洲计，总为诗心爱蔚蓝。

附陈家林《诗家刘炜评教授饮后赠诗试和》：喁望高谈意未酣，沧浪
举棹见奇男。指津遥岸长亭月，耿耿魁星烁湛蓝。

2018年5月

戏呈"玉麒麟"诗兄

拏云气贯少年身，绣毂雕冠莫失真。
摆饰琳琅出青浦，何堪壮色破辽人？

2018年5月

春夜"长安诗群"佳作纷呈，喜报杜工部

心灯并仰老麒麟，吟兴同谋格调新。
课业报君天上看，风骚京兆有传人。

王彦龙评：拙作《旧诗》："千载风流说夙因，百年身世倍伤神。如
今万马喧腾久，毕竟其中少凤麟。"

2018年5月

重读丁斯兄青春诗

其一

心井余波偶尔喧，元和煮茗话开元。

鸿痕怅望城南路，欲辨芳华却忘言。

其二

洛浦归来两鬓斑，缁衣著雨意阑珊。

羞笺旧句钩沉梦，且向长安乞晚安。

注：丁斯，陕西周至人，评论家、诗人，不佞大学同窗。

附丁斯《夜答半通斋》：城南城北两无眠，勾起陈吟叹逝川。拍遍栏杆天已老，星如碎玉梦如烟。

王彦龙评："元和煮茗话开元"者，"白头官女在，闲坐说玄宗"乎？丁斯先生"星如碎玉"比喻妙极！

2018年5月

课间速读周小鹿魏义友二君对诗戏奉

你来我往两诗翁，叫板开招网络中。

今古男儿试身手，吴戈最合对秦弓。

注：周公吴人，魏公秦人。

王彦龙评：吴戈、秦弓各具威力，如若开战，胜负未知。

2018年5月

报友人

昨夜豪诗乘醉书，片时心气似专诸。

奈何天晓匆匆起，早市提篮买菜蔬。

王彦龙评：专诸、高渐离诸人，皆出于市井，固知提篮买菜者中，亦不无志在兼济者也。

2018年6月

醉报雨将军并席上诸子

顽棱簇没未封侯，倾尽千觞释百愁。

二度梅开无福命，三更谈晏忆曹刘。

牵裙已剁咸猪手，嚼草甘为负轭牛。

酣舌因之味同味，不须对劲说缘由。

附王彦龙《戏和师父》：偶然玩笑说风流，却被朋侪谑不休。秋月春花多是梦，情天恨海总牵愁。牵裙已剁咸猪手，俯首甘为孺子牛。人散酒阑心事涌，时光深锁旧温柔。

阎琦评：类晚唐温李体，待有笺识乃可晓。

2018年6月

长安诗人网群纪趣

争鸣嫌少不嫌多，忘了饔飧忘了锅。

白下磨刀人又到，刚刚歇鼓又敲锣。

注：磨刀人，典出京剧《红灯记》。

阎琦评：诗人网群如一家人，争鸣以至"忘了饕飧忘了锅"，极见兴致盎然矣。"白下"为南京别称，岂争鸣中又有一南京诗人入伙乎？

2018年6月

调周晓陆教授，时在世界杯开战之际

教授小鹿周，偶尔可真坏。
讥俺写球诗，给俺歪帽戴。
君有所不知，健体吾夙爱。
回首垂髫时，操场最有态。
战术谙法门，布局晓梗概。
赤脚如豹螭，狠招中要害。
固垒屡荡平，掌雷鸣场外。
一旦负轻伤，女生竞慰睐。
素手擘胡桃，草药觅山寨。
比年筋骨松，基本功犹在。
实话见兄疑，哑口很无奈。
干脆试一场，搞个教授赛。

阎琦评：谐趣满篇。调，即韩愈"调张籍"之调，调侃之谓也。

2018年6月

西江月·闻文怀沙先生仙逝

驾鹤扶桑仙去，笑闻东海鸡鸣。风流灿烂到凋零，此志华年暗定。　　绝代红颜知己，逢时白发明星。一根银杖驭阴晴，早入功夫化境。

看剑堂评：曾几何时，此老声名中天，未几则举世非之，对此毁誉纷纷之身，不随众进退、瞅红灭黑，殊难能也，半通斋庶几近之。唯"一根银杖驭阴晴"，意出字表矣。

王彦龙评："一根银杖驭阴晴，早入功夫化境"，或可为此公盖棺之论也。

2018年6月

戏答友人问

其一

钝剑拙刀林浒行，鬼名自取乱遹名。
无须剪径掏金玉，度牒活身留卫平。

其二

浅薄诗文草芥轻，笔名三五乱真名。
愧闻豹变增尴尬，晚号最宜称瘘评。

注：友人微信："请问先生，您的本名是刘卫平抑刘祎评？"恭答："仆本名刘卫平，多年间用过笔名若干，如'子牛''炜评''商芝''阳坡子'等，而以'刘炜评'最多。凡信用往来，皆须用本名。屡见被误作'刘

玮评'‘刘伟平'‘刘纬评'不一，幸尚未见书‘痿评'‘萎评'者。"君云：
"君子豹变，其文蔚也。"闻之绝倒矣！

2018年6月

端阳节晨起即景即事排律报道当前形势

端阳未敢赖床窝，悍妇归宁耳目多。
冷灶劳劳除腻垢，离骚念念泪滂沱。
香囊暗佩千秋美，菱镜嗟看两鬓皤。
菜买后坊图实惠，摊巡早市赞祥和。
裥裙街女遮修腿，雨巷油条待热锅。
那五迎宾挪板凳，张三侃唾溅泥靴：
"友邦协约签青岛，江海鱼虾瞩巨鼍。
"命里有缘狮虎会，美中不足莫斯科。
"碰瓷咱脚跟留意，晦气我前天被讹。
"本性生来爱朋友，话痨难忍出胸箩。"
笑闻其语嘉谐给，道别予怀倍乐呵。
歪句缀成浮世绘，悲欣岁月莫蹉跎。

2018年6月

鹧鸪天·长安诗群纪事

日午清谈到月升，卫鞅功过辩西京。开棺取样基因在，
验血剖心汗气蒸。　　权把稳，意纵横，千秋要案共厘清。
毋忘三益和三损，更惜骚坛结善盟。

注：《论语》子曰："益者三友，损者三友，友直、友谅、友多闻，益矣；友便辟、友善柔、友便佞，损矣。"

王彦龙评：词中本事予犹记之，事后屡次思及，颇觉许多无谓之辩，究其缘由，在读书与不读书之间、寻根考据与道听途说之间也。

2018年6月

感事并贺看剑堂主四十三岁华诞

其一

人间正义重于天，丑类喧嚣几缕烟。

残孽危巢宜直取，蛇矛技痒已经年。

其二

双祭三闾与漆园，誓将赍荼烈炉燔。

寿君今昔情无异，健笔岁开新纪元。

其三

同珍矫世有真声，未必谠言期共鸣。

天意与君为死友，他年白马待西京。

阎琦评："死友"谓交情极笃、至死不负之友，用范式、张劭典，事见《后汉书·独行列传》。与此相关者，成语"鸡黍之交"是也。

2018年6月

呈诗友高先生

应羞惯用口头禅，唐突诗兄好悔焉。
道歉还祈消火气，先生海量大如天。

王彦龙评：无意唐突，诚心道歉，直来直去，了无芥蒂。

2018年6月

酒后归赠蔺政委雨兄十首

其一
千回互掐两欢欣，一醉何妨玉石焚。
秉性天生爱胡闹，旱天雷爱雨将军。

其二
背鼓寻槌意至诚，鳞伤遍体也光荣。
狂奴总看狂奴好，康健三观并践行。

其三
良辰乘兴马驴嘶，浪漫思潮不决堤。
十载才姝真道友，相逢应许眼迷离。

其四
绮想当年说女兵，肤施未敢贸然行。
咬牙熬到身心老，纪律薄天声色轻。

其五

樽前对景噫吁兮，姿态君低我更低。
靓妹形容谁不爱，敛情同理怕蛮妻。

其六

心潮我自席前消，怕你手枪藏在腰。
半世司机历风险，夜车尤戒耍胡飙。

其七

破锣喉舌扯秦腔，献丑声倾好女双。
挣命劲头无半假，殷殷祝福出心缸。

其八

谑语酣时似泼瓢，心花沃酒更妖娆。
神思妙趣诗书画，魔性思维第一条。

其九

到家贤弟莫操心，甩履和衣抱枕衾。
家暴任她槌点猛，逍遥我自水龙吟。

其十

秉性天生是犟牛，击胡无悔未封侯。
白头狂狷勤相勖，二杆子教神鬼愁。

王彦龙评：相逢嬉笑怒骂，无所拘束忌讳，乃真道友也。

2018年6月

西北大学中文系同门餐叙归纪

其一

沂水春风总感恩，白头高会更欢欣。

佳人风致如初见，靓仔职场无丑闻。

夙尚推诚伸屡屡，世情谈辩趁醺醺。

云天高谊祈长在，勖勉毋忘别后勤。

其二

各自蛮拼春复春，幽明趋舍秉天钧。

不须睚眦仇豪富，应慰勤劳脱夙贫。

沣水月如沂水月，教书人爱读书人。

莫嫌叮嘱犹酸腐，总为当年课业亲。

阎琦评：因是同侪，故写来亲切。诗中无论佳人、靓仔，与余识与不识，皆历历在目矣。

2018年6月

戏为剥皮诗

崇山力阻万溪奔，争奈清流日夜喧。

各秉初心向江海，信能行到地球村。

附杨诚斋《桂源铺》：万山不许一溪奔，拦得溪声日夜喧。到得前头山脚尽，堂堂溪水出前村。

阎琦评：此为"剥"杨诚斋诗而作。杨诗尚浅易，然又极负盛名，以今时髦语言之，即极富"正能量"也。胡适尝书此以赠人。此诗措意"行到地球村"，较杨诗又进一步矣。

2018年6月

再评方英文长篇小说《群山绝响》

无尽温馨无尽哀，文心待我细量裁。
深情诗笔关天道，绘出草根高贵来。

2018年6月

夜读李育善君新著散文集《惊蛰之后》

醉眼通宵读善书，　方苞览过觅椒糈。[1]
心头那抹绿常在，[2]风雨神思栩栩如。

注：[1]《诗经·大雅·生民》："实方实苞……实坚实好。"《离骚》："怀椒糈以要之……"[2]李君创作自道："散文是我心中的一抹绿。"《惊蛰之后》为李君第三部散文选集，陕西师范大学出版总社2017年9月出版。

2018年6月

再呈赵安志诗兄

戴月披星下太行，儿时名段未能忘。
想来也久崇尊姓，银幕英雄仰永刚。

注：赵永刚，京剧《平原作战》主人公。其唱词云："披星戴月下太行，流水疾风赴战场……"

附赵安志《步韵奉和答炜评诗兄》：拜读华章千百行，笔行口占永难忘。诚心仰汉尊刘姓，更慕襟怀敬挚刚。（自注：拙著《风雅斋诗谜射千文》2010年出版前，曾请刘教授题诗。时在学会共进午餐之后，我有奢求之意。话音落地片刻，他的口占即成："倾壶日午尽千觞，一醉何妨卧酒乡。更待群朋携好箭，明朝射覆赵家庄。"比曹子健作七步诗还快，令不才没齿难忘。）

2018年6月

友生刘尚才麻苾婕毕业赠别

赠尚才其一

才士投门情义深，无能三载授金针。

良宵期许倾瑶盏，东鲁探骊报好音。

注：尚才鲁人，今秋将入山东大学读博。

赠苾婕其二

祝福殷殷寄别筵，愿君行止似婵娟。

先生作客潇湘日，恣酒兰舟话昔年。

注：苾婕湘人，苗族，今秋将从教桑梓。

2018年6月

感事报六君子前夜聚后（螺旋体）

其一

月夜诗筝自奋弹，几番难抑泪汍澜。

窝心磐石期能卸，月夜诗筝愿奋弹。

卅载穷经翻趣恶，双瞳阅世赚心酸。

萧条年岁莫虚掷，月夜诗筝更奋弹。

其二

白首骚人有所思，心畦风雨发华滋。

卮言庾语关深冀，白首骚人久所思。

获罪于天无可祷，修吾初服总能为。

共情抵掌西京夜，白首骚人畅所思。

其三

涸辙微躯觅短欢，片时交首奉心肝。

持衡难得无偏至，涸辙相逢惜短欢。

热想如花凋未易，忘机笑语且加餐。

莫嗟筋力随年弱，涸辙依然有短欢。

注：六君子者，仵埂、方英文、邢小利、高亚平、朱鸿、张艳茜也。

附记：昔年初见东坡禅诗《观潮》：“庐山烟雨浙江潮，未到千般恨不消。到得还来别无事，庐山烟雨浙江潮。”意本《五灯会元》语录，虽极有趣，情绪终嫌消极。不佞暇时以揣以摩，今“升级换代”为七律，重复句不唯由一而三，且须更换一二字词以求表意递进效果，故名之“螺旋体”。半通斋附记，戊戌年五月十七日。

2018年6月

抒　怀

年年此日总酸鼻，兀坐平明到日夕。
履炭羞说践初誓，吃瓜久愧带污泥。
人杰思到七洲远，心雨还同六月急。
万缕悲欣谁解会？殷殷血涌老头皮。

注：用《中华通韵》。

王彦龙评：以"履炭"对"吃瓜"，令人绝倒！"人杰思到七洲远"，大抵亦龚定庵"不拘一格降人才"、康南海"海内人才孰卧龙"之意耶？

2018年7月

风入松·夜半美雨

杜门旬日遁骄阳，伏案为诗忙。抱冰晨夕清肝肺，裸形骸、奋奏笙簧。喉舌谁能拘管，心旌我自轩昂。　　三更美雨赐新凉，天浴吼秦腔。云笺破晓来西域，好襟怀、羡煞刘郎。便拟乘槎八月，天山瀚海偕航。

2018年7月

欢迎《中华通韵》颁布

其一

韵艒驶出平水湾，诗篙舞向自由天。
江南江北云霞好，任我取来织彩帆。

其二

隋韵唐声记诵忙，拗牙滋味卅年尝。

从今诗到逍遥境，笑纳时贤说短长。

其三

莫叹改良多绊磕，唐音阁主未孤德。

旧瓶既可装新酒，新酒新瓶不可么？

阎琦评："平水湾"谓《平水韵》，"诗篙舞向自由天"形容摆脱格律音韵束缚之心态，极形象。"江南江北"二句谓南北方音沟通，旧体诗呈现一片新天地。诗人对旧格律早已谙熟，进入自由境界，对《中华通韵》取兼容欢迎态度，甚可嘉。

王彦龙评：欲知《通韵》效果如何，且待三年五载。

2018年7月

雨霖铃·寄远

浊醪吞吐，峭风揭幕，夜雨如杵。别来履践冰炭，千创万痛，堆成酸楚。对镜形容老丑，更心井添堵。怅禹甸，海晏河清，料未一逢两眸瞀。　　昨宵梦入青枫浦，过吴桥，访旧寻眉妩。杜衡奉到君府，同唤起、那时纯笃。造化无常，如是无常、弄我欺汝。倩影去、坐起安神，缓释牵思苦。

注：《中华通韵》试笔。

刘泽宇评：半通斋为学通达，作为后学，吾不能及。对于所谓《通韵》，本欲掩耳反之而走，奈夫子有此实践，不得不浣诵一过。虽然，其词感差近古人，其实在于所选意象也，如"青枫浦""吴桥""眉妩""杜衡"等等，多从周、姜词中而来。《通韵》之利弊，尚需冷眼观之，亦赖热心之大家名家践行之，以便为后学则，故藉此致敬夫子！

2018年7月

谢马治权兄邀游榆林

雅怀高义谢仁兄，炎暑偕游小北京。
愿醉榆溪抱明月，甜歌酸曲唱三更。

2018年7月

谢应酬事打油一律并呈友人同勉

四季颇烦酬应频，书生配戏最劳神。
酣言句句哥们好，露底端端利益真。
非是移心将物外，早羞牵役著嚣尘。
时空莫恨元无选，远佞亲贤总在人。

　　王彦龙评：可与绝句"美酒何曾拒入唇？但烦酬应席间频。称兄道弟西京夜，喝到交心有几人"对读，同是二三素心人掏心窝之语也。

2018年7月

满江红·重读刘辉贤棣廿三年前所馈《中国当代诗词选》

董理书橱，出君赠、琳琅重见。八百页、名家才调、云霞扑面。猛浪青春犹记否，邀呼旦暮何曾厌？紫藤园、屡煮酒剖心，如亲眷。　　花易落，浮生半，诗千首，无一善。世事翻覆也，困眸愁看。尘海驭舟凭勇毅，心灯引路出幽暗。期践约、飞雪满头时，常欢宴。

注：《中华通韵》试笔。

2018年7月

调周晓陆教授[1]

巨鹿足衰胆不折，周游四海布德泽。
最宜相伴甚人物？铁拐李加蓝采和。[2]

注：[1]《中华通韵》试笔。[2]铁拐李以铁拐为足，铁属金，足在下属阴，表柔金之象。蓝采和一足靴，一足跣，常踏歌云："踏歌饮蓝酒，世界能几何？红颜三春树，流年一掷梭。"

附周晓陆《人老足衰》： 曾爱一双足，幸能万里征。晋陉方履险，燕峪踱云轻。竹杖敲西域，铁靴占楚坪。尘沙膝下起，羯鼓袜中鸣。人老行行苦，脚伤苦苦行。跟酸三寸骨，踝痛一身惊。有药论无效，用针故枉赢。锥心抚烈士，垂泪卷长旌。驽马思天外，跛鼋愧远鲸。漏声疑夜角，车响梦连营。望紫垣长叹，敢辞滥滥名。高吟归去赋，养足任游情。

2018年7月

酒席口占

要喝干脆底朝空，死去活来体验中。
此事无关年长少，倾壶只为梦周公。

注：用《中华通韵》。

阎琦评： 类打油诗，然有趣。"死去活来"形容饮酒"痛并快乐着"
之感受。醉后鼾睡，也是一乐，"浓睡不消残酒"，易安居士不亦言乎？

紫洪山人评： 口头语，眼前事，一气呵成，写来顺畅，读来畅快，虽
无多深意，但自是好诗。

2018年7月

念奴娇·报友人

靡靡行迈，过郊林、向晚磐云如墨。恍见汉陵唐庙里，
光影时潜时烁。雨咽蜩喉，风摧燕垒，病叶颓垣堕。神禾塬
上，谁怜倦眼惶惑？　　低首检讨流年，虹思霞想，转堆成
沉瘝。憔悴欺人诗易瘦，羞道骚情丰获。目尽秦楚，琼茅怅
咏，索索惊胸魄。今生今世，心舟何处安厝？

注：《中华通韵》试笔。

2018年7月

一剪梅·立秋

短旅南州与北州，眼似离娄，身似孤鸥。困喉吟唱和

蝉啾。时入初秋，心过初秋。　　万事徒然凿窍谋，爱到头羞，恨到头休。乘桴浮海却夷犹。岂愿羁留，无奈羁留。

刘泽宇评：以流畅之笔写郁塞之情，实得选韵之功也。

2018年7月

戏赠钝之诗兄期待命题画作

其一

山野民谣好画题，撷来一束报河西。
君家辈出丹青手，命意信同摩诘齐。

其二

鸳鞋属主问巫山，袂褛留藏布白间。
妙笔轻摹纯束事，株林踏月放歌还。

注：钝之桑梓合阳，旧时籍属河西。君擅诗能文，西京人莫不知，天赋长于写意画，则知者尚少。曩者语及丰阳民谣所咏绮事，嘱君画笔摹之，君笑曰："容仆暇时一试！"

阎琦评：王维（字摩诘），河东人，其《偶然作》尝云："宿世谬词客，前身应画师。"故以摩诘拟河西诗友。

2018年7月

步韵李晓刚教授

关山百二走迢迢，厌看官商涨地标。

值水忽来如海势，哀思漫过渭河桥。

附李晓刚《渭城致炜评君》：红灯车塞路迢迢，处处高楼夺地标。古渡荒原无觅处，浊浪掀倒渭河桥。

阎琦评：原唱好，步韵亦佳。

2018年7月

西行六首

其一

万里抟风续旧游，驻轮豪兴转夷犹。
纷纭万象难诗写，每把吟情压指头。

其二

廛肆逡巡日暮时，四民光景竞荣熙。
客身疑到升平世，拙口无能赞一辞。

其三

观止红山意未阑，绿洲闾井又盘桓。
名歌重味葡萄熟，舌蕾深甜伴浅酸。

其四

旧闻重过味曾经，达甫不闻疏勒声。
掔搦心猿墩买里，篱垣怕见老云英。

其五

彻耳秦腔似烈风，寻声衡陌识群翁。

痴听祖籍韩城县，四座乡情各不同。

其六

独立乔峰对莽苍，如烟愊忆转轩昂。

青春万里凌霄愿，未憾长镌汗漫乡。

注：初游1992年，别来26年矣。

2018年8月

星汉教授初逢别后有作并呈和谈贤仲

盈耳清歌破夜寮，愧无才句奉人豪。

珍缘久识诗千首，^①未晚初逢鬓二毛。

东望俱怀浴沂想，西行各执錾冰刀。

腾霄最喜倾忱一，骚国燕谋新桔槔。^②

注：①忆星汉先生尝有句："我有腾霄诗百首，烦君传写到苍苍。"②先生力主旧体诗允宜尝试"新声新韵"，不佞附和并践行之。

2018年8月

戏赠友人远旅川藏

其一

遥看雪域意蒸腾，病足从游愧不能。

仙旅愿君多好事，天床登对撼山崩。

其二

情歌路上采花忙，过了廊桥过教堂。

要得何须计夷险，解鞍康定为痴狂。

王彦龙评："情歌""廊桥""要得""康定"云云，似有可资八卦者也。

2018年8月

欣闻业师薛迪之教授旅欧

霜年愈益气纵横，酷夏披襟出凤城。

旅杖何辞西海远？卢梭屈子是同盟。

附薛迪之先生诗《莱湖阿山》：蓝色的莱蒙湖中／飘着几朵白云／我用高倍望远镜／瞭望对面的阿尔卑斯／无际的绿毯铺满山坡／草地上点缀着平房的红顶／我在寻找两百年前的美女帅哥／玛丽克莱尔拜伦和雪莱／他们追循卢梭的足迹回归自然／他们向往伏尔泰的精神寻访自由／雪莱平静地认为自由就在心中／拜伦则高声叫骂／快把那绞索套向神圣同盟！

王彦龙评：卢梭、屈子，精神上有共通性也。

2018年8月

点赞昆山公安局通报

海滨消息慰心窝，善恶积年颠倒多。

正义欢欣竟能见，九州黔首谢龙哥。

2018年9月

月夜记梦

奈何桥作单童腔，叫啸淋漓对八荒。

孟碗笑迎来万灌，血池久拟浴千场。

但能油淬侏儒骨，未惧胎投屎壳郎。

恣意华胥疏五内，声嘶颅裂不惊忙。

注：不佞素爱秦腔《斩单童》名段："呼喊一声绑帐外，不由得豪杰笑开怀。某单人把唐营踩，直杀得儿郎痛悲哀，直杀得血水成河归大海，直杀得尸骨堆山无处理。小唐儿被某把胆吓坏，马踏五营谁敢来……"

2018年9月

打油二绝戏题魏义友诗兄街边理发

其一

喜见雷锋此日多，业余并剪胜专科。

推门绝倒贤妻问：您找俺家老魏么？

其二

端看朱颜还很萌，老妻双眼喜盈盈。

人才一表如初见，底版非关实习生！

附魏义友绝句：其一《赞理发实习生》：九月七日早凉天，理发街头不要钱。莫道雷锋今尚在，学员实习乐阗阗。其二《戏和半通斋》：老朽今朝学卖萌，满锅清水炖干鲸。无油无醋无盐味，急死兰陵笑笑生。其三《再和半通斋》：满头新发自婆娑，未料归来笑老婆。久坐客人干等你，谁知头戴一黑锅。

王彦龙评：一本正经地谐谑，想魏夫人见之，亦当绝倒！

2018年9月

吴郎告钝之醉酒戏句以慰

从来醉眼蔑千厄，何必樽前秀自持？
最快浮生高蹈事，不平喷吐到淋漓。

2018年9月

粥城口占

粥棚相见敞心扉，光景过龟人未龟。
作气狂奴六七子，挥拳恣酒百千杯。
无龄生趣真合意，有道谑谈掀迅雷。
一本《红灯记》齐唱，声情喷火遣昏黑。

注：用《中华通韵》。

2018年9月

宴别马来西亚诗长张英杰先生步韵原玉

何伤钟鼓报寒秋？炽热心灯仰鲁陬。
诗海危舟同挽坠，歌吟大块漫消愁。

贤朋远迓三千里，故国酣谈百尺楼。

莫唱离筵杨柳曲，信多情采后相酬。

2018年9月

鹧鸪天·戏和周小鹿教授旅欧归来

白下先生意色扬，云游何惧鬓微霜。西贤史论从头考，[1]纳吉灵光寻迹忙。[2] 路万里，酒千觞，五洲兴废漫评量。归来故国头桩事，饕餮中原胡辣汤。

注：①西贤，谓希罗多德（Herodotus）（前484?—前425?），古希腊人，《历史》作者，西方历史之父。②纳吉（Nagy Imre）（1896—1958），曾任匈牙利人民共和国政府总理，1958年6月16日被处决，1989年7月获平反。

附周小鹿《鹧鸪天·安阳早餐》：斜柳黄花洹水旁，高秋口腹认殷商。暮辞鼎镬鹿唇宴，朝觅逍遥胡辣汤。 童稚乐，老翁尝，神清眼浊寿眉扬。匡扶终托他人事，浑醉中州一碗香。

2018年9月

"自谑绝句百首"公播报谢各界诗友

其一

诗材红枣伴黄连，煮食经年免血栓。

嗻瑟偏方京兆夜，心同明月一轮圆。

其二

秋来猛料入诗多，生理浑忘到下坡。
更盼诸君都放胆，骚家至境是疯魔。

房日晰评："骚家至境是疯魔"，真话！
紫洪山人评：西方诗学有以疯子比诗人之说。
王彦龙评：庾信文章近若何？比年猛料入诗多。庄谐俗雅用由我，点铁成金一掷梭。

2018年9月

三更归记

山人今又打秋风，末席充宾御宴宫。
色目时眈新蟹好，玉盘爪抢老榴红。
十壶佳酿吞蛮口，一刻摇唇似蒯通。
醉去狂吟将进酒，月朦胧也意朦胧。

2018年9月

读故乡诗人"芦苇主题诗选"口占

无论他乡与故乡，秋风酷烈识寻常。
每逢芦苇多重喻，心境难禁坠拔凉。

2018年9月

赠蔺雨诗兄

尘陌相逢信命缘，往来俱是敞怀篇。
先人各赐真情性，莫逆死生三百年。

刘泽宇评："敞怀""真情性""莫逆"数语，已见交情。

看剑堂评：虽尘陌相逢，而一见如故，信是缘也，由此而"往来俱是敞怀篇"。唯"三百年"之数，不知所来何自，想昔人曾"自信人生二百年"，孟子则云"五百年必有王者兴"，更有俗云"友谊万古常青"，此处"三百年"，言之凿凿，不长不短，而唯言者认真，读者亦始较真也，与寻常以百年誓之者，自是印象尤深。另，二人俱禀其"真情性"，且以"敞怀篇"酬唱往还，与时人泛泛之交相比，二人所累积、所可达到之莫逆程度，恐真可以三百年计也。

2018年9月

观魔幻舞台剧《黄粱梦》视频

狼舞犲嚣抖顶翎，风光无限庆升平。
惊看栩栩群魔相，呼唤梨园有汉卿。

2018年9月

赠日本国神奈川县汉诗联盟访问团

簧门嘉会意纵横，客主奋扬唐宋声。

杖履名公襟抱远，毫锥才媛指端轻。

望乡愁句翻新唱，赠剑归辰忆至诚。

漫道湘南隔天海，何妨万里听嘤鸣？

2018年9月

中秋前夜口占兼报王树强诗兄

长夜遥看赤县天，颦眉真想拍三砖。

底物我心能代表？非关冰冷一轮圆。

2018年9月

中秋夜遥寄虚白室主人

其一

行吟陆海四周星，殊域物华新视听。

好句琳琅报京兆，屏前谁不羡宁馨？

其二

冰轮又见耀星穹，四海庶黎心境同。

翻看地图思远客，清宵祝福奉诗翁。

注：刁永泉先生，号虚白室主人，当代著名诗家，比年客居加拿大。

王彦龙评：稼轩词曰："画图恰似归家梦，千里河山寸许长。"

2018年9月

愧报友人网询当年事

愧承垂问报无声，青眼常同白眼睁。
垄冢沉埋王仲任，时贤优选郭开贞。
鸿才台阁祈声价，泽畔骚人哭杜衡。
吊诡千秋多少事，谁家史乘著分明？

阎琦评：用意深埋，所谓庾词是也。

2018年9月

报魏厚宾贤仲

其一

风情少岁羡南阳，京兆老来生计忙。
好色缘悭新野美，怜才幸识魏家郎。

注：不佞少时居商州穷乡僻壤，屡闻乡党盛赞南阳物阜民康、文风丕盛。

其二

自笑赢躯着缊袍，附庸风雅乐陶陶。
擎龙天海无长技，剪纸间阎乞好刀。

其三

变弄秦风与楚音，瘂喉伧调出真心。
声情未妒龟年好，愿和善才龙虎吟。

附魏厚宾《读半通斋诗》：其一：撷取云英作锦袍，拈来妙悟赋陶陶。人间二月随裁剪，自有东风第一刀。其二：狂也不狂诗在肠，一呼西北自成王。江山任看文藻灭，不废长安万古长。其三：公本长安一诗狂，多情妙手戏文章。何时与我成调笑，也抱金龟醉一场。其四：欲裁世事自锋芒，欲话温柔自媚娘。何止文章似刀剑，诗中更有机关枪。其五：固步自将成旧音，半通斋主作奇心。欢嗔怒骂皆文采，最见真情是戏吟。

房日晰评："欢嗔怒骂皆文采，最见真情是戏吟"二句，最为炜评知音之言。

2018年9月

中秋后二日雨夜报金中诗兄

夜航诗海意欹欹，各秉心灯向远岑。
莫叹移舟高会少，浪头遥报有同忱。

2018年9月

赠陶轩主人

蝉鸣各作逆秋风，茧耳并期延后聋。
气老甘输后生锐，诗新岁愿二三工。

注：后二句藉宋人王焱《次韵谢胡清卿》颔联"气老绝非年少锐，诗新殊胜旧时工"意。

2018年9月

白鹿书院茶叙赠卢新华先生

其一

相见嗟生四十年，千滋百味泛心渊。
乾元莫话开元事，怕触哀凉天宝篇。

其二

新伤痕叠旧伤痕，炽想依然跃命门。
胜义会通儒释道，放谈清午到黄昏。

阎琦评： 感世伤时也。

2018年9月

戏呈启蒙恩师四十二年后重逢

其一

奉盏尊前谢厚恩，忽然失笑有原因。
读书埋葬帝修反，细妹碎伢全信真。

其二

山海走行春复春，五旬明理六七分。
奇葩阅尽人间世，品种笑他都不新。

注：用《中华通韵》。

2018年9月

戊戌中秋口占

百愿半生无一成，霜年窘步更难行。
梁园厌走回头路，汴水忍闻趋俗声。
委地蓬心犹蹦跶，从天火眼爱冲盈。
盘桓清夜将何往？陨萚拾来书斗衡。

2018年9月

报邓汉章李能信先生

相识诗群惜夙因，吟情恐失血腔真。
常将心贼埋山涧，每把芹诚奉好邻。

2018年9月

过母校商洛中学忆昔碎片十绝句

其一

碎瓦陈砖抚指尖，依稀旧影挑心帘。
后生惊看先生泪，不解酸辛不解甜。

其二

饥魔渴鬼伴晨昏，抢食三餐似虎奔。
最惮午前敲碗筷，严师粉笔中颅门。

房日晰评：后二句情景宛然，真画笔矣。

紫洪山人评：餐前敲碗筷，写中学生饥饿体验，细节生动逼真。

其三

大任祈天早降予，楷模屈子与专诸。

痴痴一念同昆火：为崛起中华读书。

其四

解道名篇热血狂，辉光永驻岂寻常？

先忧后乐吟千遍，异代丹忱报岳阳。

其五

十五少年皆好奇，禁书辗转最无私。

绣花鞋也梅花党，墙角偷看月朗时。

其六

疯人背指心胆寒，夜半逾窗回试难。

七尺如何缩身手？至今犹未解谜团。

注：予为寄宿生，舍址傍果园，闻为昔时坟墟也。某夜罹寒剧烧，子时过，忽狂嚣，旋挺身逾窗，坠地乃醒。窗分八格，宽长皆等，人头不能纳。其一格玻璃风碎，犹未修补，竟完身出之。诸生大惊，喧哗不已。数日后闻于李兄海民："颇有好事者传言，谓君彼夜奇举，或为舍下鬼魅所挟，或童年疯疾未愈。"予默然苦笑，自分无可户说矣。然三十余载屡思兹事，的解终不可得。

其七

卒业离筵磬热醪，江楼心气似湍涛。

醉吟羽扇纶巾句，我是周郎谁是曹？

其八

铅刀新试享公平，敢不衷心谢北京？
誓欲知能献时代，新长征队做尖兵。

其九

函使青眸望欲穿，今朝逢接手双颠。
恰是江花火红日，壮我东风第一船。

其十

老来依旧意汹汹，训诘每思毛泽东。
国史千秋谁大写？毋忘黎庶是英雄。

注："人民，只有人民，才是创造世界历史的动力。"校园标语之一，出自《论联合政府》(1945年4月24日)，见《毛泽东选集》第三卷。

阎琦评：零碎记忆，苦乐兼有。卒业得高中，雄心勃勃而起。其三"楷模屈子与专诸"谓当时少年志向或文或武（专诸事见《史记·刺客列传》），然皆报国途径也。

王彦龙评：拙诗《重回母校商洛中学》："母校重回感慨深，青春踪迹渺难寻。这间教室这张椅，记否当年苦读人？"远不及师父组诗深刻、宏大。

2011年7月—2018年10月

网游报岚社诸同志①

海天屏览遣晨夕，难抑寸心风雨急。
网论极端嘘左右，②价值精粹取东西。

曾无恶趣今昔贰，　幸有近怀山友七。

惯看重霾遮望眼，　晴岚属意莫迷离。

注：①《中华通韵》试笔。②嘘，反对也，音"施"（shī）。

2018年10月

鹧鸪天·黄昏二首

检诗其一

齿豁头白两腿麻，屠龙兴致未疲塌。豪吟最爱东坡赋，醉梦常栖子美家。　明短板，瞩无涯，还期好句有人夸。可怜回看三千首，泰半形容塑料花。

散步其二

晚步楼群绕几匝，社区光景羡人家。撒欢打滚调皮狗，劲舞欢歌大婶妈。　腿两重，眼双花，烟熏满口老黑牙。退休日子频掐算，适力商山种豆瓜。

注：用《中华通韵》。

王彦龙评：二词皆以口语、时语为之，又用《通韵》，自是大胆之尝试。更为可贵者，在于所写场景"现代感"十足，而又生趣盎然，令人忍俊不禁。

2018年10月

商山柿红赞词

醉看晨光晚烧中，万山嘉果舞霜风。
物华选美金秋日，头彩谁能夺此红？

阎琦评：诗人以"选美""头彩"状秋深时节柿叶及果实，生动新颖。
刘泽宇评：此作最善描摹，真可为作者家乡红柿代言。首句未涉一
个"红"字，然字字关红，"晚烧"之"烧"字，去声，谓晚霞也。后两
句中"选美""头彩"，使用新语词，颇见时代气息。

2018年10月

题照钝之诗兄夜访华严寺

匆步霜秋逐飐风，投僧上刹问圆融。
大千体用何由识？参会东坡到嗣同。

附王锋《夜宿华严步和半通斋》：征尘未落起秋风，海内烟云世外官。
借榻微躯唯一枕，满川明月梵声中。

2018年10月

调骚坛诸子

该亡岂只十三元？　五岳游人叹九泉。①
欲问常州赵宣仲，②颜筱怎样别岩盐？

注：①陈第（1541—1617），福建连江人，字季立，号一斋，晚号温麻山农，别署五岳游人。明代音韵学家、藏书家。平生"性无他嗜，惟书是癖"，传世著作有《毛诗古音考》《读诗拙言》《屈宋古音义》等。陈氏"时有古今，地有南北，字有更革，音有转移"说，学界人莫不知。②赵元任（1892—1982），江苏常州人，字宣仲，又字宜重。中国现代语言学、音乐学先驱。代表作有《现代吴语的研究》《中国话的文法》《国语留声片课本》等。

阎琦评：平水韵中，十三元最难区分，大观园才女分韵作诗，史湘云抽得十三元，怨曰："该死的十三元。"足见至清代，时人对十三元已混淆难辨矣。

王彦龙评：声韵变迁、与时俱新自是常理，所遗憾者，《新韵》《通韵》等多有不如人意之处，亦非出自解诗人之手，故不易为写诗者所认可也。

2018年10月

席奉同怀

热醪扑鼻冷森森，晚烧如血染霜林。
行觞已抑狂奴态，痛点怕检少年心。
不死觍颜羞干禄，自赎末席兴楚吟。
名山事业从长计，羁情愿共解刀砧。

2018年10月

戏赠周小鹿诗兄并岚社诸友

一字未安究的知，四方商略竟移时。
锱铢必较谁能笑？不为钱财只为诗。

附周小鹿《晨答社长》：切心剖胆唤无知，攻略干城竟夜时。倦眼来舒诚一笑，也为神矢也为诗。

王彦龙评：文章纵是天成，亦须妙手细细推敲琢磨，然后可以少瑕。

2018年10月

愧报诸友生

读解名篇嗟蠢师，前行后有竟何知？
邵公不见巫重见，国语学而时习之。

注：《圣经·传道书》："已有的事，后必再有；已行的事，后必再行。日光之下，并无新事。"

2018年10月

观赏渭南"梅墨生师生书画邀请展"前夜报钝之诗兄

嘉讯闻寒夜，东游热望中。
同车皆俊友，华毂舞晴风。
万象乾坤异，千行器道通。
贤贤思进取，愿得一端工。

2018年10月

题"梅墨生师生渭南书画邀请展"

纤秾秀整竞风姿，北仰京华有表仪。

难得人生痴一事，下邽梅放正当时。

注：梅公渭南四弟子：蔺雨、党建龙、康文龙、康瑞伟。

附张红春《依韵和刘炜评教授题"渭华梅放"兼奉梅公渭南四弟子》：

渭北秋寒果满枝，梅园风色蕴瑰奇。四槎修绍同辉映，不负流光不负师。

2018年10月

题渭南嘉苑五彩梅

重到嘉园赏妙英，纷纷心雨落无声。

别来光影多虚度，半负歌诗半负卿。

刘泽宇评：乍看平平，细味则无闲笔。"半负歌诗半负卿"，用"不负如来不负卿"句法，然此"卿"则喻题面中五彩梅也。

看剑堂评：名曰咏梅，然似不止于梅。别来光影，尽随心雨作纷纷落矣。

2018年10月

调友人

河源绮梦检秋床，少半甘甜大半伤。

一语赠君铭座右：花根寿命比花长。

刘泽宇评：此首固为戏谑之作，然结句是大实话，俗谓"话丑理端"是也，"剧中人"不可忽之。

2018年10月

诫子绝句

行藏誓不负乾坤，足柢毋忘是草根。
洧水春舟舞蕳可，持家还得养鸡豚。

阎琦评：首句诫子须有大志向，二句与末句大意相同，谓勿忘根本、务实持家也。古今诫子书多矣，多不出以上二意。唯三句用《诗经·郑风·溱洧》"士与女，方秉蕳兮"句意，却与古人诫子书不同。时世变易，为人父的诗人毕竟开放通达多多矣！

王彦龙评："足柢毋忘是草根"，闻教铭心！

2018年10月

秋日遣怀

苔笺微雨落秋英，彤管久违喧浪声。
竟日云情锁霾雾，枉然虚室乞雷鸣。

王彦龙评：宝剑沉渊，犹可气冲牛斗，故知虚室雷鸣，自非枉然也。

2018年10月

岚　社

秦汉八条枪四双，冥行心眼有恒钉。
山崩海立寻常看，困倦来时吼老腔。

阎琦评：遣语粗豪而壮怀激烈。
王彦龙评：同心同德，可以兴社。

2018年10月

闻田飀诗兄公差渝州忆当年事也

霁雪渝州忆画船，早春风物最堪怜。
围炉江上矜仙侣，公子佳人俱少年。

注：不佞初旅重庆，时在1988年元月也。

2018年10月

秋夜榆林六绝句

其一

严秋风雨洗征尘，鼎膳座前生暖春。
主客欢娱上郡夜，闳襟岂肯负洪钧？

其二

廿年无算醉榆林，今又华筵感恫忱。
莫笑山人情性急，狂喉屡请奉豪吟。

其三

才男好女爱如云，欢谑何须计素荤。

管领春风薛洪度，驱驰险急鲍参军。

其四

推怀少长意何殊？隔座龟年和念奴。

听到兰花花曲半，双眸难抑转模糊。

其五

偶不畏人嫌我真，倾壶行止厌温吞。

疯张熊胆如天大，笑倩佳人拭酒痕。

其六

疏怀穷达暂浑忘，狂狷生涯羡富阳。

却困霜街二更路，腿沉沉也视茫茫。

阎琦评：六首多用古今名人，如薛洪度（薛涛）、鲍参军（鲍照）、龟年、念奴（皆唐宫廷男女歌唱家）等。末首"富阳"或指郁达夫。

2018年10月

说诗二首依韵唐风先生原玉

其一

商山懵懂负薪郎，流火未逢嗟肃霜。

白首行吟九州遍，歌诗却惮赋沧桑。

其二

回看少作每惭惶，绣腿花拳充撞郎。

近悟作诗如涉洧，无情交颈即无良。

附唐风《黄叶》：解得秋风识得凉，青春亦已似珠黄。人前不敢思零落，苦抱枯枝歌太阳。

王彦龙评：十五年前，我亦"商山懵懂负薪郎"也。

2018年10月

感事赠李思源女史

其一

行到穷秋意未残，隆滩逗想恣斑斓。

污墙画火驱寒竖，蕃炽丹忱报柏山。

其二

手执红灯四野看，如磐夜雾罩重关。

好车千辆休嗟过，信有黎明下一班。

王彦龙评："好车千辆休嗟过，信有黎明下一班。"可以深味。

2018年10月

集唐贤句嘉赞丰临君文格

庾信文章老更成，玉音闲澹入神清。

闲临菡萏荒池坐，知向人间何处行。

注：四句分别出自杜甫《戏为六绝句》、韦庄《听赵秀才弹琴》、齐己《乱后经西山寺》、元稹《寄乐天》。

2018年10月

岚社雅集分韵得"瑟"字勉成五古

凤城集群贤，吉日秋戊戌。
新蔬佐陈醪，谈兴竹林匹。
鄙夫座向东，雕筵意嘚瑟。
才难其然乎？予有乱臣七。
梗泛与萍漂，各自伸臂膝。
尘寰缔诗盟，信缘志趣一。
心灯仰少陵，骚旗拥岚崥。
歌啸必由诚，腔血羞碍窒。
守为共黾勉，悲欢恒相恤。
绳墨约社章，宏微皆缜密。
要旨五言俱：德厚兼学实。
翌晨裁素笺，梗概略回述。
樗句数增删，自愧寡鸿笔。
但怜真情氛，炽炽并苾苾。

阎琦评：次句"吉日秋戊戌"句式，类老杜《北征》"闰八月初吉"。

2018年10月

戊戌冬夜头颈肩痛并发口占

抱衾无计乞安眠，三竖猖狂岂偶然？

索命牛嚎冰雪夜，搅心磬错雾霾天。

穷羁命合遭千罪，重累时祈减两肩？

忽忆挑灯夜半句，懦夫情态愧前贤。

阎琦评： 病痛发狂之状，形容透彻矣。传说中谓病为二竖，头颈肩并痛，则二竖加一竖也。

2018年11月

致友人

先圣训言须守循，浮生至道在胞民。

诸家长短宽容好，颇悔当年爱损人。

王彦龙评： 宽以待人，弟子亦当谨记。

2018年11月

平安夜谢陶轩主人

空爱诗魔与酒癫，奈何长爪弄茶烟。

解龟狂态休回首，散发扁舟益渺然。

吊诡时间又开始，非常光景谢相怜。

更能消几番风雨，仄仄平平又一年。

2018年12月

满江红·董颖夫先生七十华诞祝词

　　董君颖夫，长安马王人也。命途多舛，志意曾无屈折；雅好文学，丹忱累岁愈炽。吴堡柳青先生，当代说部大家，尝客居长安十有四秋，著为《创业史》，海内外流播广远。董君崇其书质相双美，尤仰其人情系草根，乃联袂秦中道友，光大先生懿德。历年善举，不可胜数；八方知者，感佩何多？明年腊月，董君七十华诞将至，例循我国千年嘉俗，朋侪共谋贺寿今冬。不佞乃为陋词一阕，一美贤兄情怀事功，二徵廿载高情厚谊。戊戌冬十月，商州刘炜评白。

　　京兆英男，青春日，高歌汉阙。出闾里、腾挪致远，沐霜迎雪。夙志从天终无悔，笃行定力谁能夺？七十载、穷达踵先贤，何曾歇？　　黎庶事，倾腔血。柳公德，仰高节。逆风执燎炬，意气遒烈。厚土人文增绚丽，新刊秦岭彰奇崛。愿先生、葆本色秋年，身心惬！

　　注：《秦岭》杂志创办于2016年，现任主编董颖夫、执行主编邢小利。

2018年12月

赠余维清校友

　　一别祇园三十秋，尘寰各自稻粱谋。
　　悲欣万缕关兴废，水火五洲同爱仇。
　　霾夜悬望冰海日，花溪遥瞩木兰舟。
　　逆风擎炬终无悔，相勖微躯扛此头。

　　注：余维清，西北大学中文系1988届毕业生，现执教于贵州大学。

看剑堂评：同窗者固夥，同调者盖寡，同声气者颇难，同爱仇者更难，此友当系半通斋同调同声气同爱仇者也。既曰花溪木兰舟，则此友当系巾帼，巾帼中有此类人物，委实当珍重。

王彦龙评：能"逆风擎炬"者，自是真勇士。

2018年12月

蝶恋花·梦醒

酣梦春潮弥灞浍。倏忽醒来，独啜忘情水。心蕊酸甜谁会理？不知生也焉知死？　　盈箧吟章漫检视。藜阁无眠，矮纸摹神矢。新岁频呼三五子，潇湘万里追麟趾。

注：岚社岁末雅集分韵得"水"字。

2018年12月

2019 年

古　意

有约鸿鸣报早春，勾连神矢著云津。
信多仙侣嗟初见，总为芳怀困垢尘。
荷屋谅难湘浦觅，卢瞳犹驻桂堂真。
倩谁红豆移天外，永绝清狂活杀人。

2019年1月

戏为绝句三首奉和田飚诗兄叹戒烟不易

其一

畸恋成婚半岁间，直教短瘾赚长欢。

卅年离复嗟千次，信解知行合一难。

其二

半世生涯烟火篇，恨他诳我活神仙。

海通回叹黄金叶，善恶传奇四百年。

其三

医嘱谆谆驴耳过，无他六脏恐违和。

台阶自下真无赖，心锈幸无牙锈多。

其四

妄说一支销百烦，文翁一语我无言。

齿牙熏到双排落，软枣难吞白鹿原。

注：香烟原自吕宋传入，时在明万历年间。尝与文翁怀沙、陈公忠实同席，陈公频燃雪茄，意态甚惬，文公止曰："观君气色，宜速戒之！"某君圆场："陈公不侣烟，焉有《白鹿原》？"文笑曰："君言大谬矣，屈子、靖节、太白、少陵、东坡、放翁，谁为烟民？"

2019年1月

遥寄金陵浮溷楼主人

头手无时跃酱缸，羡君牛走意昂藏。

笑从藩溷寻诗料，时把心柴掷火塘。

宿疾久违思甚甚，尘衫每遇脱光光。

二京休叹风烟远，无碍精神南北坊。

刘泽宇评： 从以"浮溷楼"为别号，即知金陵"主人"之处境与心志。"溷"者，"世溷浊而莫余知兮"之"溷"也。诗以"酱缸""藩溷""尘衫"照应题面，善于组织也。主客每相见，即全脱"尘衫"，肝胆相照可见矣。尾联以"二京"兼顾双方，且寄慰勉之意。"时把心柴掷火塘"一句，似未经人道，尤堪赞。

2019年1月

腊月廿九竟夜无眠破晓有作

宵形坐对夜沉沉，苦茗甜醪换盏斟。

无际灯虹翳青眼，有时春讯慰寒心。

三生已绝槐根梦，二目乞容皮陆吟。

嵌骨于嗟刬难去，总因家国爱情深。

刘泽宇评： 感慨遥深，颔联、颈联最见精神。

2019年2月

鹧鸪天·调看剑堂

朝览行云暮看花，更怜杯盏胜龙榻。豪齿热吻东坡肘，醉梦常栖宋嫂家。　　倾鲁酒，啜苏茶，俏觞偶有卡秋莎。舌尖世界开新面，北纪南袁并秒杀。

注：①北纪南袁：纪昀、袁枚，清代美食家。②用《中华通韵》。

2019年2月

仰斋老人祭赞

鲐背从天不染尘，澧兰沅芷沐三身。
诗梭活法诚斋趣，自是精奇江右人！

注：傅义教授（1923—2019），号仰斋，江西诗坛耆宿，著述颇丰，付梓诗集有《仰斋吟稿》（正续编）等。己亥年正月仙逝。

2019年2月

夜晏谈归赠白李魏陶王五贤仲

春夕嫩寒销盏中，酣谈火烈却调融。
迷离甜梦些微忆，残酷流年感受同。
禄命何须问王朔？躯材幸已出编蓬。
客情奔放西京夜，总为人穷道未穷。

2019年2月

登翠华山报诸游友

未信鸡占第六爻，偕游三五惜平交。
伧夫豪兴迷云岫，姹女澄眸瞩燕巢。
夷险霜崖从可适，参差足力莫相嘲。
尘寰多少烦心事，尽向青山绿水抛。

2019年3月

夜半遥报陇西友人

风高月黑听鸣鸠，豪荡意弥三百州。
老子犹堪绝大漠，君于此外更何求？

注：后二句用放翁、微之句。

2019年3月

手机拍照

五遁久通无用场，枉然朝夕敛行藏。
拳拳叮嘱才三过，已见机屏播八方。

2019年3月

和孙尚勇教授

李杜情同大老粗，宋梁挥手两唏吁。
人能群也别禽兽，夙契二三聊胜无。

附孙尚勇《读李杜诗》：傲岸清狂期孔圣，两公当世兴长吁。茫茫人海乾坤大，却觅知音一个无。

2019年3月

乌夜啼·先师默祭

弥勒仁慈相，哀衷孰解浮生？锦冠中岁糊涂戴，负谤到退龄。　显学专究矻矻，桥门步履兢兢。天璇未分今回转，遥看甚心情？

2019年4月

寄锦城友人

其一

苦笑痴男亦贱男，人情世味百重谙。
春风几度回头望，最是伤心三月三。

其二

厌看芳馨竞俗姿，怆怀委地曲江池。
黄昏困屦归何处？祈到铅华失忆时。

2019年4月

夜读周公日记诗感骚坛事有赠并呈桥门同怀

其一

春宵笺句待天明，细辨分明杜宇声。
遥向江淮报心得，共情岂止是骚情？

其二

江隈遥羡钓鳌翁，长愧诗舟困灞滦。
学句当时情境在，兼摹少伯与荆公。

其三

各挥诗帚扫心尘，歧趣相逢恣意伸。
对撞原由爱真理，温吞岂是读书人？

其四

畜满圈栏粮满仓，乡贤金匾映厅堂。
各矜直突傍薪好，厌见过门饶舌郎。

其五

三辅吟坛怯戆郎，五陵深服众豪强。
轰轰闹热惊昏夜，急向蓝溪饮晓凉。

其六

谁闻塞马爱横塘？无谓往来无谓忙。
枉道有缘前世定，江湖同在亦相忘。

其七

怜他作业费精神，矜我行歌主义真。
若个绣衣光甲第？卫巫解绶亦瓜民。

其八

吟思开阖出真衷，素绚主唐融晋风。
真句信如沉水木，不须热轧冷加工。

其九

爱诗原为破心牢，随时欢笑与号啕。
但能腔血向天涌，平仄是个辣子毛。

注：辣子毛，秦中俗语谓无关紧要也。

其十

红黄橙紫赏骚坛，未薄腊梅偏牡丹。
底线还须等今古，尸花岂可作诗看？

注：尸花，巨魔芋也，举世公认之大丑并最之卉，原产苏门答腊，其形硕大而味似腐肉臭鱼，故当地土著以尸花名之。

2019年4月

地球日师生小聚，别来十五年矣

两鬓休嗟杂半霜，开筵复见冶游郎。
清宵各罄忘情水，醉舌自携防火墙。

并谢夜天容沆瀣，未期声价藉文章。

嗾人春色休辜负，对面师心是道场。

2019年4月

四月廿二夜师生小聚

尘陌重逢两鬓苍，万般甘苦注千觞。

春光最忆桥门绿，谑浪毋须耳目防。

尘海漂萍适心力，人间俗眼贱文章。

师心最慰毋须道，君子眼盲心不盲。

2019年4月

春日遣怀

三春行咏不从容，坐对层峦忆屐踪。

岂是阑珊霞客癖？凭高雾瘴畏千重。

2019年4月

友人座上索句后呈

悃衷同注郁金香，块垒尊前一扫光。

挂彩千回甘自受，爱诗半世逐魔狂。

途穷有耻酸儒态，病急无求救卒方。

净尽红桃不须叹，拳毛跃动忆刘郎。

陶成涛评：师父本心之坚守，志意之不能曲挠，对远方之所执念，每见笔端，此篇尤为显豁，千载之上，唯刘宾客之诗可以为邻矣。

2019年4月

感诗事报看剑堂

困足如铅未惧行，棘途笑听鹧鸪鸣。
或将渴毙桃林外，不怨虞渊诱此生。

2019年4月

感事赠看剑堂主

权钱明暗各通神，唾脸无非旧换新。
镜尺同君束高阁，唇枪懒搠太平人。

2019年5月

夜半口占

沧浪清浊奈予何？厌听名流好了歌。
未必难能皆可贵，安生要在斩心魔。

2019年5月

调胡安顺教授三首，顷见先生照片数帧

其一

照面藜羹和泪吞，星眸茅屋瞩霄云。

炎寒恶楮书生趣，气格仰追王右军。

注：幼年失怙，贫寒度日，然志意不屈，品学兼优，能文善书。

其二

跣足昂头出水村，风沙万里壮羸身。

白头遥谢天山雪，澡瀹学林王洛宾。

注：年十三随胞兄西漂，客居南疆二十余载。

其三

优游学海遣晨昏，开阖文华众妙门。

像读先生谁与似？望之俨正即之温。

注：为著名古代汉语专家、陕西省语言学会会长。治学、创作兼重，凡古文、辞赋、四六、诗词、联语，靡不能驭。

2019年5月

赠友人

未信丹忱到老空，共情常识驻心中。

各擎膏炬人间世，迎送春来秋去风。

注：昔拟付梓随笔《常识集》，后因故搁浅。友人执事上庠，屡伸"回归常识"说，深获我心。

2019年5月

无　题

纷纷凤鸟入秦关，俯仰适时红白间。
黄绮影踪忘汉后，西京群喙笑商山。

注：白乐天《题岐王旧山池石壁》有句："黄绮更归何处去？洛阳城内有商山。"

2019年5月

谢友人寄单方

万里牵怀赐玉函，愁人不敢报愁缄。
形躯日事劳成疾，酒渍夜来污满衫。
蹈咏千篇穷煸噪，行藏半世坠卑凡。
自容多病宽诗课，羡煞先生脱罄衔。

2019年5月

重读《韩非子》

怜他闳议百千行，五蠹秦庭析断忙。
口吃无妨识甘旨，何尝豺腹厌文章？

2019年6月

奉同席诸君步散原并海藏楼原韵

其一

昏楼竞作暮鹃声，积久风怀孰可平？
病翅片时乘兴起，心舟酒海逆潮行。
啖瓜无羡东门隐，得意有恒伧俗轻。
怅望空蒙三万里，老瞳相勉拭分明。

其二

罄盏狂奴掉臂归，空喉谵唱乱云飞。
穷间草木容高蹈，大块方程觅隐微。
极浦扬灵诚有待，零余耽美未全非。
窈冥行过樊川路，耿耿星光恤短衣。

　　附陈三立《同闲止杜园晚步湖堤上用前韵》：疏柳摇湖叶叶声，新堤沙净簟纹平。千岩作暝鸦群没，一水涵空鱼队行。绰约重楼歌吹隐，飘旋小艇羽毛轻。胡床列坐车音里，远火高低隔雾明。

　　附郑孝胥《春归》：正是春归却送归，斜街长日见花飞。茶能破睡人终倦，诗与排愁事已微。三十不官宁有道，一生负气恐全非。昨宵索共红裙醉，酒泪无端欲满衣。

2019年6月

午醒读楼钥诗打油一律

异代鸿儒雅痦风，天真对我似邻翁。
缘缘自得三时乐，谴谴何关六道空？

每把常情参近物，曾无诈哑并佯聋。
风霜消受各从命，幸会先生诗海中。

2019年6月

读新民谣感今昔之异

竹枝耶许道欢愁，岂只传今小放牛？
蓦地真讴坠江海，嗲声妹妹坐船头。

2019年6月

蓝商归途口占报友人

笑解征衣掸路尘，灞源风浴马牛身。
铄金诟病经千犯，充气功夫晋五新。
西走清怀羞变态，东归殷想报同伦。
休言四海皆兄弟，未必相逢俱是亲。

2019年6月

报采南台

屠龙三十载，歪句九千行。
清像悬工部，丹衷未敢忘。
一根筋到死，半桶水何伤？
寸翰关兴废，祈君莫笑场。

附方英文原玉《貌似半通斋》（五古）：风气白开水，诗玄看刘郎。典溢神费解，字怪鬼慌张。偶分廊庙虑，时耍泼皮腔。夜酒三十首，晨歌上讲堂。

2019年6月

戏赠忘言居主人

慕想樽前谑亦真，却怕骚冠戴诗人。
纵能胆藉三壶酒，未敢邻偷半点春。
夜露牵衣怜眷眷，心湖映月恣粼粼。
尘寰清友矜卿我，百世蛇魔不到身。

2019年6月

商山席上报王康世兄

垂髫跌撞走西东，白首归来两手空。
割耳蝉鸣增恼恼，掷人春去恨匆匆。
五洲晴晦观微象，万姓忧欢驻热瞳。
尘洗家山藉双劲：泼头酒与打头风。

2019年6月

寄郑君志刚词兄

幸未咏怀埋九渊，知音千里谢矜怜。

命逢己亥三花甲，一样杂诗如血泉。

注：血泉，取意法国诗人波德莱尔《血泉》：我有时觉得我的血在奔流／仿佛一道涌泉有节奏地啼哭／我听到泉水汩汩长叹息／可摸来摸去／却摸不到伤口……

2019年6月

端阳节报长安诗词大会诸君

寻常光景旧中新，各守诗园半亩春。
有胆变风思楚句，无时敝帚扫埃尘。
倍怜携酒端阳客，竞作探花沣镐人。
跌撞生涯莫回算，心香一炷奉灵均。

冯珮评：俊逸之气，由内而外。

2019年6月

代友人拟迪化之恋

其一

璧人合为子都狂，未分销魂赚恨长。
梦醒梦痕难划去，那年那日那毡房。

其二

一眼平生误到头，十年孤枕味刚柔。
鲛绡咬断春芳歇，蚀骨梨花雨未休。

其三

兰闺欲碎五更钟，清晓为谁妆玉容？

雁字回时不须约，萧郎杳渺似天龙。

其四

影绝魂消失忆难，厌闻清客说加餐。

旅囊携过当年路，无赖红玫不敢看。

其五

可怜头戴一重天，各把哀凉付断弦。

纵有痴怀托青鸟，长霄犹恐坠风烟。

其六

无计欢忱起冷斋，绮情穷命奈相乖。

一壶酒外犹多事，万卷诗书死不埋。

注：末二句反用张祜《赠季峰上人》意。

2019年6月

问安业师瑞生教授

嬴躯奋锸辟荆榛，　学海操舟五十春。

瓮牖天怜命多舛，^①石兄身伴未嗟贫。^②

方瞳岂止亲苏柳？　芸馆从来远路尘。

众竖蜗居枉频顾，　讵知蜗主是畸人！^③

注：①先生龀龄，溺于瓮中，几死，幸得出。②昔受业先生，尝

闻课上："少时自言：'倘贫寒竟至为丐，有《石头记》相伴，惬意在焉。'"诸生莫不感喟痴绝。③《庄子·内篇·大宗师》："畸人者，畸于人而侔于天。"

2019年7月

遣怀并报响堂斋

万象参观海陆空，唯求一道驻心中。
乖时绝念逃尘想，捋虎愿时逢桀雄。
贯虱翳防双眼早，斫琴指羡四邻工。
屈辞杜句高标在，最仰高标是变风。

2019年7月

吊刘文西先生

其一

一笔剥离王右丞，九重大造有依凭。
别裁未负升平世，史传青藤后几藤？

其二

逝翁身自属秦民，绚素传奇嵌苦辛。
抽策搜心谁与似？但期群议不违仁。

阎琦评：满满的春秋笔法。
马治权评：看刘先生需要时间。

2019年7月

题贾明德教授简庐

　　贾兄明德教授，河西有莘人也。己亥初夏，故里简庐完构，格局朴而美，一如主人情性，乃以一律为贺。首联成于陶君成涛博士之手，不敢掠美，并谢岚社诸友炼字之援，同怀同趣，同珍同惜矣。炜评白。

柳烟槐幄抱阶庭，诗礼嘉风五世荣。
屋傍北梁龙蛰地，道传元圣鼎调羹。
悬车僻巷嚣尘远，奉客清樽逸韵生。
识得平居简庐趣，浑忘东洛与西京。

2019年7月

读褚宝增先生论诗绝句百首

素厌吟坛骸骨奴，欣闻千里有同呼。
篇篇讽咏哀梨爽，抃掌樗材道不孤。

2019年7月

赠响堂斋主人

火烈情潮跃酱缸，老眸期破小鸡窗。
吟怀岂肯称余事？骚命维新唤旧邦。
霜野君多行役赋，桥门我作泼皮腔。
有情水也忘情水，和合涓流是海江。

附魏义友《次韵奉酬半通斋主人》：天如锅盖地如缸，坐井观星不透窗。也想自由飞宇宙，可怜无奈守家邦。常寻野味多鲜味，更唱新腔借旧腔。洞悉古今人世事，心中依旧似长江。

附邓汉章《和刘炜评教授》：纵堕红尘入酱缸，诗情兀自出鸡窗。心仪泗上弦歌事，根在秦中礼乐邦。幸有泼皮承大雅，且依白雪造新腔。长安市上人千万，谁个风怀似海江？

2019年7月

口占拗体一绝

持竿钓影叹迷离，泥途龟骨觅湫湄。
蒲柳纷披欺望眼，濮水风情异昔时。

2019年7月

谢陶轩主采南台响堂斋

旧冠愧领领新冠，行止颠预脑未残。
活到尘寰泼皮怪，长嗟革面洗心难。

注：前岁陶轩主谑赐不佞"诗怪"，今采南台又戏谓不佞诗词"泼皮腔"，响堂斋则谐括以"怪、狠、愤、谑"矣。

2019年7月

为犬子完婚谑谢吴郎保山并岚社诸友

其一

西漂客户喜盈门，酩酊驼翁角色新。
莫笑常情承故俗，锦靴双奉伐柯人。

其二

当家七事费经权，退诏颁时两鬓斑。
情似梅姨欲何往？甩衣狂奔向岚山。

2019年7月

报长安咸阳诸诗友

未伤吟事窘今生，屈杜精神共命争。
出谷凌霄纵无望，依然伐木恣丁丁。

2019年8月

感西漂卅秋报故里友人

临安各自作长安，况味道来都一般。
鸿抱凌霄千诩易，斯文委地半收难。
回风悲又摧芳渚，刍狗嗟长弃草滩。
拥别同申潘晓问，吾侪窘路几时宽？

2019年8月

鹤城夜归

故园归饮兴如沄，酒舌蚤跳兼素荤。
阅世五洲山月小，穿肠九酝器怀分。
糟拳屡惯输群彦，酸曲痴听酥骨筋。
队伍自家今又到，尊前容我作猖獊。

附陈玉柱《席逢丹萌炜评兄步韵半通斋》：陪饮江滨兴若沄，开樽不厌啖膻荤。时英并座声名远，康瓠惭颜天壤分。清酒频酬羡宏放，老腔争唱露青筋。相呼尔汝喜亲近，夜半归家惊犬猖。

2019年8月

故山月夜口占

归客暂忘京洛尘，攀梨扑枣返童伦。
家楣娱手题凡鸟，瓜豆张篮索好邻。
往迹怜看板桥路，新谣听谢饭牛人。
青筠谷口生痴想，戴月后山寻子真。

2019年8月

逛　山

其一

清景野烟朝夕寻，逍遥莫道费光阴。
逐门饕餮如游犬，四海风云不挂心。

其二

重旅秦关到楚关，疏怀难得十旬闲。

可怜州土宜归处，无力他年赁水山。

2019年8月

呈陈玉柱词长

诗书两造好风仪，倾盖不禁呼大儿。

偶见山中老精怪，如君精怪却超奇。

2019年8月

依韵惭报魏义友词长

无涯兴绪寸心知，杂半生丝与熟丝。

驴耳厌闻鹦鹉曲，秋怀痛娩郢中词。

伧吟降俗羞常有，素业从君老愈痴。

背影潇湘仰坚挺，些微气度愿能追。

魏义友词长元玉《赠炜评诗家》：一流才气一流诗，我是刘郎老粉丝。读遍万家投阁下，只求高妙不求奇。

2019年8月

西北大学中文系八五级毕业三十年聚会

花季高情一世牵，丹衷未改二毛年。

肝膈争剖清月夜，尘衫并洗紫藤园。

注：折腰体也，用《中华通韵》。

2019年8月

闻杨争光兄清唱秦腔《白逼宫》名段

慷慨秦声爆酒家，千年季世事堪嗟，
何寻云气弥芒砀，但听秋风泣阙鸦。
短宴铺陈寡人泪，悲歌抖落老刘家。
红绸直欲裁寒夜，缟奉双肩千朵花。

2019年8月

夜过书院门

窘步天街履浅深，畴年喧景邈难寻。
柏林迷惘三唐月，客意分明五代心。
旧馆晏谈人不见，昏间怕取酒重斟。
涩喉谁识萧寥夜？翻搅无声己亥吟。

2019年9月

宴　别

心花别后少斑斓，各遣行舟十八湾。
对眼有终从古少，初衷无悔几人还？
芳思久绝衡闻外，晚唱或能醅媒间。
重会蓦然秋席上，慰怀人马是原班。

注：座上诸旧雨，睽违十余年矣。

2019年9月

步韵许浑咸阳诗谢八方师友

风雨奚囊贮饱愁，五洲何处觅元洲？
蛮吟夜作樊川道，鸦噪晓闻钟鼓楼。
垃圾从人分四类，光阴命我惜三秋。
雄谈犹可伸微信，便觉身心双一流。

附陈玉柱词长《步韵刘炜评教授新作》：洙泗扬波谢载愁，莫听海客说瀛洲。儒巾已老扶风帐，素士曾栖筒子楼。但喜满城桃李艳，纵然五秩发鬟秋。复闻大国崇师道，奋跃璧池胜一流。

2019年9月

谢友人赐"端郎"诨号

谑冠新戴笑嘻嘻，大谢高人未自低。
偶亦言行堕乖巧，皆由境遇太滑稽。
八成学问祈增量，两眼秋年望辨虱。
只要心头还有梦，欢天喜地舞骚旗。

注：用《中华通韵》。

2019年9月

夜半口占二绝句

其一

千觞赚得梦邯郸，顿觉活人天地宽。

一醒心情全湿塌，歪头耷脑洗杯盘。

其二

愧忆吹牛二十三，人前指爪炫非凡。

只今束手成常态，得劲文章可劲芟。

注：昔年《初秋斗室小唱》其二曰："雨夏晴秋弄笔频，时呈东舍又西邻。锦囊待满三千口，敢笑凌烟阁上人。"重读赧甚。

2019年9月

谢姚敏杰学兄晨传名曲机屏

经年晨曲醒寐民，爱乐人怜爱乐人。

大美咸服洗星海，扫盲长忆李德伦。

牛足无奈增层茧，驴耳犹期远市尘。

何日赢肩卸俗务，郢中瑶瑟奏阳春。

注：①用《中华通韵》。②尝聆《交响乐欣赏入门》于西北大学礼堂，讲说者指挥家并音乐教育家李德伦先生也，时在1983年春。

2019年9月

和商子秦先生"康桥"诗

满耳秋声意未凋，柔波水巷映青霄。

忘机到处怜佳趣，脱帽无时不折腰。

才士屐痕嗟漫灭，诗魂故国永相招。

题桥名句曾看尽，第一流连是此桥。

2019年9月

汉滨夜宴

十士甘心死五桃，浮生快意罄醇醪。

筵开月夜乾坤小，行到金州胆气豪。

浩歌偏隅报知己，真忱正义恣狂号。

千杯痛饮巴山夜，醉醒快哉忘二毛。

注首句：座中有俏觞五姝，皆善饮。

2019年9月

安康报李晓刚词兄

磐石忧欢销夜风，袒怀江畔意芃芃。

酒似诗酶跃心窖，形如骚鬼卧花丛。

寻常巷陌元无异，五十秋吟句未工。

啸耳沧浪催炽想，轻舟负命大江东。

附李晓刚《次韵炜评教授》：君自江河唱大风，我登南岭啸林芃。人随山水寻真气，诗伴冰轮挂桂丛。一季春花荣后尽，四边景象酒中工。蛮歌沧浪天涯远，醉醒西浮又泛东。

2019年9月

紫阳报采南台

山城半日走劳劳，熙攘当年辨甄陶。
食有蒸盆甲天下，街无俏眼紫阳腰。
茶庄罗雀闻三岁，歌吹来潮续九韶。
骚屑秋怀共秋水，总因清晏一何遥。

注：采南台有美文《紫阳腰》。

2019年9月

观电视专题片有感

光影屏前感不胜，乡妞渴望最揪情。
后来荣耀非关我，永忆当时大眼睛。

注：顷于电视专题片见摄影家解海龙名作《我要上学》。镜中人者，苏明娟女史也。

2019年9月

安康诗教归来报李波词长并诸地主

清嘉山水洗尘衣，三日肆游忘俗机。
袒腹从容王逸少，口香清发谢玄晖。
慰怀童诵承诗教，醉舌骚歌破酒围。
直使回车徒怅怅，凭窗眼妒雁南飞。

2019年9月

报"长安诗人"微信群

擎灯秋夕自颐神，谫论三更报好邻。
鬓雪岂销心底火？眼泉时濯案前尘。
有情天道从长计，无怨毫锥困短身。
热想穷年何炽炽，真诗信不弃秦民。

注：颔联反用杜荀鹤《下第东归道中作》"心火不销双鬓雪，眼泉难濯满衣尘"句意。

2019年10月

寄孙尚勇教授

百念三秋一派沉，思玄遥向故人吟。
诗眸翳到双盲日，识得渝州访粤心。

吴嘉评：诗思穿越时空，沉郁中有冲淡，不平中有释然。

2019年10月

窦圌山最高处

山川览尽意如何？无处风情不折磨。
解到画屏松鹤句，自由羞伐后生多。

2019年11月

戏贺响堂斋主人七十三华诞

不信前人顶已封，平闻衡宇小丹宫。

妻贤鱼有三餐美，堂大诗无半句空。

马帐传经汉唐韵，琴台运指龠师风。

逍遥最是兹秋后，职共诗翁与钓翁。

注：首句用魏公旧作元玉。

2019年11月

题《商山雪柿图》

其一

柿图痴看忆荒村，感念当年恤草根。

岂是吟情多旧癖？总因肠肚勒饥痕。

其二

寒山摇曳谢苍穹，差胜晶团鬻篾笼。

侥幸富平人不顾，雪枝翘首待春风。

注：秦中名邑富平，柿饼久负盛名。

2019年11月

小雪夜杂感六首

其一

豪吟兴味渐阑珊，关命牛肝转马肝。

揽雪煮刀裁活句，留无可许弃何难。

其二

太息寒宵思季鹰，明晦心灯熄无能。
低眉让渡哀凉意，抬眼哀凉又倍增。

其三

炽炽骚情似涌泉，三闾轨则寸心悬。
琼枝守望樊川路，胜似汨罗焚纸钱。

其四

词斟句酌键盘忙，费尽情商共智商。
命合从兹补童趣，穿垣斗草捉迷藏。

其五

千树遒枝手自髡，狞飙诗舌转温吞。
矜人长爪谋何用？太极推拿速入门。

其六

离忧遣闷意何殊？岁入残秋气血枯。
企仰先贤识时务，转行探艺鼻烟壶。

2019年11月

近现代人物杂咏

袁项城

大王经略欲何为？绍武企文无可疑。
纵有雄怀揽天地，天高地厚亦须知。

蔡元培

巨柱擎天乱世中，士林谁不仰高风？
萧条异代音容在，倜傥千秋一蔡公。

鲁迅

丹忱岂止在新民？未分三冠叠后身。
显学神州七十载，几人阐曜近精真？

茨威格

婚礼里昂莫叹迟，象棋故事蕴深思。
异端权利同昭日，人类群星闪耀时。

吴宓

侔天心不计穷通，快慰无涯自缩中。
莫误畸人真另类，详谙另类是时空。

吴芳吉

鼎革穷人道不穷，民胞悲咒五洲同。
婉容一曲传天下，孰谓无人解悃衷？

于凤至

一世风华剧可怜，传增列女凤巢篇。
何曾福禄依公子？承运心斋只奉天。

柳青

黎庶悲欣空际看，牵怀岂止蛤蟆滩？
遥闻创业翻新史，巨构不须身后完。

奥黛丽·赫本

天使芳心迈俗伦，风姿卓荦出真纯。
自君笑别人间世，不信银屏有女神。

杨绛

高华才笔出圆融，眉宇详观是女雄。
四海文章论简劲，几人堪比季康风？

周有光

长安北仰老麒麟，七尺从天志意伸。
愧我中年俗儒相，愿追人瑞两头真。

庄奴

悲欣经历够邪乎，才似天河永不枯。
未信先生驾鹤去，有华人处有庄奴。

阎琦评：咏中外近现代十余人，有褒有贬，或褒贬兼有，或感喟叹惜。有时一语堪为其一生做定论，如《袁项城》中"天高地厚亦须知"一句。难矣哉！

紫洪山人评：此组诸作，颇见斋主之历史见识。其知人也深，评价也准，非持论客观公允的文化学者不能如此。

2012年—2019年

副编：二十家总评

家国情怀　诗酒人生

——读《京兆集》

丁　斯
（陕西省艺术研究院院长）

对于旧体诗，我迄今仍是门外汉，多有拜读而少有实践。然总以为，新诗与旧诗，原理不异；自由与格律，存乎一心。心诚无伪，情深而切，意象逼真，情态传神，能写出真才情、真性情，便为上乘之作。今读《京兆集》，心有戚戚焉。

人称炜评"老愤青"，诗中常发不平语，我则认为有情怀，其"愤"不为一己之私，其"青"发自年轻心态。友谓炜评"大顽童"，酒场调笑数君能，我则认为有生趣，其"顽"为了生命快乐，其"童"凸显诗心赤诚。唯其情怀，才显"愤青"之姿；唯其诗酒，故现"顽童"之萌。无情怀难有大格局，无诗酒何遣苦人生？家国情怀，诗酒人生，其炜评之生平矣。

我深知炜评心中的苦闷，也深知炜评人生的快乐。年岁渐长，忧愤难消，酒量递减，诗情炽盛。唯愿他少一些"常恐夜寒无歌唱"的苦闷，多一些"难得酒醉有人怜"的快乐。

我与炜评自大学同窗至今，已将三十八年，固是诗朋文友，更如手足兄弟。古人言"近乡情更怯"，我则是"近心情更怯"，对其诗文辞章，向来只在闲谈中略陈浅见，欲为论评却不能置一词，故而其多部诗文出版，我都不曾正式写过一句话。今《京兆集》即将付梓，面对稿本，又如履薄冰，提起笔来，不知该从哪里说起，又该说到哪里才能尽意。奈何奈何！

仅以以上拉杂话，聊表对《京兆集》出版的祝贺。

刘郎炜评诗印象

方英文
（陕西省作家协会副主席）

"才子"一词在中国，大抵指诗写得好，而且是旧体诗，格律合谱。以此才子标准高帽子，吊挂直升机，转遍今之长安城，我以为落到刘郎刘炜评头上，合适。

印象里的刘郎，有事必吟句，无聊亦别裁。如母鸡里的超凡劳模鸡，一年三百六十五天，日产一蛋么哥大哥大。光阴三十多年，其数累计，是否接近或业已超过史上最高产诗人陆游？得由刘郎自答读者。

刘郎的诗我爱读，原因是古奥多典，时遇生字头大——正好借机查阅辞书，增益学问。诗人取材宽广杂碎，庄子宇宙，杜甫春韭，只要来了感觉，一概入诗，且每成佳构。如此雅淫诵癖，难免为过诗瘾而无厘头、瞎胡闹。故统而观其诗，不无斑斓多姿、异彩竞秀。但其身份却决定了整体诗作的主色调：士子心一颗，情怀家国肠。

古来诗人往往一身毛病，却经常是真理在手的架势，可爱复可笑。回望百年中国人物，刘诗几乎一一梳理过，一番沙场秋点兵：或臧否以律绝，或慨叹于词曲。臆测他写诗时，心里是颇为自雄的：俺要像司马迁那样，不可缺席重要人与事；诗艺攀比杜子美，修辞上力求险绝而工稳。这般努力，意义甚大。不是说国学当务之急嘛，完美的格律诗最能表率国学噢！

刘族出过一个最高领导人刘邦，一辈子写了一首诗，仅三句，却传颂了两千多年。其后裔刘郎，目下尚难遴选某首比肩其祖。如此类比有点抬杠，概因不顾时空与各自平台也。主因是刘郎诗量太大了，拔萃起来费事。一个大托盘端出一颗珍珠，定然光彩四溢。一托盘全是珍珠，势必互吞其辉。

对于格律诗我一向神往，却始终不能创作。倒是很有幸，常被刘郎当作诗料，大概是被他写得最多的一个家伙吧！不由窃喜，如同汪伦被李白写了一句，便名扬千秋。

《京兆集》的善意和关怀

孙尚勇

（四川大学文学与新闻学院教授）

从西安回到成都，三年倏忽而过。己亥春节前，炜评兄寄来《京兆集》稿本，希望我写一些感受。我多年从不曾认真写过旧体诗，偶尔酒后或受外物刺激，也会乱诌几句，但自知在这方面是个门外汉。炜评兄之所以要我"说几句"，大概主要出于两个方面考虑。第一，我们的确是"钟楼的朋友"。在西安十年，他待我如亲弟，每有提携批评；我待他像亲哥，时时找他喝酒求教。我们时而推心置腹，时而谑浪调笑。炜评兄不讳言自己的朋友有分层，曾打比方说，一些属于钟楼那块的，一些属于一环路的，二环三环的最多。记得一位同事并朋友大惑不解：为何孙尚勇来西安时间不长，却成了刘炜评的钟楼朋友呢？我想，生活中很多特别出色的人，是不需要朋友的，炜评兄和我则都需要，这或许是我们能成为钟楼朋友的一个重要原因。第二，《京兆集》所收诗作的很大一部分，写于我在西安的十年间，因而直接或间接承载着我们之间的互动。若干吟章涉及的部分人和事，我不陌生甚或熟知，另一些则有我在其中。

古今受制于性情者，其往事甚多不堪回首的沉哀，其人却又屡屡执着于回望。故傲岸如李太白，清狂如杜子美，回首往事的诗篇，往往写者嘘唏，读者涕零。西安十年，在个人的小圈子里，我以嗜酒、狂妄和疯癫"著称"。故回到成都三年多，不得不稍稍远离酒狂等等，亦常常讳言往事。"悦读"《京兆集》，却让我不得不将往事翻开。

《京兆集》八百多首，写人之作最多，最见崇真扬善弘美旨趣。这方面的代表作，可推"素描"同窗三十八人的组诗。炜评兄之于世俗之人，就如他待我，有认同，有喜欢，也有嫌恶，然更多悲悯。即以其同窗和友朋而言，我认识的十多位，似乎都不如诗中所写般举止华美，被他所状写评说的，却多是这好那好，这当出于他内心的善意体恤。想炜评兄之所寓目，未必皆是美好的感受、正义的激扬，但他之所措笔，总是着意于"堪慰夙怀俱保真""人间正道两心知"，这恰恰是当今需要格外提倡的人文情怀。

自鲁迅把他的投枪掷向普通中国人的国民性以来，一代又一代中国的读书人，似乎都能从他的文字中，读出我们自身国民性的丑陋和残缺。但现实太骨感，处于不同年龄层次、不同位置的凡夫俗子如你我，既无可奈何地看着彼此，又各自带着无法逃脱的种种遗传，带着些许自信与自期，认真投入地奋斗着，顾不上找机会体验情感和美。"未惧命途多辗转，难言世道是炎凉。"我们大多数人已经属于不观察、不思索之辈，所谓学而不思者。我正是这样，走着走着，一回头，发现自己半死在路上。而今读《京兆集》，不禁为自己的经历过而感动万端，而泪流满面。

十年在西安和西北大学的经历，给予我的滋养很多，我在那里体验过的沉痛和飞扬、意得和绝望等，不少都既影影绰绰又真真切切显现于《京兆集》的字里行间。炜评兄热眼如烛照暗室，而每有温馨临拂于我，实是我不幸人生中之一大幸。

《京兆集》所收诗作佳美者尽有，然一些即兴率性之作，似欠缺更为细致精微的描摹，就中体物又大不如体人。我总以为大自然比人堪怜许多，愿炜评兄的诗眼诗心更多关切于山水草木，像少陵那样获得更多的自在，尤其在这个时代。

读《京兆集》

刘毓庆

（山西大学文学院教授）

　　古体诗词创作，今可谓盛矣。其盛状也，堪与盛世况。然口号标语徒有声而无神者，约十之二三；风花雪月徒有色而无魂者，约十之二三；砌词成篇而不知所云者，约十之一二。其间为文而造情、依律而觅词者，不知其几；东施而效颦，言之而无物者，不知其几；徒羡钓雪之韵，不知民生之艰者，不知其几。以言不及义为朦胧之美，以雕琢暴痕为声律之工者，又不知其几。村姑莽汉，西服革履；摩登女郎，雪胸粉股。雅耶俗耶？是耶非耶？苦梗于心，拙申于口，鹿马无别，尚何言哉！今喜读吾家炜评君诗集，如红尘之中，忽见佛光；他乡久客，骤逢故人，幸甚至哉！炜评君诗，无一空言，无一虚言；心直口快，有放矢之的；沥血披肝，无造作之态。行吟于历史峡谷之中，放歌于燕市行迈之间。如幽燕老将，有沉雄勇决之风；如西京才子，有风流倜傥之姿。贤哉炜评，诚吾家千里驹也！

读刘君炜评《京兆集》因题卷末

李芳民

（西北大学文学院教授）

刘君炜评《京兆集》将付梓，余得先读。因忆及己丑之岁，《半通斋诗选》将行世，承嘉命为数句弁卷首，其末曾有语："刘君方当盛年，其诗艺之精进，尚未有涯，则来日续集之梓行，定有超越今集之大观焉。"今见是集，欣欣于所言不谬也。三复之余，因为二绝题卷末以记感。

读《京兆集》

风光满眼忆三唐，爱酒亲诗复爱狂。
唱罢金陵怀古曲，诗豪无愧是刘郎！

注：元微之、刘梦得、白乐天等于白宅聚会，以《金陵怀古》为题同赋，刘略思忖，一笔而成。白云："四人探骊，吾子先获其珠，所余麟甲何用？"三公因罢唱，取刘诗吟咏竟日。乐天后与刘迭相唱和，推赏刘为"诗豪"。

读《同窗素描》忆及与八一级同学修业西大旧事

摄影虽真未必真，新颜宁复旧时人？

黉门受业寻常见，笔下传来信有神。

精神自驾游：《京兆集》读后

李　浩

（西北大学文学院教授）

2011 年，炜评的《半通斋诗选》出版时，我先睹为快，并写过阅读体会。现在，炜评又一部新作即将问世，我在第一时间看到许多师友的络绎祝贺，新见迭出。炜评再次相邀发言，我却语塞了，因为大家把我想说的几层意思都说了出来，而且说在我前面，讲得又比我好，我何必再唠叨重复呢？

炜评聪慧，留校也早。学校的教学、科研、管理诸方面，条条道路通罗马，无论走哪一条，都是金光大道。但他有点像民国时的陕西学人吴宓，因为收到多个学校的聘书，反蹙着眉，踟躅再三，不知该如何抉择。又有点像当年大观园中的贾宝玉，因许多漂亮妹妹撩拨划搅，眼睛迷离，腿脚扑簌，见到哪个女孩子的胭脂都想吃。宝二爷形成道路自觉，明确宣示要"任凭弱水三千，我只取一瓢饮"，出自小说第九十一回，那是老晚的事了。炜评于诗歌一道，从学之、爱之，到迷之、痴之，也是经过几度劫波，几多磨难，才越来越专注执着，自凿一片光明天地，不求藻饰，天然烂漫。

大家已经给炜评戴了不少高帽子，我想从以下三端发点感慨：

一是感叹炜评未能赶上古典诗歌的黄金时代。如今的时代是自由体的散文、小说的时代，是代言体的影视剧的时代，是在各种大赛中走秀一夜成名的时代，也是娱乐至死的新媒体的时代，这就注定炜评只有与大众同乐，才有可能被时尚接受。如坚持古典诗学理念，那只会像老杜笔下高颜值的佳人，要"天寒翠袖薄，日暮倚修竹"了。

二是感叹汉语书写的混乱，众声喧哗。自媒体时代，人人是写家，处处能发表，在瓦缶雷鸣中，文绉绉的炜评即便扯破嗓子呼喊，也会被喧嚣的众声所淹没。什么是典雅的汉语，什么是沉郁顿挫的表达，大众并没有一致的看法。什么是语言腐败，什么是语言暴力，也没有人提出要禁忌或回避。汉语书写的整体质量与水平，放在全球化及构建人类命运共同体的当下，与世界其他民族的书写相比，究竟处于什么样的地位，有哪些特质，有哪些优势，哪些我们要坚守，哪些要扬弃，似乎没有多少人关注和焦虑，更缺乏清晰理性的梳理和论证。在新的文学跃进中，炜评如果尾随游行的队伍，跟着众人整齐地发声，我们自然听不清楚他的商州嗓音。但他如果不把自己的小我，汇入时代的洪流中，又只能做不逐队随群而踽踽独行的骡子。

三是文学的写作是否有必要像体育竞技一样争第一名，或者像金庸笔下的武林门派一样，干掉所有对手，争抢盟主的椅子。我在他上部集子出版时，曾鼓励他要力争上游，这次新集编成，也还有师友为他的作品排座次。如今我已提前步入衰年，鬓已星星矣，不会再鼓励他争狠斗勇了。古来文无第一，武无第二，故炜评也不要过分透支体力，冬练三九，夏练三伏了。饥来吃饭困即眠，有诗兴即写，没有诗兴也不要勉强自己。至于读者是否喜欢，是否能入围年度好诗排行榜，是否能传世，我们真的不要操心了。更何况，先儒讲学问的最高境界应该是"为己之学"，那么诗的最高境界也应该是自证自悟，而不是排行榜上的第几名。

我不光是炜评诗的忠实读者，也是他题写的对象。印象中他有两首诗是赠我的，其中收入本集中的一首写道："郢客心同天道谋，谁能轭下缚清喉？回车且向潇湘路，漫作精神自驾游。"附注的时间是2015年7月。那是我心境最坏的一段日子，炜评不光赠诗，还请一位知名书家书写文字，裱糊并装框送我，我真感激他的侠义，也感受到了他的温情。

但是我尚有自知之明，以为"潇湘路"云云太高大上，我根本不配。"辘下缚清喉"又下笔太重，我既不自虐，也无被虐。

不过，我还是很喜欢他最后一句"漫作精神自驾游"。念这句诗时，我联想起了陈寅恪的"自由共道文人笔，最是文人不自由"，也想到了杜甫的"白鸥没浩荡，万里谁能驯"，苏轼的"拣尽寒枝不肯栖，寂寞沙洲冷"，当然还想到王国维的"试上高峰窥皓月，偶开天眼觑红尘。可怜身是眼中人"，唯半通斋"自驾"句之表达，远离了古典语汇，乃标准的炜评式，所以我偏爱。当然若不停下来而继续抬杠，那么你会发现，其实"自驾游"的"自由"也很有限，譬如红灯停绿灯行，譬如礼让行人，譬如不能酒驾醉驾，譬如到了高速路上也要限速，譬如无处不在的探头监控着你。"人生而自由，却又无时不在枷锁之中。"唯卢梭的话是论文语言，炜评的表达是诗歌句式。

怕别人说我爱显摆，我没敢把他的题赠挂在新房客厅，而是放在了书桌旁，保证每天坐在桌前抬起头就能看到。正如我在提醒炜评，他何尝不是用"潇湘路"来警示我？"风檐展书读，古道照颜色"，历代圣贤、河岳英灵长存宇宙中，我虽不能至，也应该心向往之。我没有炜评的敏捷诗才，但现在也有了一些闲时间，暇时能生出闲心、静心和玩心，能品咂出他在饭局上的人来疯，诗集里的恣肆，也能会心他老男孩的做派。当然，我没有按照命题作文的要求来写，而是由他的作品生发出不少感慨和联想，这是否也是一种"精神自驾游"呢？这一回把炜评也忽悠上，走走走，咱们一块"自驾游"，咋相？

《京兆集》印象

张孝评

（西北大学文学院教授）

时在岁末年初，诸事缠身，《京兆集》初稿虽已逐篇读过，但未及细读深思，欲谈读后所感，似可以四句话十六字总括：

一曰风云气沉。斋主对社会时政，向有执着之关注。但因年齿渐长，措笔已非少儿意气、锋芒尽露，而更多寓其家国之思，于个人即景生情的咏叹之中，令读者在言外深味而得之。

二曰书卷气浓。斋主在学府教研之余，博览文史，出入古今，贯通中西。其学养识见蕴于笔端，见诸诗文，书卷气扑面而至。旧典新事，信手拈来，吞吐比兴，涉笔成趣。最令人击节者，在于其能驱使经史子集内之古典语与俚俗语、流行语、网络语乃至西化语于一炉，形成了颇具个人特色的刘氏诗家语。

三曰烟火气醇。斋主由秦岭深处走来，对山区父老一往情深。近年怀乡悯农之作，虽较以往惜乎其少也，却总有一股酸菜糊汤的烟火气弥漫于字里行间，勾人乡愁，味之不绝。

四曰江湖气正。自金庸作品等武侠小说流行，"江湖"词义泛化，沾染了某些油腻。若按范文正《岳阳楼记》所言，乃与"庙堂"相对者，当指儒生独处之非官方之民间。斋主身为文化学者，行走于民间种种社交圈内，师生往来频繁而外，更有不少文艺、学术领域的业务及朋友关系。斋主生性温良敦厚，每每于送往迎来之际，以诗酒唱和交流，其间虽偶或杂以为人情所不免的誉词套语，但更多的则是一如既往的真性情的袒露。我所谓江湖气正，其旨归即在于此。

诗以气为主，感其气则见其人。上述四气，某种程度上可视为斋主借旧体诗为自己所写的一部丰满立体之精神自叙传。"诗以人见，人以诗见"，但能做到诗与人合体为一者，古往今来，颇为罕见。我不是说斋主已然达至此一高度，但其历经数十年的磨炼修为，确实在道术两端之攀高中，迈出了值得点赞的一步。

读刘炜评教授《京兆集》

张海鸥

（中山大学文学院教授）

余主持中华诗教学会十余年，每念当今西北何人可盟。今读刘炜评教授《京兆集》，深自惭愧，余竟鄙陋如此，不知诗坛杏坛早有如此上品！

其实余与炜评教授 2005 年 8 月在日本东京相识，只是当时只谈学术，未及诗词。今观其诗词，才华横溢，元气淋漓，情怀芬芳馥郁，肝胆毕现；技艺娴熟老到，修养深厚；风格亦庄亦谐，能俗能雅。庄雅之仪渊深高贵，谐俗之态机智亲切。无论长篇短制、新旧各体，皆写人情人性人事以至诚，不矫情不虚伪不无病呻吟，是当今诗坛罕见之佳作，可入诗史者也。

老杜《春日忆李白》云："渭北春天树，江东日暮云。何时一樽酒，重与细论文？"吾辈固不敢妄比诗中仙圣，然诗友倾慕之意实乃常情。敬慕而一时难得相聚叙饮，且击节赏其佳作一二：

重读《李杜全集》

信矣诗能泣鬼神，光华并射性情真。

应知元气由襟抱，莫作偏笺索酒醇。

范式岂随骚国老？头颅不欠庙堂伸。

星空万古悬双灿，度我心灯迈俗尘。

海鸥点评： 如此读李杜，是通其精神、悟其风怀者也。

沁园春·玉兰

衣袂飘飘，天使南来，旅次旧京。访曲江池苑，舜华灿灿；盛妆嘉木，意态盈盈。底事伤怀，明眸忍泣，又作哀歌启远征？岂非是、怕晨霾暮雨，污了芳馨？　送君草色长亭，秉玉洁、山川寂寞行。过梁园洙泗，弦歌绝响；楚江吴市，萧艾争荣。独立琼枝，流观禹甸，未卜他生惜此生。祈故国、藉风笤雨帚，扫出清明！

海鸥点评： 咏得如此传神会意，风华摇曳，深得生命之趣，堪比古人名篇。

诗鉴半通斋

周小鹿
（南京大学历史学院教授）

炜评先生为人认真，做事认真，对友认真，于诗词一道更是认真。他拿出一部新作《京兆集》稿本，令我写几句。这些诗词渊深博大、坚韧灵秀，可是容易论的？我看他的诗词曲赋，是在较劲，与时人较劲，与古人亦较劲，的成上上之作。容我执言，这是一部留待后人品评、研究的文字；文学也好，世情也好，若干年后，足以回映当今。

倒是通过他的文字，识得真人，于是试集他的作品字句为诗词曲数首，我以为是文如其人、字留心迹的。

一、《明志》：一世胸中驻醴泉，春心岂肯坠芜田？已逃俗谛三魔界，纵马文坛风雨天。

二、《为文》：掷笔楼头听暮鸦，清吟雅典走天涯。昨宵梦入青枫浦，小憩桃源野老家。变法衰年不辞苦，破冰丹水好烹茶。戴天应耻头颅贱，立馆丹忱彰正邪。

三、《鹧鸪天·回车》：季子归来两鬓霜，醉吟月榭动潇湘。半通学问应知足，落寞光阴倍觉长。　　嗟病腿，忆横塘，杜门旬日遁骄阳。余生初服思重着，岂共雕虫论短长？

四、《浪淘沙·阅历》：跣足出商州，独上青丘。笔耕日夜著春秋。朝雨晚霞看不足，闲坐垂钓。　　又卧夜郎舟，辟谷炎秋。几人斯世可同游？唯有剥离臻大造，写尽风流。

五、小鹿续貂（小律）：两通韵语诗骚客，一个横骑秦岭人。啸傲高丘游赤豹，剖心绛帐育青麟。淘君胸臆存君影，集尔诗文绘尔神。

读半通斋《京兆集》

房日晰

（西北大学文学院教授）

炜评乃性情中人也，豪爽真挚，虔谨诚信。其为学也，颇喜袁枚性灵说；其为诗也，能熔古典、今典、方言、网语于一炉，精巧流利，浑融圆润。才捷七步，作诗常一喷成篇；腹笥充盈，倾泻尽是珠玑。其豪爽、率真之气，往往溢于言表。

此集中之"半是豪情半怆情"一句，可谓作者的自况自评。其实更多的情形，是豪情遮蔽了怆情，笑声掩抑了泪水。读炜评诗，应透过一层去看，庶几可悟其真谛。

炜评善于随筵赋诗，友朋戏谐之情态毕现。偶有戟刺，则谑而不虐。其俊爽老辣之致，令人忍俊不禁。

此集中亦多酬应之篇。自来酬应诗，能真情流溢者不多，无酬应之迹尤难。炜评之酬应诗，虽酬应而能一洗酬应之迹，真率不掩，实不易也。

炜评为人不善藏锋，为诗因兹稍欠含蓄，然不足为病矣。勉之！

读《京兆集》

李晓刚

（西安财经大学文学院教授）

炜评君《京兆集》付梓，嘱予略评一二，不才欣然从命，且以为荣。

炜评君为人热情诚恳，勤奋好思，真率耿直，做事认真且多才多艺。其为诗也，卅余年如一日，锲而不舍，耕耘不辍。取法高尚，诗道存焉，古道有诸。

炜评之诗，才子之诗也。辞藻清丽，文采斐然，云霞蔚蒸，气象万千，铺张扬厉，才气逼人，金玉之外，清丽之中。雅俗老少共赏，嬉笑怒骂成趣。

炜评之诗，学人之诗也。学问博洽，深沉好思，宏丽温雅，味道醇厚。使事用典，全凭功夫；厚重源长，开卷有益。读其诗也，增学问，长见识，开眼界，扩胸襟。说理似宋诗而多趣，多情如唐人而不隔。

炜评之诗，热血之诗也。时见家国情怀，多叹生民之艰。读其诗也，常感激情澎湃，热血偾张；时闻书生意气，风骨凛然。针砭时弊，忠义激荡；指斥方遒，古道热肠。

炜评之诗，诗人之诗也。诗心晶莹，诗情洋溢，诗趣盎然，诗境粲然，奇思不断，妙想迭出。清水芙蓉，自然可爱。率露深沉自如，秾纤修短合度。

诗如其人，信矣哉！赞曰：

半世穷通未折腰，悒情成垒蠹心桥。

真忱何计时兴去？好句全凭热血浇。

笔下烟霞生锦绣，胸中丘壑荡神飙。

回看风雨蓝关道，不悔青春说客漂。

读《京兆集》有感

杨恩成

（陕西师范大学文学院教授）

时下，旧体诗尤其格律诗的创作成为一种社会时尚。但若按严格意义上的规则来要求，不仅良莠不齐，且逢场作戏者多，自出机杼者寡。尽管如此，作为中华传统文化的一种重要形式，传统诗体能引起社会的关注，毕竟是一件好事。

就像白居易所期盼的那样："天意君须会，人间要好诗。"这好诗，在古都长安还真的出现了。这就是刘炜评君的《京兆集》。

翻开《京兆集》稿本，书卷之气扑面而来。无论律绝还是词曲，其格调既有唐人的洒脱明快，又有宋人的恬淡裕如。融汇于字里行间的人文掌故，彰显了作者博闻强识、融通古今之深厚学养。无论友朋酬唱，还是即兴抒怀，堪称真性勃发。其咏史诗，追踪牧之，灼见迭出，既有慧眼独具的豪纵，又有放翁之沉雄悲壮。至于诗友唱和之作，更无虚誉媚俗之态，唯以真淳为诗心，故而空灵蕴藉，感人至深。针砭时弊，爱憎分明。一如炜评君之自道："诗焰原由心焰熊。""诗魂只领性情真。"然也不乏杨诚斋之明快、诙谐。本集入选词曲数量不多，吟诵之余，亦令人回味不已，雅言与俗语互见，颇有王溪陂徜徉于终南渭滨之闲逸野趣。

概而言之，炜评君的诗，诗情、诗境均引人入胜。诵之令人感奋不已，遂草赋一绝为贺："唐风宋韵铸诗魂，雄快真纯古调存。缘有胸间清气在，时登梦得少陵门。"

读《京兆集》致炜评吟兄

星　汉
（新疆师范大学人文学院教授）

三唐两宋又如何？当代诗词入眼多。
椽笔勇挥舒浩荡，雄风奋起扫蹉跎。
古今中外皆吞纳，日月星辰细打磨。
堪比汉书能下酒，夜光杯满醉颜酡。

炜评兄《京兆集》版行在即诗以贺之

钟振振

（南京师范大学文学院教授）

诗自风骚后，便到西京刘。

风自起处大，云到白时秋。

松劲风瑟瑟，一鹤排云浮。

气出今谁唱？西北有高楼。

刘炜评的旧体诗

费秉勋

（西北大学文学院教授）

刘炜评写旧体诗，诗思滂沛，笔意畅达，每题既立，动辄十首八首。偶傥风雅，恣肆通脱，今情古意，跃然纸上。

现在写旧体诗的人很多，但写得内行的很少。所谓写得内行，不是指外壳形式如平仄对仗等能够中规中矩，而是指内在气质和韵味具备古典精神。能做到这一点不是靠一种或几种技术，而是凭文学才情积淀而成的文学铸造能力。我尝言，写旧体诗，不光要用特定的词汇，而且要用特定的语法。特定词汇当然不可能全是古代的词汇，更多的是要依凭铸词能力熔铸出具有古典意味的新词，有时还须直接搅入新时代里产生的鲜活词语。但入旧体诗的新词语，却要如手术移入的人体新器官，须不使旧体产生排异反应。

写旧体诗更为重要的是要使用特定的语法，这一点很重要，但恰恰为今人所忽视。

中国文学的不同体裁，都有自己不同的特定语法，散文有散文的，诗有诗的，词有词的，曲艺有曲艺的，戏词有戏词的……只有遵循各自特定的语法，才能写出内行的、具备应有气质和韵味的作品来。这一点展开来说难免辞费琐碎，须赖学诗者发挥悟性，细细体味。从这个角度说，我认为刘炜评的旧体诗写得很内行。他熟谙旧体诗语词及其相关语境，故在遣词造句时能挥斥自如，神肖古人，无唐突之弊，饶古雅之味。新词入诗又能水乳相融，与时代亲和，每有聂绀弩风调。

　　然而只有形式上的老到，并不能决定作品的高下。我们不是为写旧体而写旧体，否则无论玩得如何精熟，也是摩挲古玩般的闲适游戏。中国诗道最根本的精神就是《诗大序》说的"诗言志"，先圣孔子对此精神有着富有活力的立体性发挥，他说的"兴观群怨"不但肯定了诗歌抒发情志、宣泄感兴的作用，更强调诗的批判功能。刘炜评诗作的可贵，主要在于紧贴时代、关注现实，能针砭时弊，能记载重要事件，能表达同情心和爱心，富有忧患情怀、悲悯意识和批判精神。虽写山水行旅，却心悬国运民情；酒朋诗侣的寻常酬答，总关颂节扬义，绝无虚浮谀语。文章歌诗，为时为事，白傅警言，千载犹遵。当然，我也觉得极个别诗句运用现今俗语时，失之生猛，有悖孔圣"诗教"，不过这仅是白璧微瑕而已。

半通斋主素描

胡安顺

（陕西师范大学文学院教授）

　　半通斋主者，商洛才子刘炜评也，西北大学文学院教授。斋以"半通"名，而志在全通，是故于文学评论、诗文创作、戏曲说唱等皆有研习，所谓倜傥博物、触类多能矣。性好古，有节概，喜交游，疾恶俗，是是非非，颉颃傲世，常寻竹林纵歌之乐，每效阮籍穷途之哭。然畅饮而不至大醉，讥议而不失其度，谈谐而不在取容。歌主秦声，诗擅格律，文颇恣肆，友多名流。其为诗也，素有"挚情、正义、美境、丽辞"之自期。摛藻有别才，吐辞张心声。每见不平，必有慨发。嗟忧黎元，肠内恒热。怀抱风人之旨，或得意而忘时。年才逾不惑，而自撰墓表诗曰："墓主生前号半通，皮囊昨夜赴虚空。痴狂一世多悲喜，毁誉由人爱恶中。"虽属滑稽戏谑之语也，亦足示其鼓腹行歌、卓尔不群之态。其诗炼句好用典，选字频取血，又显见其笔阵既列，风格已成，盖积学激情所致、时代使然也？抑或心有磊块，欲借古求通也？抑或意不在当今，拟藏之名山、求知音于后世也？昔人评仲晦、子美有云"许浑千首湿，杜甫一生愁"，余戏炜评诗曰"半通满纸血，典密使人愁"，未知可乎？

半通斋诗词"灯"意象解读

姚敏杰

（西安市地方志办公室主任）

　　诗人总会在经意或不经意间，经由一个或多个物象表情达意，散发出自己的体温，透露出自己的现实处境和人格特征。这大约就是中国古典诗论所讲的"意象"吧。解读诗人笔下屡屡出现的意象，或可成为打开诗人心门的一把钥匙。

　　只要稍微留意，就会发现在炜评的诗中，多有"灯"和与"灯"构成的意象。据我粗略统计，《京兆集》中大概有三十七处之多。

　　试依类分述如次：

　　一曰照明灯。是为灯之本意。对灯之向往和热爱，大约与作者生长于商洛大山深处，属于"四远幽辽"之地，曾经历过物质极度贫乏之年代不无关系。细分诗中之所呈现，亦有多重义项。"斗室学灯恒灿然"（《读业师房日晰教授〈论诗说稗〉》）之"学灯"，乃学术之灯，智慧之灯，灯下之影不唯是房教授的学术状态的实写，更表达了诗人对先生治学心无旁骛、乐以忘忧、不知老之将至的敬佩。"后生灯下谢先生"（《呼和浩特获赠〈缀玉小集〉呈著家程郁缀教授》）之"灯下"，既呈现出诗人挑灯夜读的画面，也点明了"天欲曙"之时间概念，更突出了诗人对程郁缀教授《缀玉小集》的爱赏。"莫忘前行须带灯"（《观商洛花鼓戏〈带灯〉》）之"带灯"者，系诗人以萤自况，勉己励人，所指乃夜间赖以负重前行之指路明灯。"灯火许能明一书"（《注诗有感并诚诸友生》）之"灯火"者，烛照学术幽微之灯也。其他如"渐看万家灯火稀""阑珊灯火雾中看"之"灯火",写人家烟火;"灯拨废都夜"之"灯",写创作"夜战"之苦;"秋句灯前抱膝吟"之"灯前"状夜读之乐;"灯火凤城雨霏霏"之"灯火",乃城市繁荣之谓;"众手擎灯耀藜阁"之"灯",寓托希望之灯也。

二曰诗灯。实即诗魂也——诗人所恪守之精神向度。"诗灯也望探天阍"(《闻长安诗友戏赐"公孙胜"自嘲》)、"心有诗灯便不贫"(《步韵答彦龙贤仲》)、"遮帘玉案秉诗灯"(《天仙子·饮归》)诸句皆是也。

三曰传灯。本为佛教称佛法如明灯般照亮世界,指引迷途,因以传灯比喻传授佛法。《京兆集》中多指作为教师之于学生"传道授业解惑"之职业使命,亦指对传统历史文化之绍续传承。"偕力传灯风雨中"(《咸阳诗词大会夜报李晓刚教授》),其"灯"乃是学问之灯、古典诗词之灯;"擎灯百又十五年"(《西北大学一一五年赞歌》),其"灯"则指母校高教事业光荣传统之灯。

四曰心灯。中国佛教文化中,常以灯喻"法"或"智慧",有"法灯""智慧灯"之说。所谓"一灯能除千年暗,一智能灭万年愚"是也。唐诗人韩偓《僧影》云:"山色依然僧已亡,竹间疏磬隔残阳。智灯已灭余空烬,犹自光明照十方。""智灯"即心中智慧之象征。炜评诗中,"心灯"意象殊为多见。"徐行心有上方灯"(《田宝升》),是为安之若素、从容不迫之智慧之灯;"心灯一盏明歧路"(《黄山三首》其二),是不畏浮云遮望眼的信念之灯、意志之灯;"夜参奥义挑心灯"(《夜读达旦报友人》其二),是为有蕴涵人类智慧的好书方可照明之灯;"诗国心灯仰少陵"(《报业师千里青教授》其二)、"心灯并仰老麒麟"(《春夜"长安诗群"佳作纷呈,喜报杜工部》)、"度我心灯迈俗尘"(《重读〈李杜全集〉》)诸句,均将"心灯"聚焦于诗圣杜甫(兼及李白),足见诗人对杜甫的崇仰和爱重,透过其众多诗作,亦足见杜甫创作对炜评创作之多方面影响。"心灯辉熠句生神"(《席后绝句五首呈秦中诗友》其四),是崇尚真纯的"心灯";"各秉心灯向远岑"(《中秋后二日雨夜报金中诗兄》),则表热爱诗词创作的"同好"信念和"同忱"趣尚各得其宜，让人联想到"海内存知己，天涯若比邻"；"炽热心灯仰鲁陬"（《宴别马来西亚诗长张英杰先生步韵原玉》），将"心灯"聚焦"克己复礼""知其不可而为之"的孔圣人，使其"诗海危舟同挽坠"的行为，平添了一种悲壮感；"心灯风雨各守护"（《贺大龙河声兄丁酉书画小品展开幕》），则表达了对同处一城之好友坚守艺术信仰多有创获的赞赏之情。

当然，上述四种灯意象之所指，诗人有时会交互使用，读者不可泥看也。

读刘炜评《京兆集》有感

赵馥洁

（西北政法大学资深教授）

刘炜评君，性情中人。诗思敏捷，下笔有神。俗而能雅，语浅意深。承蒙惠赠，读罢会心。言难尽意，聊为短吟。

酣畅情怀贵率真，幽光狂慧笔如神。

词锋锐利辞章妙，意象峥嵘意境新。

难得诗人青白眼，静观世路紫红尘。

欣然读罢遐思远，一笑会心天地春。

读《京兆集》

贾三强

（西北大学文学院教授）

炜评君为诗，兼擅新旧二体。然其志趣所在与所长，主要在后者。炜评敏捷有才，滑稽多智，长期游弋于古代文学与诗词曲赋教学研究之域，因此创作旧体诗，实有必然性在焉。旧体诗历史悠久，逐渐形成了一定的格式与风格，尤其是近体诗和曲子词形成以后——格式要格律精严，风格要温柔敦厚。尤其后者，早已成为操翰者自觉或不自觉之意识。此实况实情也，诗家不得不面对，炜评君自然体会多多矣。

愚意，旧体诗词各种"技术"，至李杜苏黄易安诸人已臻极致，后代诗家很难逾迈。诚如炜评君所言，今人为诗，抒写真诚情志，描述真实世相，乃第一要务。因是之故，余更喜其嬉笑怒骂、多有锋芒、信手拈来之聂绀弩体诸作，然此集中罕有其踪。而此类作品更能承载炜评君之心声，故对其阙如，予略感遗憾。但话又说回来，本人亦曾撰联自况："常怀浩气思张胆，每遇红灯却刹车。"言己之首鼠两端心态也。未审炜评君心境然否？

读《京兆集》絮语

阎　琦

（西北大学文学院教授）

　　炜评君自道其诗受子美、梦得影响最大。诚然。

　　杜甫入蜀以后，流寓成都、梓州、夔州，生活固然还算安逸，处境却是寂寞孤独的——"花径不曾缘客扫"，极少诗朋酒侣，应酬唱和迎来送往之事不多。杜甫以诗为伴侣，"晚节渐于诗律细""颇学阴何苦用心"，晚年诗无论近体古体，俱法度森严，如百炼精钢，思想与艺术达到炉火纯青地步。因为有诗为伴，无论独处于荒径茅屋，还是颠簸于湘水小舟，杜甫都不甚寂寞。炜评君的精研杜诗，主要应该在此。

　　从炜评君近体诗写作的快捷巧敏，又可以看出刘禹锡对他的影响。刘禹锡的创作大环境与杜甫不同。他被政治弃置二十多年，虽处边裔僻地，但因《杨柳枝词》《浪淘沙词》与怀古诗等的传播，已大有诗名。但梦得诗的"大发"却在晚年为洛阳分司官期间。所谓"大发"，即是创作量的丰富。

　　梦得在洛阳时期，官高俸厚而执事清闲，周围有白居易及朝廷大僚如裴度、令狐楚、牛僧孺、李德裕等与他酬唱不歇。单是与白居易的酬唱集子，就先后编为《刘白唱和集》《汝洛集》两种。就近长安的僚吏也常常写诗邀和，以能得梦得酬和为荣。前后七八年时间，梦得手不停披地写应酬诗，体裁以近体为主，使其近体诗尤其七律的写作技巧进一步娴熟。快捷巧敏就是其特点之一。

炜评君的诗歌环境与洛阳时期的刘禹锡有相似之处。他的周围，有入室弟子、才子佳人、同侪朋友、文坛骚客，更有"同期涉江远，唯愿好怀伸"的岚社团体。酒酣耳热、歌呼呜呜之际，免不了以歌诗相佐，诗友之间还可以有种种诗体的创新及尝试，如此编中的"一碗水体""辘轳体"等。

苏轼语云："闭门觅句陈无己，对客挥毫秦少游。"炜评君就是秦少游。

附

录

旧体诗的现代性问题

旧体诗创作由沉寂、寥落走向复苏、繁盛，是中国改革开放以来引人注目的文学景象之一。关于旧体诗的学理研讨，也经历着日益拓宽、深入的积极迁变。其中三个方面的争鸣最为诗坛和学界所关切：

一、旧体诗是否具有续续不绝的持久生命力；

二、现当代旧体诗是否具备进入现当代文学史的资格；

三、现当代旧体诗创作有无必要和能否获得文化精神上的现代性。

三个问题绾连在一起。倘若现当代旧体诗不能具备现代性或现代性微弱，无论有多少人热衷其事，它的发生和接受终不能走出"圈子文学"的园篱，它的存续终不免"大江余波，风流难再"的运命，而"摈除现当代文学史界对于旧体诗的傲慢与偏见""让旧体诗入史现当代文学"便不可能真正实现。

当代旧体诗能否避免这样的命运？回答是肯定的，但它的否极泰来、历久弥新，需要多方面持久给力，尤其需要旧体诗坛群贤自觉自为、承变并重。

一、何谓旧体诗的现代性

首先有必要辨析两个相关而有别的概念："现代化"与"现代性"。

两者虽内涵相关，然所指维度有别：前者偏于指社会形态的出古趋今，后者偏于指人的精神主体的推陈出新；前者主要关乎动态过程，后者主要关乎静态结果；前者与政治建设、经济发展、社会治理关系密切，后者与哲学、美学、文学、艺术关系密切。

"现代化"一词出现于 20 世纪初。广义的现代化主要是指工业革命以来现代生产力导致的生产方式的大变革，引起世界经济的加速发展和社会适应性变化的大趋势。狭义的现代化主要是指第三世界经济落后国家采取适合自己的高效率途径，通过有计划的经济技术改造并学习世界先进经验，带动广泛的社会改革，以迅速实现工业化并适应全球化大趋势。总的来说，它更侧重于物质进步。当今社会生活的现代化，主要以劳动方式专业化、产品交换市场化、生活环境城市化、信息沟通全球化为基本特征。

"现代性"一词实际上是人的精神文化"走出中世纪"的标识，其核心是马克思·韦伯所言的"祛魅"过程——摆脱愚昧、迷信、专制，追求理性、科学、自由，是建立在理性之上的时代精神——科学精神、人文精神和法治精神的体现。总的来说，它更侧重于精神进步。

要而言之，"现代性"是一个舶来概念，但早已进入中国现当代文化语境。从马克斯·韦伯、汤因比到费尔南·布罗代尔、哈贝马斯、马泰·卡林内斯库等，各国学者对于现代性的阐释虽不无分歧，却有着最基本的共识：现代性是在与古代性的比照中呈现自身质性的，其要义在于强调通过物质及精神的持续继往开来的建设，造就健康合理的社会文化环境和自由自为的人的主体性。

笔者所理解的我国旧体诗的现代性，是指它对于时代生活动态，尤其是精神文化动态的热诚反映与介入。如前所述，这样的现代性，并非今世才有之而是自古即有之。变风变雅、屈宋楚骚、"建安风骨"、山水田园诗、"四杰新体"、边塞诗、南渡词等等的与时而出，皆为明证。近现当代诗家黄遵宪、郁达夫、吴芳吉、毛泽东、田汉、夏承焘、唐玉虬、聂绀弩、钱仲联、赵朴初、启功等人的腾挪诗笔发为吟咏，更能启示今人：拥抱火热现实生活并与时代精神声应气通，旧体诗不仅可以做到，还可以做得气韵饱满。

二、中国现当代旧体诗现代性的不足

我以为，近代以来，我国旧体诗坛有过追求现代性的三批先驱：

（一）第一批先驱——以黄遵宪、梁启超、柳亚子等为代表

晚清黄遵宪（1848—1905）、夏曾佑（1863—1924）、谭嗣同（1865—1898）、梁启超（1873—1929）等人先后倡导"诗界革命"，积极创作"新体诗"。黄氏贡献尤著，梁启超赞誉："公度之诗，诗史也。"丘逢甲甚至认为："茫茫诗海，手辟新洲，此诗世界之哥伦布也。"（《人境庐诗草跋》）

黄诗虽有明显不足：情感张扬外露，叙事议论过多；反映异域风情之作，"差能说西洋制度名物，挦撦声光电化诸学以为点缀，而于西人风雅之妙、性理之微实少解会"（钱锺书《谈艺录》）。但难能可贵的是清楚地意识到，旧体诗应当接纳新时代的社会生活和文化知识，在题材、语汇等方面承古趋新并重。其创作有力地扩充了旧体诗的堂庑，表现了当时先进的中国人走向世界、接受世界的姿态。

继"诗界革命"之后旗帜鲜明推陈出新的诗歌团体，是 1909 年 11 月成立、"欲一洗前代结社之弊，作海内文学之导师"、前后存续了 30 多年的南社。1911 年，柳亚子（1887—1958）在《胡寄尘诗序》中声言："余与同人倡南社，思振唐音以斥伧楚，而尤重布衣之诗。"1917 年又表示，民国时代应有民国之诗，决不能让前清遗老遗少们再做诗坛头领；排斥同光体，是为了给"民国骚坛树先声"（《磨剑室拉杂话》）。

南社"唐音"和同光体"宋调"的分道扬镳，主要缘于两派精神立场、审美情趣的对立，而非"尚情致"与"尚理趣"之别。后者逊色于前者的，不在于诗歌艺术不够精湛（事实恰恰相反），而在于诗歌精神现

代性的未足甚至欠缺。

（二）第二批先驱——以于右任、郁达夫、毛泽东等为代表。

从 1904 年《半哭半笑楼草诗》印行到逝世，于右任（1879—1964）创作了大量诗词曲，它们既记录着作者个人的经历、阅历、情怀、志向等，亦呼应着时代的天风海雨。柳亚子《〈右任诗存〉题词》："卅年家国兴亡恨，付与先生一卷诗。"章士钊评于诗："壮有金戈铁马之音，逸亦极白鸥浩荡之致。"（《于右任先生七十寿序》）胡迎建评于诗："于右任用新观念写新事物，驱遣新词，很有时代气息……关怀天下忧乐，感慨国家兴亡，渊源于李太白、陆放翁、元好问，近学黄遵宪……于博丽中见沉雄，蕴藉中含豪放。"（《民国旧体诗史稿》）

郁达夫（1896—1945）才情卓荦，诗笔洒落，其旧体诗的成就与特色，早就得到了广泛认可。刘海粟说："达夫诗词第一，散文第二，小说第三，评论文章第四。"（郁云《我的父亲郁达夫》序）郭沫若说："其诗为时代、为自己作了忠实的纪实。"（《望远镜中看故人——序〈郁达夫诗词抄〉》）郁达夫虽自称旧体诗"骸骨迷恋者"，但这只是对于古典文学态度的一种表示，综观其作的精神质相，固有近于古人情致者，然更多的作品，呼应着新文化乃至世界文学的现实场景，正如孙郁所论："（郁诗）以旧调子写个人主义的情思，去儒生之陈腐气，得卢骚（卢梭）、普希金之缠绵，阅古今之苦，听中外之音，独抒胸臆者在，有悲苦万状不能自已的楚痛。"（《民国文学十五讲》）

毛泽东（1893—1976）诗人气质强烈，亦善于博采众长，其代表作《沁园春·长沙》《采桑子·重阳》《菩萨蛮·大柏地》《忆秦娥·娄山关》《清平乐·六盘山》《沁园春·雪》《浪淘沙·北戴河》《水调歌头·游泳》《卜算子·咏梅》等，情辞并美，脍炙人口。

毛泽东写诗不仅有明确的审美倾向，还对新旧诗歌的出路极为关切，倾注了很多思考。一些见解，至今仍有启发性。

毛泽东诗词的现代性主要体现为："万物皆备于我"；及时反映重大

时事；措词遣句兼容古今；精通格律而不为格律所拘。

吴芳吉（1896—1932）、田汉（1898—1968）、赵朴初（1907—2000）等现当代名家的诗作，亦在于右任、郁达夫、毛泽东一路。

吴芳吉是20世纪诗词改革的先驱之一，诗作形式自由活泼，语言文白兼容，代表作为长诗《婉容词》。吴宓誉其诗"颇多忠爱之言，而尤重沧桑之感"。正因为其诗语"亦古亦今"，"旧派难容其新，新派难容其旧"，但这不是吴先生的局限而是新旧两派的局限。

田汉是文艺创作的多面手，虽不以诗词成就盛名，而诗词实绩洵非俗流。唐弢说："新文人作旧诗，妙句浑成，不事雕砌，当推郁达夫、田寿昌两家。"（《〈黄山两首〉》题记）个人悲欣感遇与民族命运密切交织，构成了田汉诗的主体内容，风格以豪宕为主，兼有沉郁之致。数十载之后，讽诵其《狱中赠陈侬非》《题关羽像》《过大世界》《宿徐家汇》《庆祝西南剧展兼悼剧人殉国者》等，仍有回肠荡气之感。

赵朴初1950年以后的诗词曲创作，有着"暂借旧碗盛新泉，更存薪火续灯燃"（《〈韵文集〉代自序》）的自觉，融"人间佛教"义理、爱国主义热忱、社会主义价值观于一体，情怀宽博，情致盎然，与历代僧人、居士的"幽情单绪，孤行静寄"之作相比，可谓别开生面。

（三）第三批先驱——以聂绀弩、启功、邵燕祥等为代表

聂绀弩（1903—1986）的诗作，收在《聂绀弩旧体诗全编》（1990）和《聂绀弩全集》（2004）中。1982年，聂氏《散宜生诗》甫一出版，即震动了诗坛，因为它大大超出了旧体诗读者的接受经验。正如胡乔木所言："热烈希望一切旧体诗新体诗的爱好者，不要忽略作者以热血和微笑留给我们的一株奇花——它的特色也许是过去、现在、将来的诗史上独一无二的。"（《散宜生诗》序）程千帆称道聂诗："用传统观念看来，作者是诗国中的教外别传。正由于他能屈刀成镜，点石成金，大胆从事离经叛道的创造，才使得一些陈陈相因的作品黯然失色。"（《读〈倾盖集〉所见》）袁第锐赞扬聂诗："聂翁乃五四以来成就最大的一位传统诗人。聂诗题材之广泛，功力之深厚，含蕴之幽邃，状景状物之生动，形象思维之活泼，以及炼词之精到和改革所迈步子之大，不仅当代无人可以企及，即黄公度、梁任公亦当瞠乎其后。"（《当代之离骚，诗家之楷模——关于聂绀弩诗体的创新评价》）

迄今为止，在另类道路上走得最远，或许是唯一"出体"的现当代旧体诗大家，莫过于聂氏。其诗在继承古人艺术经验的基础上机杼独运、别开生面，形成了公认的"聂体"并奠基了诗坛"聂派"。聂派诗家启功、杨宪益、荒芜、邵燕祥等，作品各擅胜场，主体艺术风貌，则皆为谑中蕴正。

聂派诗词的现代性主要表现为：古代书生意气与现代知识分子情怀的兼具；对于社会流行风潮的适度疏离；时语、俗语、谑语的高比重入诗；"含泪的笑"式的喜剧美感呈现。

尽管从黄遵宪时代到聂绀弩时代以至当今，前贤和时贤在旧体诗现代性方面做了艰苦而坚韧的探索，取得了很多成绩，但在现当代诗歌文化的大坐标上考量，又应当看到近百年来的旧体诗创作，整体上的现代性养成还不够充分，未能赢得广大读者的普遍赏爱，未能取得与白话自由体诗平起平坐的"诗席"。

我认为，几个基本的事实不应回避或遮蔽：

1. 能够为时代"写心摄魂"的现代性旧体诗力作，仍属凤毛麟角。当现实生活发生重要、重大事件时，旧体诗的在场感、介入度往往不如新诗及时和有力。

2. 在表现当代人类心理情感的细微性、复杂性方面，一首情辞俱佳的白话诗乃至流行歌词，可能较旧体诗更为"直指人心"。

3. 现当代旧体诗坛迄今仍未能产生它的"李杜苏辛"，即使以郁达夫、聂绀弩等为代表的现当代旧体诗坛巨擘，其影响力犹不能与艾青、徐志摩、牛汉、雷抒雁、北岛、舒婷等白话诗坛大家相比。

4. 现当代旧体诗库还未能诞生震古烁今，堪与《离骚》、《古诗十九首》、《古风五十九首》、"三吏三别"、《秋兴八首》、《念奴娇·赤壁怀古》、《己亥杂诗》等相媲美的经典作品。

对此反思不足,导致了当下众多旧体诗的颇多遗憾:不少作品虽工致、典雅,但生活现场感往往不够甚至缺失,其中一些以"不离祖法"自高自矜、以"规唐范宋"互相标榜的"啸傲烟霞,流连光景"之作,屡屡使读者产生作者不是活在当下而是活在中世纪的错觉。而阵容看似强大、作品数量惊人的"口号体"旧体诗,又可以说是古代官僚体(馆阁体)诗的变种。

人类文化的演进,主要是"因旧"与"革新"的变奏。征诸中华诗史,情形尤其如此。与时代相偕行,在继承中求拓新,不断增扩和提升自身的现代性,乃是古今中外诗歌以及一切文艺体式历史经验的最大公约数。

三、当代旧体诗如何获得现代性

窃以为旧体诗质相的现代性,首先指向精神情感与当下文化情境的多维度交结,其次指向形式要素的必要改良,再次指向遣词造句对于古今语词的兼重并采。

(一)诗人心理的"守正纳新"

1.情怀与眼界——旧体诗人与当代诗人、世界诗人相统一。

遵守旧体诗的基本绳墨,体味旧体诗的古典美感,努力创作出不仅有文言诗"模样"而且有文言诗"风味"的作品,是旧体诗人应有的自律。对于这一点,诗人们有着共识。但旧体诗人的角色领会中,应当有当代诗人和世界诗人的自我期许,却又为很多作者所忽视。既是当代中国诗人,其"诗意栖居"就主要不在于发思古之幽情,而在用作品伸张自己现在时态的生命意志。同时,和新诗作者无异,当代旧体诗人不仅是自然人和国家公民,还是世界公民,不但应当关心自己的家庭、家族、朋友圈、社区、行业、民族、国家,也应当关心纷纭变化的世界。如果说,在国家、民族与外部世界隔着重重壁垒的时代，世界公民对普通一隅之民、一廛之氓来说只能是个遥远的概念，那么，在世界已变成了地球村的而今，作为诗人，自当有世界公民的角色知行。

退一步说，就单从提高诗艺的意义上讲，旧体诗人也应当积极了解、借鉴我国现当代白话诗人和外国诗人的艺术经验。长期以来，当代新（白话）旧（文言）两个诗界不相往来的状况是不正常的。新诗作者要补古典文学的课，旧体诗作者要补新文学和外国文学的课，同时两个阵营有必要对话交流、切磋诗道诗艺，取长补短。

2. 责任与使命——积极关注和热情介入社会生活。

从"主文而谲谏"到"歌诗合为事而作"，从"一枝一叶总关情"到"我以我血荐轩辕"，我国历代优秀诗人如递受着接力棒一样地守护着风骚传统。当今的旧体诗人的取材与措笔，更应当既真实地捧出一颗"明明白白的心"，又及时有力地关注社会"第一真实"。

习诗多年，笔者数遍通读、反复咀嚼郁达夫、于右任先生的佳作，总是被强烈打动，因为它们既承载着作者个人最深切、最炽烈的生命体验，又涵容着极为强烈的关怀当下意识和世界公民意识，所以我以为他们的代表作，既是古典美和现代性并具的佳构，又是当今"口号体""高仿体"诗词的校正仪。

基于以上认识和个人写作实践体会，笔者特别强调两点：

1. "好句全凭腔血浮"——真诚是诗人的精神生命的第一范畴。以高度的真诚接通生命的根脉，是诗的第一本质。"诗者，根情、苗言、华声、实义"（白居易《与元九书》），乃古今不刊之论。盖一切好诗，都必定承载着作者的"体温"和"呼吸"。固然有了真未必就有善与美，但没有真绝对不可能有善和美。缘事兴感，触物起情，言由衷发，意不虚表，即是诗的真诚。同时诗人必须有尊严感、羞耻心、正义感，有"诗无呐喊即骷髅"的自觉，有"镗嗒胸槌如击缶"的自为，有忏悔、反思、叩问、追梦的勇气。

2."五洲风雨注心头"——"文变染乎世情,兴废系乎时序"(刘勰《文心雕龙·时序》),亦古今不刊之论。诗人固可以"精骛八极,心游万仞",但首先是活在既定时空下的诗人,其主要的生活场所是"此岸"而非"彼岸"。以诗为"时代的良心""时代的晴雨表",写出不仅属于作者自己而且属于更多人的爱憎诉求,其作品才可能直指人心、有补于世。

(二)诗歌体式的"求正容变"

数千年来,旧体诗的体式一直在渐变。不变是相对的,变动是绝对的。骚体诗、汉魏乐府诗、"永明体"、近体诗、曲子词、散曲及其相伴的"平水韵"《词林正韵》《中原音韵》等的产生和改良,本身就是与时俱进的结果。

由于语言的变化,《诗经》使用的上古音和唐宋诗使用的中古音,与今音必然有很大不同。正如明代学者陈第所言:"时有古今,地有南北,字有更革,音有转移。"(《毛诗古音考》)因此,根据语音体系变化制定新的诗韵,道理上不存在任何问题。在普通话已经普及为汉民族共同语的当今,旧体诗形式要素的必要改良,主要涉及近体诗、曲子词、散曲的平仄程式和押韵规则。

笔者反对冒然急进的革新,赞同"知古倡今,双轨并行"(马凯《"求正容变",格律诗的复兴之路》)的主张,欢迎《中华通韵》的颁布。

《中华通韵》是在近一个世纪以来前贤"求正容变"的探索、实践基础上制定出来的。在此之前,已经出现了一些现代新韵书,影响较大者为《诗韵新编》和《中华新韵(十四韵)简表》。前者1965年由中华书局上海编辑所出版,1989年10月印行第2版。后者由中华诗词学会于2003年提出制定,2005年公布。

21世纪初,在拙作《论诗绝句十五首》中,笔者表达过对于当代旧体诗声韵的基本态度:"声情自古重圆融,旧韵新声两可工。若作海棠新社主,何须协律一规从?"(《半通斋诗选》,太白文艺出版社2011年版)。2018年7月,笔者再次毫不含糊地表明了对《中华通韵》的支持:

"韵艒驶出平水湾，诗篙舞向自由天。江南江北云霞好，任我取来织彩帆。"(《欢迎〈中华通韵〉颁布》其一)

笔者的基本立场是：

1.在普通话已经普及的当代，中国人几乎不可能用唐音宋韵读诗和填词，因此制定与今韵相符的新韵书正当其时。

2.制定新的韵书，并不表示废除旧韵。选择使用哪一种韵书，是创作者个人的自由。

（三）诗歌语词的"取昔"与"纳今"

相对于形式改良，改变诗语的重古轻今乃至荣古虐今现状，对于当代旧体诗坛更为紧要。现代以前，诗歌的多次承变不仅体现在体式方面，也体现在诗语方面，这从寒山、王梵志、王绩、杜甫、韩愈到王安石、陆游、杨万里、黄遵宪等历代诗家诸作品中，皆有迹可寻；元曲用语的俗白鲜活，更是诗语可以拾材于市井乡野的显例。这样的变迁，是旧体诗在不同历史时期现代性的另一个表征。既然如此，在白话书写取代文言书写已近一个世纪的当今时代，旧体诗创作便没有理由拒绝口语词汇和语句的介入。

笔者不仅不反对，而且提倡旧体诗写作练习阶段对于典范文言诗的模仿，但坚决反对创作意义上的"高仿体"。如果某种生活场景、某种情怀思致无法用文言语词摹写、抒发，就可以不避使用当下语词。苏轼所言甚是："街谈市语，皆可入诗，但要人熔化耳。"(周紫芝《竹坡诗话》引)

古代诗人施置意象、建构意境使用的文言语词，大部分仍留存、活跃于现代汉语中，少部分已与当今社会基本无涉，如南浦、长亭、竹斋、机杼、柴扉、猿啼、南冠、吴钩、羌笛、获麟、问鼎、献芹、驻锡、采薪之忧、河鱼之患、灞柳风雪、蟾宫折桂、秉烛夜游……谓之"死去"或许太过，谓之"陈套"不算言重。而对应现当代人、物、事、景的大量新语词不断产生，一部分已被收入词典，如高考、环保、时髦、房奴、宅女、暖男、飞船、热线、低碳、粉丝、驴友、博客、幽默、忽悠、自驾游、月光族、两弹一星、希望工程、绿色食品、冰雪聪明……这些已经"入籍"当代语境的新语词，没有理由被当代旧体诗坛拒之门外。

笔者一直赏爱启功先生的诗词，原因之一正是先生之作，多能"熔化"时新语词。如其名作《鹧鸪天八首·乘公交车组词》之所以脍炙人口，不仅因为它们写出了当代市民公交出行的酸甜苦辣，更因为"乘客纷纷一字排，巴头控脑费疑猜""坐不上，我活该""铁打车箱肉做身，上班散会最艰辛""身成板鸭干而扁，可惜无人下箸尝""居然到了新车站，火箭航天又一回"等当下口语被作者驱遣自如、纷涌入篇。

近些年来，因为生硬使用文言语词状写当下社会场景、抒发作者当下情感而损害了作品美感的例子，屡见不鲜。如2017年7月30日朱日和大阅兵后，大量颂美诗词见诸网络，诗人们扬我军威的热情可嘉，但"烽烟、柳营、鼓角、王师、虎贲、熊貔、双铜、长缨"等语词的频频使用，又是明显的美中不足，因为这些比喻、借代、用典等等，并不能收到准确、生动之效，有时还让读者感到失真和别扭，足见旧体诗书写当代生活，不必一味尚求古雅。

梁启超先生"诗界革命"的主张至今并未过时。钱锺书曾批评黄遵宪若干诗作的诗味不足，只能说明诗家在追求作品现代性的过程中，尚未取得理想的新语词诗化效果，却未足作为旧体诗不能使用新语词的理由，盖诗之感动力强弱，不必关乎诗语之雅俗，而必关乎诗情之浓淡和诗境之高下。诗人发为吟咏，"必以情志为神明，事义为骨髓，辞采为肌肤，宫商为声气"（刘勰《文心雕龙·附会》），其作品才会具有丰沛的精神活力和丰灿的美感活色。而那些无关乎作者精神呼吸、情感体温的种种"诗"，即使"看上去很美"，亦不过是徐渭痛斥过的"徒轨于诗"的塑料花而已。

（删节稿刊于《光明日报》2017年11月6日"文史哲周刊"）

半通斋诗话（选十二则）

一、宁可有诗无律，不可有律无诗

　　尝闻于李志慧教授："为近体律绝并词曲，宁可有诗无律，不可有律无诗。"予甚是之。当代内地之所谓"口号体"诗词，泰半即后者。斯体肇端者，或未易坐实，而流衍至今，郭鼎堂难辞首责，盖鼎堂据骚坛首席卅秋，其作时见报端，别集大行于世，声望之盛，国中无二，故效仿者与年俱增，势必难免。然鼎堂晚岁诗词，多有诗之皮相而鲜有诗之魂魄矣。

　　昔读鼎堂《长春集》《东风第一枝》，屡见有律无诗之制。若《颂上海》："洋场十里更汪洋，无复洋人独擅场。千万居民多面手，十年创业一心肠。整风以后红而透，反浪之余乐且康。海上东风无限饱，红旗满市映朝阳。"《望海潮·农业学大寨》："四凶粉碎，春回大地，凯歌声入云端。天样红旗，迎风招展，虎头山上蹁跹。谈笑拓田园，使昆仑俯首，渤海生烟。大寨之花，神州各县，遍地燃。农业衣食攸关，轻工业原料，多赖支援。积累资金，繁荣经济，重工基础牢坚。基础愈牢坚，主导愈开展，无限螺旋。正幸东风力饱，快马再加鞭。"鼎堂才学，远迈常伦，而此类近体，实徒轨于诗律之韵语耳，且移宫换羽，随时应需，谀颂恶詈，往往而是，即较古之庸常应制之作，亦多等而下之。

拙作《论诗绝句十五首》之五："不朽歌行将进酒，千秋一曲东方红。大风但起如刘季，平仄何论拙与工？"非谓无律之诗必胜于有律之诗，实谓诗之感动力，首关情怀而非辞调。至若合情挚、义正、境美、律工四而一之者，如少陵《秋兴》、樊南《无题》、仲则《绮怀》、富阳《乱离》，自是灵珠昆玉也。

噫，予读陈义宁诗集与郭鼎堂诗集，屡多慨焉：二公年相若、才相近，并治国学，并成大师，并为诗人，而诗格相去渐远，竟如北冥南海，何哉？各自情怀之承与变使然也。晚岁之义宁，犹"少时所自待"之义宁；晚岁之鼎堂，非"我便是我了"之鼎堂矣。

二、蜡人体

蜡人体者，有诗貌相而无诗魂魄之作也。拙作《中秋前夜四绝句寄岚社诸子》其四："少陵诗镜正衣冠，地气云岚壮热肝。满目羊脂辨高仿，蜡人休作活人看。"谓今人旧体诗，立意措句追摹古人之作而疏隔当下真生活者，往往如蜡像馆中人物，形似生人，实非生人。

徐文长《肖甫诗序》："古人之诗本乎情，非设以为之者也，是以有诗而无诗人。迨于后世，则有诗人矣，乞诗之目，多至不可胜应，而诗之格亦多至不可胜品，然其于诗，类皆本无是情，而设情以为之。夫设情以为之者，其趋在于干诗之名。干诗之名，其势必至于袭诗之格而剿其华词，审如是，则诗之实亡矣，是之谓有诗人而无诗。"观今骚坛时弊，与彼时何异？蜡人体之累见迭出，即其一征也。

兹举网见效"同光体"律诗二篇，《绮怀》："二十四桥吹凤箫，月明如水客程遥。舟轻能泛何停棹，露重方长不寐宵。清泪漫挥石榴酒，私心常伴美人蕉。一声鸡唱催解缆，宿醉都消恨未消。"《无题》："绮梦桃溪著半生，尘烟变灭更分明。卷帘非复麝香榻，度曲犹成戚怨声。

鬓落青丝嗟翠羽，禅参冷露蚀春蕙。深宵剪烛书斜纸，幽恨千般写不成。"敢问场景并情致，今耶古耶？有读者谓之"置于近代诸家集中，几可乱真矣"，臧乎否乎？又闻网友调侃当下诗词圈："学唐五年，了无所得；学宋三月，小成而已；学同光十日，俨然大佬。"谓高仿同光，最易速成，"以为得古人之真"，甚或以行家自矜唬人，实"师古而不能驭古"者。

蜡人体之诗意象，率多如下："萧郎、檀郎、刘郎、阮郎、歌台、银钩、竹篱、兰舟、茅舍、帘幕、斗帐、玉钿、秋窗、春衫、螺髻、锦衣、粉痕、玉鉴、雪笺、流光、垂柳、落花、竹影、梅魂、荷衣、画篷、别鹤、断鸿、灵药、倚栏、晓梦、烛影、阑珊、恍惚、惆怅、幽怀、绮思、闲愁、暗恨、风飒飒、雨霏霏、采菱曲、涉江辞、昭君怨、咏絮才、千里路、万重山……"予尝谑曰："此皆诗牌也，得心应手者，巧取妙配成诗，一日可数十首，名曰格调高古，予则不以为然，目为优孟衣冠之拙劣者矣。"

三、隐议、托议、直议之辨

诗固主情致而不主论议，然偶涉论议，亦自无妨。论议诗之妍媸，一决于立意之高下，二决于达意之巧拙。予观古今论议诗，其格有三：一曰隐议，二曰托议，三曰直议。论议者盐也，诗境者水也，兹以喻表。

刘梦得《乌衣巷》："朱雀桥边野草花，乌衣巷口夕阳斜。旧时王谢堂前燕，飞入寻常百姓家。"杨诚斋《过松源晨炊漆公店》："莫言下岭便无难，赚得行人空喜欢。正入万山圈子里，一山放过一山拦。"叶靖逸《游园不值》："应怜屐齿印苍苔，小扣柴扉久不开。春色满园关不住，一枝红杏出墙来。"藏议于物事本体，如汲海水一斗，盐在其中，是为隐议者。

　　杜樊川《赤壁》："折戟沉沙铁未销，自将磨洗认前朝。东风不与周郎便，铜雀春深锁二乔。"王介甫《登飞来峰》："飞来山上千寻塔，闻说鸡鸣见日升。不畏浮云遮望眼，只缘身在最高层。"朱元晦《观书有感》："半亩方塘一鉴开，天光云影共徘徊。问渠那得清如许？为有源头活水来。"出议于物事本质，如煮海水一斗，其盐熬而得之，是为托议者。

　　苏东坡《琴诗》："若言琴上有琴声，放在匣中何不鸣？若言声在指头上，何不于君指上听？"赵瓯北《论诗》："李杜诗篇万口传，至今已觉不新鲜。江山代有才人出，各领风骚数百年。"于髯翁《咏史》："龙虎风云亦偶然，欺人青史话连篇。江山代有英雄出，各苦生灵数百年。"涉笔即论析事理，如径入卤池，舀取盐汁一斗，是为直议者。

四、新旧二体各有长短

　　臧公克家擅自由诗，声名藉甚，近体亦偶有佳作，而知者尚寡。偶见其赠友人绝句《重与轻》："万类人间重与轻，难凭高下作权衡。凌霄羽毛原无力，掷地金石自有声。"措意高处，可与《有的人》颉颃；气脉通贯，亦足称道；末句"石"不偕律，虽犯诗规，自是小疵耳。公尝云："我是一个两面派，新诗旧诗我都爱。"谓新旧二体各有短长，并存互补，自是正道。又自辩偶尔失律之不免："这些作品，大体按旧的格律，但有时破格，不以平仄自缚而致艺术失真。当激情冲胸，双眼泪流，振笔直书，急不可待，至于中式与否，已无暇顾及矣。"（《自道甘苦学旧诗》）所言不违诗道。其晚岁旧体诸作，予颇爱赏。若《答友人问》："问我年来竟若何？韶华未敢任蹉跎。耽书静案融通少，信步清庭意趣多。座上高朋抒壮志，窗前小朵缀青柯。听凭岁月随流水，依旧豪情似大河。"《抒怀》："自沐朝晖意蓊茏，休凭白发便呼翁。狂来欲碎玻璃镜，还我青春火样红。"《寄陶钝同志》："碧野桥东陶令身，长红小白作芳邻。秋来不用登高去，自有黄花俯就人。"《灯花》："窗外潇潇聆雨声，矇眬榻上睡难成。诗情不似潮有信，夜半灯花几度红。"

五、用典可古可今，唯以不隔为上

诗之用典，可古可今，唯以熨帖不隔为上。西北大学已故教授刘持生先生为古典文学专家，博极群书，学养浑浩，偶为诗词，见者称善，然淡泊自守，所作不轻示人。先生既殁，门人辑录遗作付梓，即《持盦诗》也。公之近体，多循宋诗一路，法度精严，气格高骞，即石遗室所谓"合学人、诗人之诗二而一之"者也。宋诗派多好用典，公亦如是。然其长在斯，其短偶亦在斯。试举刘诗二例，《丙辰寒食》："寒食分明似禁烟，素车争道送花圈。不知舍利藏何处，犹盼光明照大千。甲令未闻更魏俗，沉哀咸欲哭绵田。昏黄不辨人来去，独立交衢意黯然。"乃悲悼周公恩来并讽议时政之作。丙辰者，公元 1976 年也。其颔颈二联俱以事典寄意，前申敬仰，后寓郁愤，极契题旨而含蓄不露，此其长也。《五一前日与国棉四厂诸学友开会话别归后补呈》："坐对群英尽足欢，况逢晴日散馀寒。题诗个个惊崔颢，织锦人人压若兰。三宿方欣技渐熟，一年不觉指轻弹。轻歌快舞皆相劝，莫作寻常惜别看。"颔联对句以苏惠（字若兰）事谓师生"学工"，不日而手技熟稔。虽貌合纺织情形，然现代车间机器作业，与"璇玑回文"相去何远？读之颇觉不伦，此其短也。

不佞为诗用典，有取古者，有涉今者，但觉有"隔"，即勉力变通之。兹各举一例。《春节友人里巷口占》："年年访旧灞东村，宾主相欢推盏频。莫道人情薄如纸，刘郎偏爱故将军。"典出《李将军列传》，是为取古者也。《夜宴口占呈友人》："休说爱拼才会赢，他生未卜叹今生。回眸鲁镇形容老，阿桂打工千百城。"典出《阿 Q 正传》，是为涉今者也。

六、"丘八诗"亦有佳制

"丘八诗"者，大兵之诗也。唐宋之世，即有丘八之称，阅《太平御览》可知。窃谓当出民间暗语，用示兵痞将至。"丘八诗"之名，则由乎民国冯将军焕章自谑："予诗粗且俗，宜乎以丘八诗名之。"冯诗成于倥偬之余，竟至千首以上，且多关涉时事、悯恤苍生、鞭挞丑类之作，出语固俗白，然感人心魄之篇，亦往往可见。兹举两作，《护林诗》："老冯驻徐州，大树绿油油。谁砍我的树，我砍谁的头。"《夜读》："革命从来坎坷多，洒尽热血为山河。屡挫屡败终必胜，挑灯夜读《正气歌》。"周公恩来赞曰："丘八诗体为先生所倡，兴会所至，嬉笑怒骂，都成文章。"冯公同时及其后，丘八诗无多，然亦不绝。杨虎城《自誓诗》："西北山高水又长，男儿岂能老故乡。黄河后浪推前浪，跳上浪头干一场！"许世友《莫猖狂》："娘们秀才莫猖狂，三落三起理应当。谁敢杀我诸葛亮，老子还他三百枪！"皆其类也，胜在心声喤嗒，豪气干云。林宽谓"自古英雄能解诗"，信矣哉。

七、民俗歌谣之诗：行行俚语见心灯

诗之感动力强弱，不必关乎诗语之雅俗，而必关乎诗情之浓淡。项王《垓下歌》、汉王《大风歌》，其辞未逮雅驯，心声足移人情，千载而下读之，犹觉鼻息扑面，而"刘项原来不读书"。当代王老九，秦中临潼乡老也，其诗俚俗之极，然亦颇有动人处，以情意热切、活泼流畅故也。若"解放路，门敞开，翻身农民走进来……""老伴送我田市南，知心话儿透心甜。十里相送肝肠断，血泪洒湿破衣衫……"予尝有一绝《读王老九诗示诗友》："高才满座询诗道，说法传经愧不能。便羡相桥王老九，率多俚语见心灯。"至若论家谓其暮年好为"快板诗"，渐失秸秆本色、灶火气息，乃多种"合力"所致，固不诬也，然宜另付论评。

予由兹联想、慨喟甚多。古今中外草根歌诗，固不无粗鄙污下者，然更多心灯明灿之作，若陕北情歌"耳听得哥哥脚步响，一舌头舔破两扇窗；耳听得哥哥脚步来，热奶头扑向冷窗台"，又"半炕炕点灯半炕炕明，酒盅盅挖米不嫌哥哥穷"，虽出语俗白，然挚情之动人，孰能无视？纵才如白乐天、刘梦得者，亦未必能为此。昔于荧屏偶见左权盲艺人所歌《桃花红杏花白》，泪奔不能自抑，惊呼"此非口唱之曲，直是命唱之歌"，盖歌者每一字词音符之吐纳，莫不绾接肝膈诉求矣。兹录全篇："谁说桃花红？谁说杏花白？瞎瞎地活了这辈辈，我咋没看出来。山路路你就开花，漫天天你就长，太阳开花是甚模样，这辈子费思量。太行山你就开花，走也走不到头，下辈子好歹要睁开眼，来看看这圪梁和沟。"鲁迅曰"从水管里流出来的是水，从血管里流出来的是血"，此歌足当最佳注脚。

八、譬喻之正谬

诗文之譬喻，人多重巧拙，而忽正谬。《世说新语·言语》："谢太傅寒雪日内集，与儿女讲论文义。俄而雪骤，公欣然曰：'白雪纷纷何所似？'兄子胡儿曰：'撒盐空中差可拟。'兄女曰：'未若柳絮因风起。'公大笑乐。"即"咏絮才"之典源。"撒盐"之喻，固不及"柳絮"风神摇曳，然后者果"物虽胡越，合则肝胆"耶？恐非尽是，盖江南降雪，必在严冬；柳絮飘舞，恰值春末，"柳絮因风起"与"俄而雪骤"，几无可类矣。故此句灵动虽可嘉，精切则未逮。鉴赏家谓其"契合无间""联想新奇"乃至"端见少女天真情致"云云，不才未敢附会。

东坡《新城道中》："东风知我欲山行，吹断檐间积雨声。岭上晴云披絮帽，树头初日挂铜钲。野桃含笑竹篱短，溪柳自摇沙水清。西崦人家应最乐，煮葵烧笋饷春耕。"以"絮帽"喻岭头晴云，引"铜钲"状树杪初日，强为避熟而未副物相，读之颇觉不伦。

　　惠施曰："夫说者，固以其所知，喻其所不知，而使人知之。"刘彦和《文心雕龙》言比兴："夫比之为义，取类不常。或喻于声，或方于貌，或拟于心，或譬于事……比类虽繁，以切为贵；若刻鹄类鹜，则无所取焉。"真千古不刊之论。以近譬近固可，以远譬近亦可，要在化定性之本体为定量之喻体以晓人。古今譬喻佳例，不胜枚举，若"忽如一夜春风来，千树万树梨花开""洛阳亲友如相问，一片冰心在玉壶""我如果爱你／绝不像攀援的凌霄花／借你的高枝炫耀自己""爱情是人生的建筑／如果一朝坍倒／断砖残瓦都将落在心间"……然设喻但求尖新以致乖情悖理者，历代并非鲜见，亦文病之一也，不唯见于歌诗，亦屡出他类文本。钱公锺书先生，现代文人之极善譬者，著论尝有"二柄""曲喻""多边"说，多能服人，然征诸其作，逞才而不近情理者，偶亦不免。其《围城》者，说部名作也。人多嘉其妙喻琳琅满帙，予则嗟其恶喻时有。若"这些花的香味，跟葱蒜的臭味一样，都是植物气息而有荤腥的肉感，像从夏天跳舞会上头发里发泄出来的""桌面就像《儒林外史》里范进给胡屠户打了耳光的脸，刮得下斤把猪油""她满腔都是肥腻营养，小孩子吸的想是加糖的融化猪油"……粗观则惊其出人意表，细绎则知其设喻失度。谓花卉竟有荤腥之肉感、言桌面可刮猪油半斤，怪异一至于此。至若讥乡间妇乳为"加糖猪油"，尤失厚道。

九、敷衍之作多半难好

　　甲午孟春，予随陕西诗词学会赴周至采风，其日细雨霏霏，阡陌葱郁。翌日依例吟诵新作以奉地主。诸君诗旨或盛赞政绩，或揄扬美俗，清词丽句，各擅胜场，予不能无作，乃勉为《周至采风》敷衍交差，拙劣心知。句云："名邑重来四月天，望中不见旧桑田。万般春意跃平野，百里笙歌动大千。劳碌莫教生减趣，闲游最合雨如烟。愧无才笔奉黎庶，犹待华章出众贤。"适得友人短信："闻兄踏春郊县，采风当有佳作。"答曰："顷成应景诗一首，十九陈词滥调，暗检赧愧已甚！"友人旋复："真情何在，好诗何在矣。"予又复："君不为诗，而言诗甚是。自忖今之率尔作业，颇近商女取悦客官，喉歌舞容，俱与心衷无涉，曷足称道？"

十、改诗须水磨功夫

随园《遣兴二十四首》之一云："爱好由来落笔难，一诗千改始心安。阿婆还是初笄女，头未梳成不许看。"予深是之，律己律人，昔今一也。前有《再呈方英文兄》："尚杜师王检句瑕，新词慎莫向人夸。好诗不厌千回改，菱黛方刘是一家。"杜者子美，王者介甫，俱改诗楷模也，末句典出《红楼梦》四十八回。后有《蹈袭随园诗意戏答王彦龙贤仲》："一诗千改始心安，磨砚何如洗笔难。妪老悔同青涩女，粗妆急急付人看。"又于课中屡诫从游者："诗之成也，快写或如电闪雷鸣，慢改定须水磨功夫。"此实出经年甘苦体会也。当触于情境，兴感骤来之际，诗笔飞扬，直如山涧瀑下、坂上走丸，然措意之粗疏，修辞之未工，常不可免，故须反复修葺，务求熨帖，直至自觉一字不可易，乃可自存示人矣。

十一、"恨"句之悟

丙戌年夏，得采南台主人方兄英文"诗信"，责不佞为诗，"恨"句甚多："何故男儿怨妇腔？叹多恨滥世无双。披坚执锐一枝笔，自可书斋倒海江"（《寄刘郎》）阅之赧然，欲从善诚，然"恨"习难改。若"未分春前春后恨，同谁董理共谁抛""恨不当年效曹竖，青庐夜半劫君行""千层柳色千重恨，一寸心思一瓣香""楼前日日作悲歌，前恨无如今恨多""恨涧愁溪纵轻渡，奈何往事不成烟""天鸡惊破短欢梦，情海遍沉长恨舟"……皆"恨"句矣。是何故也？予不能知。去岁重阅东坡乐府，见其"恨"句数倍于拙诗，若"恨赋投湘水，悲歌祀柳州""涉世恨形役，告休成老夫""恨无扬子一区宅，懒卧元龙百尺楼""驻景恨无千岁药，赠行惟有小乘禅""我恨今犹在泥滓，劝君莫棹酒船回""东复西流分水岭，恨兼愁续段弦琴""苦恨相思不相见，约我重阳嗅霜蕊""长恨此身非我有，何时忘却营营"……又见友生吴嘉所馈诗稿，"恣意"一词，屡诸篇多有。吴君与不佞相知廿载，其心帜所向，予明久矣。乃悟一人诗中，同一语词迭出，未必皆因才乏学浅，亦有出乎遭际感受、非此语词不足副其胸臆者，遂有《寄采南台主人》："诗心岂好矫情哉？难却毫端恨字来。千载东坡传到我，只缘光景有同哀。"

十二、鹿体概略

鹿体者，当代周公晓陆诗风也。公本金陵人，幼名小鹿，弱冠慕放翁行状，乃易名晓陆。盛年西漂长安，孜孜职事上庠，至今廿又八载。教泽遍敷南北，从游者甚夥。治国史、考古、古文字、古天文、古农学，靡不力专有成；兼擅诗书画印，日久自立面目。

诗于周公，固余事也，然天禀七步之才，朋侪多不能及。自稼穑泗洪、修业南雍以至于耳顺，累岁触手成春，剞劂流播四方者，竟有十余册之巨。

不佞久与鹿善，庶乎才难相若而性多相近者。公诗每出，辄获先睹。通观其作气格，要而有三：一曰即事成篇，气象沉雄。昔今长短吟章，措意大抵明畅六七，沦晦四三；雄者其表，沉者其里，固由乎倜傥不羁本色，亦颇得山程水驿之助。二曰素擅运古入律，驱驰饤饾，万象森罗，太炎之伦也。三曰遣句未屑尽工，律吕亦不甚细，然必见腔血潮涌、神思轩翥、心灯明灿矣。

　　兹摘录短制数篇：《冬晨飞越秦岭俯瞰》："霜风冻雨大秦岭，一夜青山尽白头。已老英雄情不老，依然南北合神州。"《答友人，为房子事》："大道为床云为伴，教书挖墓作生涯。民成佛祖心成庙，处处无家处处家。"《世博会工地》："崎岖路阻雨阑珊，红漆斗科尚未干。借得浦江迎世界，但求祖国铸平安。"《答李梅》："诗存旧脑金难洗，夜读残躯句愈寒。漫向青灯寻旧我，单纯犹记共青团。"《晨拳天黑风冷，见扫叶工人有感》："晨起但听扫叶声，月残菊影落星明。逆风聚散梧桐叶，挥帚裹霜热汗行。赧郎敞怀寒校里，扫出一个太阳升。"

（原载《陕西诗林撷秀》"学术编"，三秦出版社2016年6月第1版）